物が落ちる音

フアン・ガブリエル・バスケス
柳原孝敦 訳

創造するラテンアメリカ 4
創造するラテンアメリカ
松籟社

El ruido de las cosas al caer
by
Juan Gabriel Vásquez

Translated from the Spanish by Takaatsu Yanagihara

目次

マリアナへ、　時間と空間を作り上げてくれた君へ

私の夢の城壁は燃えさかり、崩れ落ちていった。
街全体も叫びを上げ、崩れていった！
アウレリオ・アルトゥーロ『夢の都市』

じゃあ君も空から来たんだね！　どの星から来たの？
アントワーヌ・ド・サン＝テグジュペリ『星の王子さま』

物が落ちる音

I　ただひとつの長い影

最初に死んだカバは黒真珠色、体重一・五トンのオスで、二〇〇九年中葉に殺された。二年前、マグダレーナ渓谷にあるパブロ・エスコバールの動物園から逃げだしたカバは、野放しにされていた間に畑を荒し、水飲み場に侵入し、漁師たちを震え上がらせ、しまいには畜産農家の種牛に襲撃をかけるまでになっていた。やっとそれを探し出した射撃手たちは、一発を頭に、もう一発を心臓に撃ち込んだ（銃弾は三十七・五口径、何しろカバの皮膚は分厚いのだ）。彼らは屍体を前にポーズを取った。暗く皺《しわ》だらけの巨大な城壁、落ちて間もない隕石だった。そしてその場で、強烈な日射しから守ってくれるカポックの木の下で、最初に駆けつけた報道カメラや野次馬を前に、巨体なので一頭まるごと運搬するわけにはいかないと説明し、即座に解体し始めた。私はボゴタのアパートにいて、つまり二百五十キロメートルばかりも南にいて、ある主要雑誌の半ページに大々的に印刷されたその姿を、初めて見たのだった。内臓はカバが倒れたその場所に埋められたと、そしてまた、代わって頭と脚がわが街の生物学研究所に送られたとも書いてあった。さらに、カバは一頭で逃げたのではないことも知らされた。逃げ出した時には連れ合いと子供が一緒だった。あるいは、あまり慎重ではない定期刊行物風のセンチメンタルな言い方によれば、当時の連れ合いと子供、ということになるが、その二頭の行方は杳《よう》として知れず、それを探索中であるという話題になると、ことはたちどころにメディア特有の悲劇の様相を呈してくるのだった。無辜《むこ》の子カバを追跡する血も涙もない体制というわけだ。そんなある日、誌上で追跡劇を追っているうちに、ある男のことを思い出している自分に気づいたのだった。ある一時期、その人生の謎ほど私の興味を惹いたものはなかったというのに、長い間、考えに上せることもしなかったある男のことを。

それから数週間が経つうちに、たまたま思い出されるだけだったリカルド・ラベルデは——記憶というのはそんな風にぱっと頭の中に現れては消え、私たちを愚弄するものだが、その種の想起の対象だったのが——、やがては忠実で献身的な幽霊、常にそこにいて、私が眠っているときには枕もとに佇《たたず》み、起きている夜には遠くから眺めている、そんな幽霊のような存在へと変わっていった。ラジオの朝の番組でも、夜のニュース番組でも、誰もが読む新聞の社説でも、誰も読まないブログでも、皆がはぐれてしまったカバたちを殺す必要があるだろうかと自問していた。追い詰めて麻酔をかけて捕獲、アフリカに帰すだけでいいのではないかと。アパートの中で、論争から遠く離れつつも熱狂と自己嫌悪との入り交じった思いでそれを追いかけていた私は、日を追うごとにリカルド・ラベルデのことばかり考えるようになっていった。私たちが知り合ったころのことを、わずかな時間しかつき合いはなかったけれども、その後ずいぶん長いことかかわるはめになってしまったということを。印刷物でもテレビでも、専門家たちは偶蹄目動物——文字どおり偶蹄目と呼んでいたのだ。はじめて知った単語だ——を野放しにしておくことによって発生しうる病気の数々を列挙し、ボゴタの裕福な地区ではSave the hippos（カバたちを救え）と書いたTシャツが現れた。アパートに閉じ籠もってこぬか雨の長い夜をやり過ごす私は、そしてまた中心街に向かって通りを歩いているときでも、リカルド・ラベルデが死んだ日のことを思い出すようになっていた。それどころか、細かい点について正確なところはどうだったかなどと気にするようにすらなっていった。驚いたことに、どんなことを言ったか、どんなことを見聞きしたか、もう乗り越えたけれども、どれだけ辛い思いをしたか、そんなことを思い出すのにさして労力は要しなかった。やはり驚いたのだが、私たちはあっという間に、しかもかなり夢中になって、想起という有害な作業に没頭するものなのだと知った。思い出したところで、結局良いことなどひとつもないし、アスリートたちがふくらはぎに巻きつけてトレーニングする重りのサンドバッグのように、私たちのふだんの足取りをのろくするだけなのに。少しばかり驚かなかったわけではないけれども、私はそのカバの死が、もう何年も前に始まった自分の人生のひとつのエピソードに終わりを告げるものだということに、少しずつ気づいていったのだった。家に帰ってみると、不注意からドアが開いていたので、それを閉めたといった具合だ。

こんな風にしてこの物語が動き始めた。こんなことをなぜ思い出さなければならないのかはわからない。何の得になるというのか、あるいはどんな罰が待っているのか、既に経験済みの事柄を、それを想起することによってどのように変えることができるというのか、わからないながらも、リカルド・ラベルデをきちんと思い出すことは、私の中で焦眉の急へと変じたのだった。どこかで読んだ話によれば、人は四十の年には自分の人生を語らなければならないのだということだったが、その時期はもうすぐそこに差し迫っていた。これを書いている瞬間から数週間としないうちに、あの忌々しい記念日を迎えることになるのだった。『彼の人生の物語』。いや、私は自分の人生を語るつもりはない。そうではなくて、もうだいぶ前に起こった数日間の出来事を語るのだ。しかもそうするに当たっては、童話でよく最初に言われるように、これが既に起きてしまった物語であり、またいつかくり返される物語だということを充分に自覚しているつもりだ。

それを私が語ることになった成り行きは、この際どうでもいいことだ。

彼の死んだ日、というのは一九九六年初頭のことだが、その日の午前中、リカルド・ラベルデは、ボゴタの中心街カンデラリア地区の、焼いた土の瓦の家と、誰にというわけでなくかつてそこで何があったかを教えてくれている大理石のプレートに挟まれた狭い歩道をほっつき歩いた末に、午後一時ごろ十四番通りのビリヤード場に、常連客と二、三番勝負するつもりで姿を現した。プレイを始めたときにはカリカリしているようにもおどおどしているようにも見えなかった。いつもと同じキューを使い、同じ台を使った。奥の壁際、点《つ》いてはいるけれども音の出ていないテレビの下にあるやつだ。三ゲーム最後までプレイしたが、何勝何敗かは憶えていない。その日は私は彼の相手をしておらず、隣の台にいたのだ。けれども、その代わり、ラベルデが賭け金を払い、ビリヤード仲間たちに別れを告げ、角のドアに向かった瞬間のことはよく憶えている。一番手前の二つの台、位置が悪く、ネオンが不思議な影を象牙の球の上に落とすので、通常は使われない台の間を通る際に、何かに躓《つまず》いたようによろめいたのだ。

彼は振り返って私たちのところへ戻ってきた。私のやりかけのキャロムが六、七回も途切れなく続くことになったのだが、その間、辛抱強く待ち、スリークッションをひとつ決めたときには短い拍手までした。それから、私がそこでたんと稼いだ点数を表に記入している間にこちらにやってきて、どんなものかわからないのだが、最近送られて来た録音テープを再生できる機械はどこに行ったら借りられるだろうかと訊ねた。後になってから私は何度も、あのときリカルド・ラベルデが私ではなく、他のビリヤード仲間に訊ねていたらどうなったことだろうと自問したものだ。しかしこんな問いは、過去について私たちが立てる問いなど多くはそうなのだが、ナンセンスだった。ラベルデが私に訊ねたのはそれなりの理由があってのことだった。この事実を変えることなどできないし、その後起こった出来事も、変えることなどできはしないのだ。

知り合ったのは前年の暮れ、クリスマスの一、二週ばかり前のことだった。私はもう少しで二十六歳になるところで、その二年前に法学士の資格を取得していた。現実の世界については多くは知らないが、法学研究の理論の世界については知らないことはひとつとしてなかった。首席で学位取得した私の論文というのは、『ハムレット』における刑事罰免除事項としての狂気についてのもので、今でも私はあれがよくぞ受理されたものだとつくづく思うし、ましてや特別優秀とされるなどとは驚きだが、ともかくおかげで私は、わが講座史上最も若い専任教員となったのだった。最年少というのは、私を誘ってくれた先輩教授陣が教えてくれたことだが、今では、法学入門の授業を担当し、高校を出たてでおどおどしている子供たちに何世代にもわたって、大学での勉学の基礎を教えることこそが、自分の人生の行く末に待ち受けている唯一の地平なのだと確信するに至っていた。木製の教壇に立ち、ひげも生えておらず人生の行く末も決まっていない男の子や、いつも目をぱっちりと開けて何ごとも吸収してやろうという女の子が幾重にも列を作って座っているのを前にした私は、権力というのがどんな性質を持ったものなのかを初めて学ぶことになったのだった。その新入生たちと私とはわずかに八歳ばかりしか違わないのだが、私たちの間には権威と知識という二重の深い溝が横たわっていた。私はそれらを有し、彼らは、今やっと人生のスタートラインについたばかりで、そんなものは何ひとつ持ち合わせていない。彼らは私を賞賛し、かつ少しばかり恐れているが、思うにこの賞賛と畏怖の念はくせになる。一種の薬物のようなものだ。教え子たちへの講義では、洞窟内で遭難した探検家たちが、生き延びるために仲間を食べた場合、罪を問えるか否かということを話した。シャイロック爺さんが借金を返さなければ肉を一ポンドいただくと言い、賢いポーシャが弁護士に扮してうまく論駁し、それを阻止したということを話した。彼らが手を叩いたり声をあげたりするのを見ていると楽しかった。あるいはまた彼らは、奇妙な論理に惑わされて何が何だかわけがわからなくなり、それでもどうにか、その逸話の込み入った流れの中に〈法律〉と〈司法〉の理念を見出そうと必死だったのだ。アカデミックな議論の後に十四番通りのビリヤード場に出向くと、煙の充満した天井の低いその場所では、まったく異なる生が息づいていた。学識とも法学研究とも無縁なその場所で、少しの金をかけ、ブランディ入りのコーヒーをちびちびと飲みながら、私の一日は終わるのだった。時には二、三人の同僚と連れ立っていることもあったし、女子学生を連れて行ったこともある。彼女たちはひとくち二口酒を呑むと、私とベッドをともにすることもあった。私は近くに住んでいたのだが、十階の部屋では空気は常に涼しく、レンガとセメントが屹立する街の眺めは常に素晴らしく、ベッドにいながらにしてチェーザレ・ベッカリーアの刑罰思想について議論を戦わせたり、ボーデンハイマーの著作の難解な一節について論じたりすることができたし、場合によっては手っ取り早いしかたで点数を変えてあげたりもできた。今となっては他人のもののように思えるあの時代、人生は可能性に満ちていた。しかし後から確認したところによれば、可能性もまた他人のものだった。潮が静かに引くように、いつの間にか消えていったのだ。そして私はこんな風になってしまった。

当時わが街は最も暴力的な近過去の時代から離脱し始めたところだった。暴力的といっても、安物のナイフや流れ弾がどうしたとか、つまらない量を取り引きする密売人の支払いがどうしたといった類の暴力のことではない。ちっぽけな人々のちっぽけな恨みやらちっぽけな復讐などはるかに凌駕するそれのことだ。集団的で大文字で書かれる者たち――〈国家〉や〈カルテル〉、〈軍〉、〈国民戦線〉――の暴力だ。私たちボゴタ市民はそれに慣れっこになっていた。それというのも、驚くほどいつものように暴力のイメージがテレビのニュースや新聞によって伝えられていたからでもある。その日も今し方起こったばかりの暴力事件の第一報の映像が、最新ニュースとしてブラウン管から流れたところだった。最初に記者がカントリー診療所玄関前でニュースを読む映像が見えた。次に見えたのが蜂の巣になったメルセデス・ベンツの映像だった。粉々に砕けた窓の向こうに後部座席が、窓ガラスの残骸が、乾いた血のりが見えた。そしてとうとう、どの台でも動きが止まり、静まり返り、誰かがテレビのヴォリュームを上げろと怒鳴ったところで目に入ってきたのが、生没年月日――没したのはつい今し方だが――入りの被害者の白黒写真だった。保守派の政治家アルバロ・ゴメスだった。二十世紀最大の論争の的となった大統領の息子で、自身、一度ならず大統領選に出馬した人物だ。誰も、なぜ殺されたんだろうとか、誰がやったのか、などとは言わなかった。そんな問いはこの街ではもう意味をなさなくなっていたからだ。発せられるとすれば、答など期待せず、修辞的疑問文の形で、こうしてまた殴られたことに対する反応にはこれしかないとでも言いたげに発せられるのだ。その時は私も、そんなことは考えなかった。しかしこの種の犯罪（要人暗殺、と報道は呼んでいた。やがて私もこの語の意味を思い知ることになる）は、それまでの私の人生のバックボーンとして常にあったというか、あるいは遠い親戚が思いがけず訪ねてくるように、要所要所にあったのだった。十四歳の時分、一九八四年のあの日の午後には、パブロ・エスコバールが、彼を追い詰めた者としては最も有名な法務大臣ロドリゴ・ララ＝ボニージャ[*1]を殺した、というか、殺させた（オートバイに乗ったふたりの殺し屋が、百二十七番通りのカーヴで）。十六歳の時には、エスコバールは『エル・エスペクタドール』編集長ギジェルモ・カーノを殺した、というか、殺させた（新聞社社屋から数メートルのところで、殺人犯は胸に八発も見舞った）。十九になってもう大人ではありながら、まだ投票は未経験だったころ、大統領候補ルイス・カルロス・ガラン[*2]が死んだ。彼の暗殺は私たちの想像の中にあるどれとも違ったし、いまだに違っている。テレビで衆目に晒《さら》されたからだ。ガランに歓声を送る大勢の人、たちまち機銃掃射の閃光、すぐさま木製の足場にくず折れる体、音はなし、あるいは大群衆の騒動や最初の叫び声に隠されていた。そのちょっと後でアビアンカ航空ボーイング７２７－２１の事件があった。エスコバールが空中、ボゴタ—カリ間のどこかの空中で爆破させて、ある政治家を殺そうとした一件だ。そこには乗ってもいなかった政治家を。

　そんなわけで、ビリヤードに興じていた者たちは皆、今では一種の国民性になったと言っていい諦念、われらの時代が私たちに残した遺産とともに、犯罪を嘆き、それからそれぞれのゲームに戻ったのだった。いや、皆がゲームに戻ったのではなかった。ひとりだけブラウン管を注視し続ける者がいた。けれども映像はもう次のニュースのものへと移っていた。今見えているのは、打ち捨てられた場所の光景だった。国旗掲揚台（あるいはかつて掲揚台が存在していた場所）まで雑草に覆われた闘牛場、何台もの錆びついたクラシック・カーが並ぶガレージ、巨大なティラノサウルスはずたずたになって崩れ落ち、金属の骨組みを剝き出しにしており、まるで古いマネキンの女のように悲しく、裸だ。それはナポリ農園だった。パブロ・エスコバールの神話の中の領土だ。昔日の彼の帝国にあっては最高司令部だったその場所が、一九九三年の彼の死以後、打ち捨てられているありさまだった。ニュースはこの廃墟のことを伝えていた。差し押さえられた麻薬王の所有地、当局によって泡と消えることになった何百万ドルもの金、国はそれらの財産をどう扱っていいのかわからず、お伽噺《とぎばなし》みたいに舞い込んだこの遺産を使えば、本当はこんなこともあんなこともできたのに、できずじまいだった、という話だ。そしてその時、テレビから一番近い台にいたうちのひとりが、その瞬間までは目立とうという素振りも見せなかったのに、まるで独り言を言うように、けれども大声で、かついとも自然に、まるで長いこと孤独に生きてきたので、誰かに聞かれる可能性を忘れてしまったとでもいった風情で、言ったのだった。

＊1　一九四六–八四。コロンビアの当時の法務大臣で、彼の暗殺がパブロ・エスコバールらの麻薬カルテルとコロンビア国家との凄惨な戦争の始まりとされる。
＊2　一九四三–八九、ジャーナリストで大統領候補。

「動物たちはどうするんだろう。可哀想にやつら、腹を空かして死んでいくってのに、誰もかまってはくれないんだものな」

誰かが何の動物のことだと訊ねた。孤独な男は言った。「やつらにゃ罪はないだろうよ」

それが私がリカルド・ラベルデから最初に聞いた言葉だった。それ以上はひとことも言わなかった。例えば、どの動物かとか、腹を空かして死んでいくことがなぜわかるのかといったことは説明しなかった。誰もそれを訊ねもしなかった。そこにいた誰もがもう大人で、ナポリ農園の一番良かった時代をかつて知っていたからだ。動物園は伝説の存在で、ひとりの金持ち麻薬王の奇抜な思いつきという外見を呈していただけの代物ではなく、訪問客を異世界へといざなうたいそうなスペクタクルだった。私も十二の歳に訪ねたことがあった。十二月の休暇中のことだ。もちろん、両親には内緒で行ったのだ。自分たちの息子が名の通ったマフィアの親分の敷地に足を踏み入れると考えただけで、大騒ぎしただろうからだ。ましてやそこに行って楽しい思いをするなど、もってのほかだった。しかし私としては、皆が噂している場所に行かないではいられなかった。ある友人の両親が誘ってくれたので、それに乗ったのだ。ある週末、早起きした私たちは、ボゴタとプエルト・トリウンフォ間の高速道路を六時間、車を走らせた。ひとたび農園に足を踏み入れるや、石造りの門（所有者の名が太く青い文字で大書されていた）をくぐり抜けるや、時間の過ぎるのも忘れ、午後の間中ずっと、ベンガル虎からアマゾン地帯のコンゴウインコまでを、ピグミー馬から手のひらサイズの蝶までを見て回った。インド犀《さい》のつがいは、まがい物のヴェストを着た青年がアンティオキア地方の訛《なま》りで教えてくれたところによれば、その当時やって来たばかりだとのことだった。それから、カバだ。もちろん、栄華を誇ったその当時はまだ、一頭も逃げだしていなかった。そんなわけで私は、その男がどの動物の話をしているのかよくわかっていた。ただし、そのわずかな数の言葉が、それからほぼ十四年経っていた私の記憶をよみがえらせたかどうかは知らない。何しろこうしたことは、明らかに後から考えたことだからだ。その日のビリヤード場では、リカルド・ラベルデはまだ、コロンビア史上最も悪名高い人物の絶頂と没落の様子を、仰天してテレビで眺めた多くの同国人のひとりであり、それ以上の存在だとは思われなかったのだ。

その日のことで確実に憶えているのは、彼が危険人物には見えなかったということだ。あまりにも細身だったのでもう少し背が高いと勘違いした。ビリヤードのキューの隣に立ったときになってやっと、一メートル七十足らずなのだと気づいたのだった。ねずみ色の髪は薄く、肌はカサカサ、伸びた爪がいつも汚れていて、病人か、でなければほったらかしのようなイメージがあった。空き地のようなほったらかし。四十八歳になったばかりだったが、もっと年寄りに見えた。話すのも一苦労で、まるで空気が薄いとでも言いたげだった。手許も覚束《おぼつか》なく、キューの青い先端はボールの前でいつも震えていた。あれだけの空振りですんだのはほとんど奇跡だ。彼はあるゆる点でくたびれた人物に見えた。ある日、ラベルデが立ち去った後で、一緒にプレイしていた仲間のひとり(同年代だが、動きはずっとキビキビとして、息づかいも整った人物で、きっと今でも生きているだろうし、ひょっとしたらこの回想を読んでいるかもしれない)が、こちらが訊ねてもいないのにその理由を教えてくれた。「牢屋にいたからな」と言いながらその男は、金歯をきらりと光らせた。「牢屋ってのは人をくたびれさせる」

「捕まったんですか?」

「出てきたばかりだ。二十年ほどもいたんじゃないかともっぱらの噂だ」

「何をしでかしたんです？」

「さあ、それは知らねえな」とその男は言った。「でも何かはやったんだろう？何もしないでこんなに長いこと食らうやつはいないさ」

私はもちろん、彼の言うことを信じた。他に本当の話があるかどうかなど考える材料はなかったからだ。その瞬間は、それはリカルド・ラベルデの人生についてはじめて知った何かだったのであって、誰かが無邪気に、思いがけず教えてくれたその話を問題視する理由などなかったからだ。元受刑囚とはじめて知り合ったのだと思うと、私のラベルデに対する興味が大きくなったのだ。あるいは私の好奇心が増大したのだ。誰しもお気づきのように、元受刑囚という言葉が最大の証明だ。当時私は若く、そんな若い人間にとって、長い間刑務所にいるということはいつだって印象深いものなのだ。計算すれば、私がまだよちよち歩きのころにラベルデは入獄したことになる。ひとりの人間が成長し、教育を受け、セックスを発見し、それから死も見出し（ペットが死に、おじいちゃんが死に、などという具合に）、恋人もできて、辛い別れも経験し、決断することの大切さを学び、決断によって生まれる満足と後悔を知り、人を傷つけることの力を、そしてそうすることのもたらす満足と罪の意識を知るようになっていく一方で、別のひとりの人間が、長い間の刑務所暮らしという、何も発見せず何も学ばずの人生を送るという考えに、平気でいられる者などいるはずがない。生きられざる生。指の間からこぼれ落ちていく生。自分のものであり、自分で苦しんだのに、同時に他人のものである、それに苦しんでいない者のものである生。

こうして自分でもほとんど気づかないうちに、私たちは距離を縮めていった。最初はたまたまのできごとからだった。たとえば、彼のキャロムが素晴らしく、私がそれに拍手を送ったとかいうことだ。彼はバンドゲームが得意だったから、そうかもしれない。そしてその後、自分の台でプレイしないかと誘いかけたか、彼の台でやっていいかと訊ねたかした。彼は祭司が弟子を迎えるように不承不承認め、けれども、私の方がうまく、ラベルデは私と組むことによってやっと、負けなくなったのだが。でもその時わかったのだが、彼は負けることなどたいして気にしていなかった。勝負が終わったときにエメラルド色のフェルトの上に置く金、黒ずんでくしゃくしゃになった二、三枚の紙幣など、毎日の出費、彼の経済活動の中ではあらかじめ織り込み済みの負債なのだった。ビリヤードは彼にとっては暇つぶしではなかった。勝負ですらなかった。そうではなくてそれは、その瞬間、ラベルデが社会にいるための唯一のあり方だった。球のぶつかる音、ケーブルを滑る計算玉の音、青いチョークが古い革の先角にこすれる音、そういったものが彼の公的な生活を形づくっていたのだ。球の並んだ台を離れてしまえば、キューの一本も手にしていなければ、ラベルデは普通の会話一つできなかった。人間関係など言うまでもない。「俺は時々思うんだが」わずかなりとも真面目に話したことは一度しかないが、そのとき、彼は言ったのだ。「これまで誰かの目をまっすぐ見たことがないんだ」。もちろん、大袈裟に言っていたのだ。だが、誰かがわざと大袈裟な話をするということがあるものなのか、私にはわからない。ともかく、これを言った時彼は、私の目をまっすぐに見ていなかった。

あれから何年も過ぎた今、当時はまだわからなかったことをわかっている今、その会話について考えてみるに、その重要さがわからなかったなんて嘘のようだ（同時に私はひとりごつ。私たちは現在の最悪の判事なのだと。それはたぶん現在というのが現実には存在しないからだ。すべては思い出なのだ。

今し方書きつけたこの文章も、もう思い出だ。読者よ、あなたが今読んだこの言葉も、思い出なのだ）。その年が終わるところだった。試験期間で、授業はなくなっていた。毎日ビリヤード場に行く習慣ができていた。おかげでメリハリと目標ができたのだ。「よお」私が入ってくるのを目にすると、毎回リカルド・ラベルデは声をかけてきた。「奇跡的に間に合ったな、ヤンマラ。もう帰ろうと思ってたところだ」。そんな私たちの会合も、少しずつ変わっていった。そのことに気づいたのは、いつもと違ってラベルデがなかなか帰ろうとしなかった日の午後のことだ。いつもなら台の向こう側で、兵隊の敬礼のように片手を額に持っていくと、まだキューを手にしている私を残して立ち去るのだが、その日は私を待っていた。二人分のドリンク代を払うのを見守っていた。ブランディ入りコーヒー四杯と、それから最後にコカコーラを一本飲んだ。その支払いを待ち、私と並び立って店を出た。そのまま一緒に歩いて、ロサリオの小広場の角までやって来た。排気ガスと揚げたアレーパ[*1]、下水道の匂いに包まれた。地下駐車場の暗い入口に続くスロープのところで、彼は私の肩をポンと叩いた。そのもろい手でもろく叩かれると、別れの挨拶というよりは愛撫を受けているようだった。そして彼は言った。

「じゃあまた明日会おう。ちょっくら用があるんだ」

エメラルド商人たちの人垣をよけ、七番街へと抜ける歩行者専用の路地へと入った。それから角を曲がると、その姿はもう見えなくなった。街頭ではクリスマスの電飾が始まっていた。ノルウェイ式のリースにキャンディーの杖、英単語、雪片のシルエット、これまで一度も雪が降ったことがないどころか、十二月はとりわけ、一年で最も陽の照るこの街で。これらの電飾にも日中は灯が点《とも》っていない。目障りで、景観を台無しにし、空気を汚していた。私たちの頭上に垂れ下がる電線が、道を右から左に横断している様は、まるで吊り橋みたいだ。ボリーバル広場では街灯柱に、国会議事堂のイオニア式の柱に、大聖堂の壁に、蔓植物のように絡まっている。なるほど、鳩たちには休む場所が増えた。トウモロコシの売り子たちは観光客に対応できていないし、街の記念写真撮りも客の多さに追いつかない。写真撮りはポンチョにフェルト帽を被った老人で、牛を繋ぎ止めるように客の注意を惹きつけ、いざ撮る段になると、黒い布を被る。それというのも写真機がそんな機種だからなのではなく、客の期待に応えるためだ。この種の写真撮りたちもまた古い時代からの生き残りだ。皆が自分のポートレートを撮れるとは限らなかった時代、街中で撮られた（多くの場合、気づきもしないうちに撮られた）写真を買うという考えが完全に馬鹿げたものではなかった時代の生き残り。ある年齢のボゴタ市民なら誰でも、街中で撮られた写真を持っている。大半は七番街で撮られたものだ。ここはかつてレアル・デル・コメルシオ通りといった、ボゴタで一番の通りだ。私の世代は家族のアルバムにこの手の写真を見て育った。男は三つ揃いスーツ、女は手袋をして傘をさし、昔の人々といった風情だ。ボゴタがもっと寒く、雨も多く、ドメスティックな都市だった時代、けれども、今に劣らずハードだった時代の人々。私の家の書類には、祖父が五〇年代に買った写真と、父がそのおよそ十五年後に買った写真が混じっている。一方私は持っていない。その種の写真を、その日の午後リカルド・ラベルデは買ったのだった。もっともその日の彼のことなら記憶の中に鮮明に焼き付いているので、何なら線の一本一本まで正確に描けそうなほ

＊1　トウモロコシで作った丸い餅状のパン。

どだ。ただし、それも私に絵心があればの話であって、実際にはそれが欠けているのだ。

つまりラベルデが言った用というのはそれだったのだ。私を置いて立ち去るとボリーバル広場まで行き、わざわざ時代遅れに見えるようなスナップ写真を撮らせたのだ。そうして出来上がったものを翌日、ビリヤード場に持って現れた。セピア色で、写真撮りのサイン入りだった。その写真で彼は、実際よりも少しだけ陽気で、おしゃべりな人間に見えた。幸せな人間のようだったと言ってもいいかもしれない。ただし、最後の数カ月にわかったことから考えると、そのような評価も無謀といえるのだが。ビリヤード台はまだ黒いビニールのシートで覆われていた。その上にラベルデは写真を、自分の写真を載せ、夢中になって見つめた。髪はきれいに梳《と》かされ、服には皺ひとつない。右手を広げ、手のひらでは鳩が二羽、餌をついばんでいる。後ろの方ではこちらを興味深そうに覗き込んでいるカップルが見える。ふたりともリュックを担ぎ、サンダルを履いている。奥の方、ずっと奥の方には、遠近法で大きく見えるトウモロコシ売りの手押し車の隣に、裁判所がある。

「いいじゃないか」と私は言った。「昨日撮ってもらったの?」

「ああ、昨日撮ったばかりだ」と言って彼は、説明もなしにこう加えた。「女房が来るもんでね」

写真をプレゼントするとは言わなかった。そんな不思議なプレゼントをなぜ妻が喜ぶのか、ちゃんと教えてはくれなかった。獄中にいる期間のことは引き合いに出さなかったけれども、その時期のことがすべての状況の上に漂っているのだろう。ハゲタカが死に行く犬の上を舞うように。リカルド・ラベルデは、いずれにしろ、まるでビリヤード場にいる誰ひとりとして彼の過去を知らないかのように話していた。一瞬私は、その作り事が私たちの微妙なバランスを支えているのだろうと感じ、それをそのままにしておこうと思った。

「奥さんが来るってどういうこと?」と訊いた。「どこから来るの?」

「アメリカ合衆国の出なんだ。家族が向こうに住んでいる。女房は、だから、まあ、向こうに訪ねて行ってるんだ」それから加えて言った。「写真はどうだい? いい写真だろう?」

「いいと思うよ」と思わず同意してしまったという感じで私は言った。「実に上品だよ、リカルド」

「実に上品か」と彼は言った。

「つまりあんたはアメリカ女《グリンガ》と結婚してるんだね」と私は言った。

「ああそうだとも」

「それでクリスマスにやってくるんだね?」

「だといいがな」とラベルデは言った。「そうだといいが」

「だといいって、どういうこと? 確実じゃないの?」

「そうさな、まず説得しなきゃならない。話せば長いことだ。なぜかは訊かないでくれ」

ラベルデはビリヤード台の黒いカバーを外したが、他の客のようにガバッとではなく、四隅からきちんと、ほとんど愛情を込めて畳んで、まるで国葬の国旗を扱うみたいだった。台の上に身を屈め、それからまた体を起こした。最良の角度を探し、それだけ仰々しくやったのに、結局、当てる球を間違えたのだった。「クソ」と彼は言った。「悪いね」。黒板に近づいて、キャロムはいくつ決めたかと訊ね、キューの先で得点を書きこんだ(思わず白い壁に触れ、青く細長い染みを残した。周囲には長い間にたまった青い染みがあった)。「悪いね」とまた言った。突然、彼の頭は別のどこかに行っていた。その動きも、フェルトの上をゆっくりと動いて新しい位置に落ち着こうとする象牙の球に注がれる視線も、完全にどこかに行ってしまった人間のそれだった。一種の幽霊だ。ラベルデと奥さんは離婚しているのかもしれないという考えが頭をよぎったが、その瞬間、はっと思いついたのは、もっと大変な、そしてそれゆえにもっと興味深い可能性だった。奥さんはラベルデが出獄したことを知らないのかもしれない。一瞬、キャロムとキャロムの合間に、私はボゴタの刑務所を出る男を想像した。想像の中の舞台は首都刑務所だ。犯罪学の学生として最後に行った場所だ。そこを出た男が、誰かをびっくりさせようと思って告げないでいるという話だ。一種の逆ウェイクフィールド[*1]だ。唯一の家族の者の顔に、驚きと喜びが入り交じった愛情の表情を見たいと思ってのことだ。そうした表情なら私たちは誰もが見たいと思ったことがあるし、場合によっては、これまでの人生で一度くらいは、念入りに準備してそんなサプライズを仕掛けたことがあるはずだ。

「奥さんの名前は?」と私は訊いた。

「エレーナだ」と彼は言った。

「エレーナ・デ・ラベルデ」と私は、名前をじっくり確かめてみるように言った。コロンビアではその世代の者たちの誰もがいまだに妻の名と夫の姓を「デ」で繋いでいるので、そんな風に呼んでみたのだ。

「違うな」とリカルド・ラベルデは訂正した。「エレーナ・フリッツだ。俺の苗字はつけないことにしてたんだ。モダンな女ってやつだな。わかるだろう」

「モダンってそういうこと?」

「そうさな、当時はそれがモダンだったんだ。夫婦別姓ってのがな。グリンガだからそれでも許された」それから、突然軽い調子になって、というか軽い調子を取り戻して、言った。「さてどうする、一杯やるか？」

そんなわけで、喉に医薬用アルコールのような後味を残すホワイト・ラム酒を次から次へと飲むうちに午後が終わってしまった。五時くらいにもなると、もうビリヤードのことなどどうでもよくなったので、キューを台の上に放り出し、三つの球も四角い箱にしまい、私たちはまるで見物客か付き添い、あるいは疲れて休んでいるプレイヤーのように木の椅子に腰かけた。手に手にラムの細長いタンブラーを持ち、氷をよく馴染ませるために時々振っていた。そうするたびに汗とチョークの粉で汚れた指でグラスの露を拭き取ってもいるのだった。そこから私たちにはカウンターとトイレの入口、テレビの掛かった隅が見えた。二、三の台での勝負についてあれこれと語ったりもした。そのうちのひとつを戦っていたのは、見覚えのない者たち四人で、絹の手袋をはめて組み立て式のキューを使う彼らは、私たち二人がひと月に使う額を合わせたよりも多い金を一試合に賭けていた。二人並んで腰かけていたその場でだった、リカルド・ラベルデが誰かの目をまっすぐ見たことがないと白状したのは。そしてまたそのときから、私はリカルド・ラベルデに対して何か落ち着かないものを感じるようになったのだった。話の中身と彼自身のあり方がどうにも釣り合わないのだ。品位を失ったことは一度もないのだが、見た目は

＊1　ナサニエル・ホーソーンの同名の短編小説の主人公。妻に旅行に行くと偽り、二十年間、身を潜める。

みすぼらしく、金もない。そもそも、理由はどうあれ、不安定な生活を送っている人たちが、ちょっとした安定を求めてやってくるこんな場所にいる。

「不思議だね、リカルド」と私は言った。「これまで何をしてるか訊ねたことがなかったね」

「そうだな、一度もな」とラベルデは言った。「俺だってあんたに訊いたことはない。でもそれはきっとあんたが先生だろうと思っているからだ。何しろこのあたりじゃ誰もかれも先生だからな。繁華街には大学だらけだ。あんたは先生なんだろう、ヤンマラ？」

「うん」と私は言った。「法学だ」

「ああ、そいつはいい」とラベルデは、斜に構えた笑顔で言った。「この国には弁護士が足りない」

彼はもっと何か言いたげだった。しかし何も言わなかった。

「でも質問に答えてくれてないよ」と私はもう一度言った。「何してるの、仕事は？」

沈黙があった。そのわずかの間に、彼の頭には何が去来したのだろうか。今、こうして時間が経ってみると、わかるような気がする。どれだけ計算し、どれだけのあきらめを感じ、どれだけ抵抗を感じたか。

「パイロットなんだ」とこれまで聞いたことのないような声で言った。「パイロットだった、と言った方がいいかな。実際には引退したパイロットだ」

「何のパイロット？」

「操縦するパイロットだ」

「うん、なるほど、でも、何を操縦するの？　旅客機？　監視ヘリコプター？　よくわから……」

「なあ、ヤンマラ」私を遮った声は、ゆっくりとしたものだったが、きっぱりとしていた。「俺は誰にでも自分の人生を語るわけじゃない。ビリヤードと友情を混同しないでくれ。頼むよ」

場合によってはその言葉に私は傷ついていたかもしれない。が、そんなことはなかった。彼の言葉は突然、というかわけもなく攻撃的になったのだけれども、その背後には懇願するような調子があった。声を荒げて対応した後には、後悔したような、和解を申し出るような表情を見せた。子供があきらめ気分で人の気を惹こうとしているような感じだ。だから私も子供を許すように無礼を許した。何分かおきにホセさんがやってきた。この店の従業員だ。がっちりとして禿げ頭、いつも肉屋の前掛けをしている。私たちのグラスに氷やラムを注ぎ足しては、すぐにカウンター横のアルミニウムのベンチに戻り、『エル・エスパシオ』誌のクロスワード・パズルに挑むのだった。私は彼の妻エレーナ・デ・ラベルデのことを考えていた。何年の何月だか、リカルドは彼女の人生の外に出て牢に入った。でも何をして投獄されたのだろう？　その間ずっと妻は面会に行かなかったのだろうか？　ひとりのパイロットのなれの果てが毎日毎日ボゴタ中心街のビリヤード場で賭けゲームで金をすることになるにはどんな経緯があったのだろう？　たぶんそのときが、そんなことを考えた最初だったはずだ。その時点では本能的な思いつきだったその考えを私は、その後繰り返すことになる。そのたびごとに言葉を変え、あるいは時として言葉にするまでもなく、こう考えることになるのだ。この男はずっと前からこの男であったのではない。以前は別人だったのだ。

外に出るとあたりは暗くなっていた。ビリヤード場で何を何杯飲んだか正確には憶えていないが、ラムがすっかり回っていたことは間違いない。それでカンデラリア地区の歩道はいつにも増して細くなっていた。ほとんど歩けないほどだった。中心街の何千もある会社からは人々が出てきて、ある者は帰路を急ぎ、ある者はクリスマス・プレゼントを買おうとデパートに入り、あるいはまた街角で固まってバスを待っていた。通りに出てすぐリカルド・ラベルデはオレンジ色（黄色い街灯に照らされていたので、その時はオレンジ色に見えた色）のテーラードの女性にぶつかった。「気をつけてよね」と女は言い、それを聞いた私は、このまま彼を一人で家に帰すと無責任だと言われるか、でなくても危険だと察した。送っていこうと申し出、彼もそれを了承した。少なくともわかる仕方で拒絶はしなかった。何分もしないうちに私たちはラ・ボルダディータ教会の閉じた大扉の前を歩いていた。いつの間にか人の群れから遠ざかっていて、まるで違う街に来たみたいだった。夜間外出禁止令下の街に。カンデラリア地区の深部は時間にとり残された場所だ。ボゴタ中を探しても、一世紀前の生活が偲ばれる場所はこの地区のいくつかの通り沿いだけだ。その場所をそうやって歩いているときに、はじめてラベルデは友達のように話しかけてきたのだった。最初私は、さっき訳もなく無礼を働いたので、今度は少しばかり取り入ろうとしているのだろうと考えた（酒を呑むとこの種の後悔というか、ちょっとした罪の意識を感じたりする）。しかしすぐに、それ以上のものがあるだろうと思った。その時私はなぜそうしなければならないのかわかるにはいたらなかったけれども、彼にしてみればそれは緊急にやらねばならないことだった。一刻も先延ばしにはできない義務だったのだ。私はもちろん、彼の話についていった。酔っぱらいが酔っぱらいらしい問わず語りを始めたら、誰であれその話に耳を傾けるものだ。「彼女は俺のすべてなんだ」と彼は言ったのだ。

「エレーナが？」と私は言った。「奥さんのことだね？」

「すべてなんだ。俺のすべて。ヤンマラよ、事細かに話せなんて言わないでくれよ。自分の過ちを語るのは簡単じゃあないんだ。俺にだって過ちがある。皆と同じでな。汚点だ、もちろん。大失敗だとも。あんたはまだとても若いな、ヤンマラ、そんなに若いときっと過ちなんて犯したことはないんだろうな。恋人を裏切ったとか、そんな話じゃないぜ、違うんだ。それに親友の恋人を食っちゃったって話でもない。そんなのは子供の話だ。俺が言ってるのは本当の過ちのことだ。ヤンマラ、あんたはまだそんなことは知らない。それにその方がいいんだ。今のうちだ、ヤンマラ、できるうちは楽しめ。何かの過ちを犯さないうちは幸せってもんだ。犯しちまった後じゃあ、もう以前の自分は取り戻せない。まあ、つまり俺はこれからの何日かでそのことを確認することになるんだ。エレーナがやって来て、俺は前にあったものを取り戻そうとすることになる。エレーナは俺の生涯の恋人だった。だが別れちまった。別れたくはなかったんだが、別れた。人生のせいで別れることになった。人生ってのはそんなことをするもんだ。俺は過ちを犯したんだ、それで別れた。でも問題は過ちを犯すことじゃない。いいか、ヤンマラ、よく聞け、過ちを犯すことなんかたいしたことじゃない。大切なのは、やり直すすべを知ることなんだ。時間が経ってもいい、何年、何十年でもいい、壊しちまったものをやり直すのに遅すぎることはない。それを俺はやろうとしてるんだ。エレーナがやって来て、俺はそれをやる。永遠に続く過ちなんぞはない。何もかもずいぶん昔の話だ。遠い遠い昔だ。たぶんあんたは生まれてもいなかった。一九七〇年くらいだ。あんたは何年生まれだい？」

「そう、七〇年だよ」と私は言った。「ちょうどその年だ」

「本当か？」

「本当だよ」

「七一年生まれじゃなくて？」

「違うよ」と言った。「七〇年だ」

「なるほど、じゃあそうだろう。その年にはいろんなことがあった。それからの何年かも、もちろんいろいろあったが、でも特にその年だ。その年、人生のせいで俺たちは別れた。離れ離れにされたのに何もできなかった。だが大切なのはそんなことではない。いいか、ヤンマラ、よく聞け、問題はそれではなくて、これから何があるかだ。エレーナがじきやって来るから、それを俺がやるんだ。いろいろと修復する。そんなに難しくはないはずだろう？　道の途中で道筋を修復した人間がどれだけいるか知ってるか？　たくさんだ。違うか？　ともかく俺はそうするんだ。そんなに難しくはないはずだ」

　こうしたことをリカルド・ラベルデは私に言った。彼の家の通りまで着いたときには私たちはふたりきりだった。他に歩行者がいなかったので、いつの間にか車道におりてその真ん中を歩いていた。古新聞をいっぱいに積み、ガリガリのらばに牽《ひ》かれた荷車がこちらへ下ってきた。手綱（縄を結んで手綱がわりにしたもの）をとる男は私たちを轢《ひ》いてしまわないように、口笛を吹いた。その瞬間に脱糞したのだったかどうかは定かではないが、糞の臭いがしたのを憶えている。荷車に渡した板に座って足をぶらぶらさせた子供の視線も憶えている。それからまたラベルデに別れを告げようとして手を延ばし、その手が宙吊りになってしまったことも憶えている。ボリーバル広場で撮った写真で、鳩が載ったあの手にどことなく似た様子で片手が宙吊りになったのは、ラベルデが私に背を向け、時代がかった鍵で扉を開けながら言ったからだ。

「すぐに帰るなんて言わないでくれよ。まあ入って最後の一杯をやろうじゃないか、若いの。話も盛り上がってきたところなんだし」

「リカルド、でももう行かなきゃ」

「それは死ぬときだけの科白《せりふ》だろ」と彼は言った。あまり呂律《ろれつ》が回っていなかった。「一杯だけだ、な、頼むよ。こんな神に見放された土地までわざわざやって来たんだ」

平屋建ての古いコロニアル様式の家の前に来ていた。文化的ないしは歴史的景観をなすものとして手入れされているようなものではなく、零落著しい悲しい家だった。世代から世代へと受け継がれていくにつれ、一族は貧しくなり、その最後の者が負債を返済するために売ったり、あるいはそこをペンションや売春宿などに変える、といった類の家だ。ラベルデは敷居に立って、いい酔っぱらいだけがみせるあの危ういバランスを保ちながら、ドアが閉まらないように片足で止めていた。奥にはレンガ敷きの廊下が、そしてこれまで見たことがないような小さなコロニアル調のパティオがかろうじて見えた。パティオの真ん中には、伝統に従って噴水があるかと思いきや、代わりに物干しがあった。廊下の石灰の壁には、女性のヌード・カレンダーが飾ってあった。私はこれとは別の似たような家に行ったことがあったので、暗い廊下の先に何があるのか想像ができた。私が想像したのは、納屋のように南京錠で閉める緑色の木の扉のある部屋だ。さらに想像したのは、その三×二メートルくらいの納屋のひとつを週ぎめで借りて住んでいるリカルド・ラベルデの姿だった。しかしもう遅い時間だった。私は翌日、成績を提出しなければならなかった（大学業務の耐えがたい義務を果たさねばならなかったのだ。締め切りは待ってくれない）。それに夜のある時間を過ぎると、この界隈を歩くことはあまりにも怖い物知らずな行動だった。酔ったラベルデはいくつかの打ち明け話に乗り出していたのだが、そんなものが始まろうとは、私は予見できなかった。しかもその瞬間気づいたのだが、どんな飛行機に乗っていたのかと訊くくらいならまだしも、彼といっしょに狭い部屋に上がり込んで、失恋に泣く姿を見るとなると、話が違う、まったく別の話なのだ。内面の吐露など楽に終わったためしはない。ましてや他人の話を聞くなどまっぴらだ。私は考えた。ラベルデがこれから話そうとしていることは、翌日話してもらってもかまわないことだ。往来ででも人の集まる屋内ででも、ともかく、空疎な友情のふりも、私の肩に寄りかかって泣くこともなしに、男と男の下らない団結もなしにして欲しいのだ。世界が明日終わるわけではあるまいし、と考えた。ラベルデだって明日からの生活を忘れるわけにはいかない。そんなわけで、自分がこう言うのが聞こえても、驚きはしなかった。

「本当に今日はやめとくよ、リカルド。また今度にしよう」

彼は一瞬、黙った。

「ああ、そうだな」と言った。彼の失望は大きかったかもしれないけれども、それを表面に出しはしなかった。すぐに私に背を向け、背後で扉を閉めながら、言った。「また今度だな」

もちろん、今知っていることをその時点で知っていれば、リカルド・ラベルデが私の人生に残すことになるしるしのあり方を前もって知っていれば、私は考え直すことはしなかっただろう。その時以来私は、あの時誘いを受けていればどうなっていたのだろうと、一緒に部屋に入って最後の一杯、といっても決して最後にはならなかったはずの一杯を飲んでいればラベルデは何を語ったのだろうと、その後の出来事をどんな風に変えていたのだろうかと頻繁に自問することになった。

しかし、こうした疑問も無駄だ。歩んできた道についてくよくよと悩んだり考えたりすることほど不吉な執着、危険な気紛れはない。

再会したのはだいぶ後になってからだった。それからの数日間にも二度ばかりビリヤード場に寄ってはみたのだが、二人の時間が合わなかったようだ。それで、ちょうどこちらから彼の家に行ってみようと思いついた時、彼が旅に出たのだと知らされた。どこに、誰と行ったのかはわからなかった。ともかくある日の午後、負けた分と飲みものの代金を払ったラベルデは、これから休暇に出ると宣言し、無理して賭けてきた者のツキが雲散霧消するように、翌日には自分もすっかり消えてしまったとのことだった。そんなわけで、私もその場所に行くのをやめた。ラベルデがいないビリヤード場などにはまったく興味が失せてしまったのだ。大学は休暇に入り、講座の授業やら試験やらにまつわる日々の仕事は中断した。大学内からは人がいなくなった（教室には声は響かず、事務室にもバタバタと慌てふためく人の姿はない）。そんな中休みの時期だった、元教え子で、ここ数カ月間ある程度隠れて、そうでなくても用心しながらデートを重ねていたアウラ・ロドリゲスが、妊娠を告げたのだ。

アウラ・ロドリゲスだ。正式な苗字は込み入っていて、そこにはアルフーレだのアダーだのといったものがあり、それが示すレバノン系の血は、その深い目と濃い眉のアーチ、額の狭さに見て取ることができたし、全体として真剣な表情との印象を与える顔をしていた。もう少し内向的で無愛想な人物だったら、不機嫌にも見えたかもしれない。彼女はすぐに笑顔を見せるし、無礼と思われかねないほどにじっと見つめるタイプで、おかげでどんな美人でも（それに実際、美人だった。とても美しかった）

ちょっと眉をひそめる瞬間や、緊張したり怒ったりして妙な仕方で口を半開きにして呼吸したりする瞬間には、堅く、あるいはいやな感じになりがちな表情も、和らぐか中和されるかするのだった。私はアウラのことが気に入っていた。少なくとも部分的には。それというのも、彼女の経歴には私のそれと共通する点がほとんどなかったからだ。そもそも彼女は子供のころから根無し草だった。アウラの両親はどちらもカリブの人で、彼女がまだ幼いころにボゴタにやって来たものの、裏表があってずる賢い人ばかりの住むこの街についぞ馴染むことはなく、何年か後に、サント・ドミンゴで仕事を得る機会があったのでそこに移り住み、それからさらにメキシコで仕事をし、そしてまた、わずかな期間だがサンティアーゴ・デ・チレにも住み、という風だったので、アウラはまだほんの小さなころにボゴタを出、その青春時代をまるで移動サーカス団のように、そして同時に永遠の未完成交響曲のように過ごしてきたのだった。アウラの家族がボゴタに戻ったのは、一九九四年の初頭、パブロ・エスコバールが殺されて数週間後のことだった。困難な十年が終わった後だ。つまりアウラは、ここに残っていた私たちが見聞きしたことを永遠に知ることなく生きることになるのだ。後にこの根無し草少女が大学入試の面接試験に現れた時、学部長が受験生全員にするお決まりの質問をした。なぜ法学部なのか？　というやつだ。アウラの答えはあっちへ行ったりこっちへ来たりしたけれども、最終的にたどり着いたのは、将来というよりは直近の過去に結びついた返答だった。「ひと所に落ち着いていたいからです」。弁護士は勉強した土地でしか業務をこなすことができない、とアウラは言った。そしてそんな風に定住できることこそが、後回しにできない第一の理由だ、と。その時には言わなかったけれども、当時、両親はまたどこかに移り住もうとしていて、アウラはついて行くまいと決心していた。

そんなわけで彼女は独りボゴタに残り、二人のバランキージャ出身の女性とひとつのアパートに住むことになった。家具の少ないその安アパートは、そもそも借り主からしてそうなのだが、何もかも暫定的の観を呈していた。こうして法学部で勉強を始めた。彼女が私の教え子になったのは、教師としての一年目の年で、私自身が新人だった。その年が終わるとそれっきり会うこともなかった。同じ建物の廊下を歩き、どちらもしばしば中心街の学生のたむろするカフェに通い、レギスやテミスといった、公共機関の建物のおもむきをもった、いかにも官僚風の、洗剤の匂い立つ白いタイル張りの法学関係専門書店で挨拶を交わしたりしたことはあったのだが。三月のある日の午後、私たちは二十四番通りで鉢合わせした。どちらも独りで白黒映画を見ていた（ブニュエル特集をやっていて、その日の上映作品は『砂漠のシモン』だった。私は始まって十五分で寝てしまった）ことが微笑ましく思われた。翌日お茶に行こうと約束して電話番号を交換した。そしてその翌日、お茶もそこそこに切り上げたのは、つまらない会話を交わしている最中に、私たちの興味はお互いの人生を語り合うことなどにはないのだと気づいたからだ。そうではなくて私たちはどこかで一緒に寝て、午後の残りの時間をずっと、お互いの体を見つめていたいと思っていたのだ。何しろ私たちは、教室のひんやりとした空間の中ではじめて行き交ってからというもの、ずっとそれぞれが相手の肉体を想像していたのだから。ハスキーな声と目立った鎖骨の記憶がよみがえった。胸の間にそばかすがあったことは驚きだった（顔と同じく明るくすべすべしているだろうと想像していたのだ）し、科学的に説明のつかない理由から常に冷たいその口も驚きだった。

けれども、やがて驚嘆と探求、発見と逸脱は別の状況に歩を譲ることになる。たぶんもっと驚きの、予見不可能なためにびっくりする状況に。それからというもの、私たちは毎日会ったけれども、人目を忍んだ逢瀬の後にも、それぞれの世界はそれほど大きくは変わらないことがわかった。私たちの関係は、良くも悪くも、私たちの生活の実践的な局面にさして影響はしなかった。そうではなくてむしろ、私たち自身と共存するもので、たとえて言えば平行に走る道、あるいはテレビドラマでたどるストーリーといったものだった。私たちは、自分たちがお互いについて少ししか知らないことに気づいた。ともかく私は気づいた。時間をかけてアウラを発見していった。彼女は不思議な女で、夜、私とベッドをともにすると、自分のことや他人のことについての話をしてくれるのだが、そうやって私にとってはまったく見ず知らずの世界を描きだして見せるのだった。その世界では、たとえば、友人の家が頭痛の臭いがしたり、頭痛がバンレイシのアイスクリームの味がしたりするのだという。「共感覚の病人と一緒にいるようなものだね」と私は彼女に言ったものだ。プレゼントを開けてみる前に鼻に持っていく者など、それまではひとりとして会ったことがなかった。靴だったり、指輪、何の罪もない哀れな指輪だったりということが見てすぐにわかる場合でも、彼女はそうするのだ。「指輪に匂いなんてあるのか？」とアウラに訊ねてみた。「何も匂わないわ。本当よ。でもね、あなたには言ってもわからない」

一生この調子で続けることもできただろうとは思う。けれども、クリスマスの五日前、アウラはスーツケースを引きずって私の前に現れた。キャスターつきで、あちこちにポケットのあるスーツケースだ。「六週間なの」と彼女は言った。「休暇を一緒に過ごしたい。その後のことはそれから考えましょう」。ポケットのひとつからディジタルの目覚まし時計とバッグを取り出した。バッグにはエンピツが入っているのかと思ったら、化粧品が現れた。別のポケットにはアウラの両親の写真が入っていた。そのころにはブエノスアイレスに落ち着いていたそうだ。彼女は写真を取り出すと、片側のナイトテーブルにうつぶせに置いた。その写真を立てたのは、私がいいよと、休暇を一緒に過ごそうじゃないかと、悪くない考えだと応えてからのことだった。私がそう返事をすると彼女は——その時の映像は記憶の中に鮮明に残っている——ベッドに、シーツのかけられた私のベッドに身を投げだし、目を閉じると喋りだした。「信じてくれないの」と言った。私はてっきり妊娠のことかと思って言った。「誰が？　誰に話したんだい？」「両親のことを話しても」とアウラは言った。「信じてくれない」。私は彼女の隣に寝そべり、腕枕をして話に耳を傾けた。「たとえばわたしを生んだのは何のためだかわからないと言っても、信じてくれない。だってあの人たちは二人で充分だったし、今でも満足している。自分たちだけでやっていけるのに、なんでなんだろう、ってこと。そんな風に感じたことない？　お父さんお母さんと一緒にいると、突然、自分が邪魔者だって、余計だって感じることない？　わたしはしょっちゅうある、というか、独り暮らしを始める前まではしょっちゅうあった。それがとっても変なの。お父さんお母さんと一緒にいる時に、二人が見つめ合うでしょう。その視線はもう何度も見てよく知っている視線なんだけど、それを交わすと二人だけ死ぬほど笑い始めるの、でもなんで笑ってるんだかわからない。わからないだけならまだしも、どうして笑ってるのか訊いちゃいけないように感じるの。もう何年も前からそんなことがあって、わたしはそれをはっきりと憶えてるわ。共犯関係というのじゃなくて、それ以上の何かなの。ねえアントニオ、子供のころから何度もそんな目に遭ったの。メキシコでもチリでも、何度も。あまり気に入ってないんだけど、どういうわけか招待することになった客と食事している時とか、街中でばったり出会った人が馬鹿な話をしていたりすると、ふと、わたしにはわかるの、五秒前だって。さあ、あの視線が始まるって思うの。すると本当に五秒後には、二人の眉が動き始めて、目と目が合って、他の誰の顔にも見たことのないあの微笑みが浮かぶのがはっきりとわかるの。あの人たちはそうやって微笑みながら人を馬鹿にするのよ。あんな仕方で愚弄する人って、わたしは他に見たことがない。微笑んでいるのにちっとも微笑んでいないなんて、そんなことできる人がいるのかしら？　あの人たちはそれができるのよ、アントニオ、本当なんだから。わたしは子供のころからその微笑みを見て育ったの。なんでそれがこんなにいやなんだろう？　いまだにいやなの。どうしてこんなにいやなのかな？」

　彼女の言葉には悲しみはなくて、苛立ちが、あるいはむしろ憤怒があった。かまってもらえなかったり無視されたりして騙された者の憤怒。そう、それだ。たぶらかされた者の憤怒。「思い出したんだけど」と彼女が言った。「十四歳か十五歳のころ、メキシコを出国しようとしていたころのこと。金曜日で、学校があった。でも地理だったか数学だったかの授業に乗り気がしないという友だちについて行くことにしたの。公園を突っ切って行く最中だった。サン・ロレンソ公園なんだけど、名前はどうでもいい。で、その時、お父さんにとてもよく似た男の人を見かけたの。でもお父さんのとは違う車に乗っていた。車を角で停めて、通りを見つめていたわ。するとお母さんにとてもよく似た女の人が車に乗ったの。でもお母さんのものとは違う服を着て、赤毛だった。お母さんは赤毛じゃないのよね。公園の向こう側で起こった出来事なんだけど、車はゆっくりと曲がってわたしたちの前を通るしかなかった。わたしは停めようとして手を挙げたんだけど、その時、いったい何を考えていたんだろうね。でも似てるって印象が強すぎてつい、手を挙げたの。それで向こうは停まった。わたしは公園の石段の上にいて、車は車道。近くで見るとすぐにわかったわ、あの二人だって。お父さんとお母さんだったの。微笑みかけてどうしたのって訊ねた。すると恐怖の瞬間が訪れた。二人はわたしを見ても、まるで知らない人のように、これまで一度も会ったことのない人のように話してきたの。周囲の友だちたちと同じ存在みたいに。二人はプレイしてるんだって、やがて気づいた。高級娼婦を連れて街を歩く既婚男というプレイなんだから、わたしに邪魔されるわけにはいかないの。それでいてその晩もいつもどおりだった。家族揃って食事して、テレビを見て、それだけ。何も言わなかった。何日間かは考えていた、いったい何が起こったんだろうって。考えても理解できなかったし、それまで感じたことのないような感覚があった。恐怖を感じたのね。でも何が怖いんだろう。馬鹿みたいじゃない？」一息つき（唇を歯に押しつけたままで）、それからつぶやいた。「今度はわたしに子供ができる。でもその覚悟があるのか、わからないのよ、アントニオ。わたしは準備できてるのかな」

「僕はできてると思うよ」と私は言った。

私の言葉もつぶやきだったと記憶する。その後、もうひとつつぶやいた。「荷物を全部持って来なよ」と言ったのだ。「二人で準備しよう」それに対して何か言う代わりに、アウラは泣き出した。声に出さず、涙も落とすまいとこらえた泣き方だったが、やっとおさまったのは眠りに落ちた時だった。

一九九五年の年末は典型的なサバンナの年の暮れだった。アンデス山脈の高地で見られる濃密な青空、温度が氷点下まで下がる未明には、空気も乾燥し、コーヒー農園の山火事を引き起こす。一方、その日の残りの時間は日射しを浴びて暖かく、光も澄み、うなじや頰が赤くなるほどだ。このころ私は思春期の少年のようにまめまめしく——いや、しつこく——アウラに尽くした。日中は医者の勧めにしたがって歩き、長時間昼寝をし（彼女）、研究のための嘆かわしい論文を読み（私）、あるいは貧弱な映画興行界における上映に数日先駆け、家で海賊版の映画を見て（両方）過ごした。夜になると私はアウラを伴い、家族や友人の開くノベーナ[*1]のパーティに出かけ、そこで踊ったりノンアルコール・ビールを飲んだり、ロケット花火の輪《ロダチーナ》や火山花火に火をつけたりした。打ち上げ花火も飛ばしたが、花火はこの街の黄色がかった空に、派手な色を炸裂させた。この街の空は一度も完璧な漆黒になったことがないのだ。一度も。そういえば、一度も私は、リカルド・ラベルデがそのころ何をしているだろうかと自問したことがなかった。彼もノベーナの祈りを捧げているだろうか、彼の行ったパーティでも花火をし、打ち上げ花火を飛ばしたりロケット花火に火をつけたりしただろうか、そんなことを独りでやったのだろうか、それとも誰かと一緒だったのだろうか。

そんなノベーナ続きのある日、どんよりと曇って暗い朝、アウラと私は最初のエコー検診に行った。アウラはすんでのことでキャンセルするところだった。そうせずに済んだのは、次に子供のことがわかるのは二十日後になると吹き込まれたからだ。そしてまたそれがどんな危険をはらむかも。そんなことになったのは、それがいつもと同じ朝ではなかったからだ。他の年の十二月二十一日と同じ十二月二十一日ではなかった。未明の早い時間から、ラジオ、テレビや新聞はアメリカン航空九六五便、マイアミを出て最終的にカリ市のアルフォンソ・ボニージャ＝アラゴン国際空港に向かうその飛行機が、前夜、エル・ディルビオ山の西斜面に激突したことを伝えていた。乗客は百五十五人いて、多くはカリに向かっていたのですらなく、その晩のボゴタ行き最終便に乗り継ぐつもりだった。ニュースの時点で確認されていた生存者は四人で、いずれも重体だったし、生存者の数は増えないだろうとのことだった。すべてのテレビ、ラジオが放送していたニュースを通じて、私は事故の詳細をあますところなく知ることとなった。飛行機は757だった、晴れて星のまたたく夜だった、人為ミスが囁《ささや》かれている、などだ。私は事故を嘆いた。そして可能な限りの哀悼の念を、休暇をともに過ごすためにやって来る家族を待っていた人びとに対し、あるいは飛行機のシートで、自分たちが目的地に到着することはないのだと、最期を生きているのだと、一瞬にして悟った人びとに対して感じた。しかしその哀悼の念もはかなく、他のことに気を取られると忘れがちな類のものだった。事実、病院の小さな部屋に入ってアウラがシャツを脱いで横たわり、私がモニターの傍に立つころには忘れていた。そこで私たちは子供が女の子であること（アウラは不思議な神通力で女の子だということは確信していた）、当時まだ七ミリメートルしかないその女の子は完璧に健康であることを伝えられた。黒いモニターにはきらめく宇宙のような図が映り、そのきらめきが動いてどれがどの星座かもわからないその場所に、私たちの娘がいるのだと、白衣の女性が教えてくれた。海の中の島のようなその姿、たった七ミリのその一ミリ一ミリが彼女なのだった。モニターの電気の光に照らされて微笑むアウラが見えた。私はその微笑みを生きている限りり忘れることはないだろうと強く恐れる。それから彼女は指を腹に持っていき、看護師の塗った青いジェルをすくい取った。さらにはその指を鼻に持っていき、匂いを嗅ぎ、彼女なりの世界の規則に従って検分した。道ばたで拾ったコインのように不条理なまでに満足いくものだと見なしたことがわかっ

＊1　コロンビア独特のクリスマス。

た。

エコーを受け、速すぎる心臓の鼓動にアウラと二人でびっくりしながら、リカルド・ラベルデのことを思い出した記憶はない。その後、手渡されたエコーの報告書の封筒に、アウラと二人で女の子の名前を書きつけながら、リカルド・ラベルデのことを思い出した記憶はない。その報告書を声に出して読みながら、私たちの娘が胎内のやさしく包まれた場所にあって、通常の卵形をしているという説明を読み、その言葉に、レストランの中だというのに、アウラが突然大笑いした時、リカルド・ラベルデのことを思い出した記憶はない。娘を持つことによってどんな風になるのか、先例となる人たちに即してあらかじめ知りたいとの思いもあってのことだけれども、あるいはまたアドヴァイザーか、できれば助けになってくれそうな人を探す意味もあって——まるでこのとき既に私は、これから自分に降りかかることが、これまで生きるはめになった何よりも濃密で神秘的、予測不可能な経験だと直感していたみたいだ——、知り合いに娘を持つ父親となった者がどれだけいたかと、頭の中でひとりひとり名を挙げていた時、リカルド・ラベルデのことを思い出した記憶はない。実際のところは、その日、そしてその後の何日かの間、世間がひとつの年から次の年へとゆっくりかつだらだらと移行していた期間、頭の中にどんな考えが去来したのか、確《しか》とは憶えていないのだ。ただひとつ憶えているのは、もうすぐ父になるという考えだった。もうすぐ女の子が生まれてくる。二十六歳にして娘を持つのだ。まだ若すぎるという思いに眩暈《めまい》がした私にしてみれば、考えられることといったら、父のことしかなかった。父には私の年には既に私と妹がいたが、しかもそれは、母と父との最初の子が流産した後の話なのだ。当時私はまだ、あるポーランドの老人作家が、もう何年も前に影の輪郭について語ったことを知らなかった。ひとりの若い男が自らの人生の主となる瞬間のことだ。しかしてそれこそが、アウラの腹の中で娘が成長していく間に私が実感したことだったのだ。その顔は見えるにいたってはいないし、その力も計り知ることはできないけれども、彼女がもう少しで新しく未知の生き物に変わろうとしていることを私は実感したし、この変身をとげてしまえば、もう後戻りはできないことも実感していた。別の言い方で、しかもそんなに神話化する力もない言い方で言うなら、こういうことだ。とても大切で、同時にとてももろい何かが私の責任の下に置かれることになったと実感したし、ありえないことだが、私は自らの能力が挑戦に応じられるだけの高みにあると実感したということだ。今となっては、その時期、現実の世界に生きていたというぼんやりとした思いすら抱けなかったとしても、驚くには値しない。何しろ私の気紛れな記憶力は、アウラの妊娠に無関係な意味や意義をことごとく取り去ってしまったのだから。

十二月三十一日、新年のパーティに行く道すがら、アウラはリストを見直していた。赤い罫線に緑色の余白を二倍に取った電話帳のようなもので、取り消し線や下線、欄外の書き込みでいっぱいになったそのノートを私たちは外出のたびに持ち歩いては、普通だったら人が雑誌を読んだり他人の人生のことを考えたり、あるいは自分の人生をこうすればよかったと想像したりする空き時間——銀行の列に並んでいる間や待合室での時間、悪名高いボゴタの交通渋滞の間——に、取り出す習わしになっていたのだ。名前の候補の長いリストの中から生き残ったのはほんのわずかで、それらには注意書きや未来の母の判断がついていた。

マルティナ（これじゃあテニス選手だ）

カルロータ（女帝の名じゃない）

百番通りの立体交差をくぐり抜け、高速道路を北に向かっていた。先の方で事故があり、車はほぼ完全に停まってしまった。そんなこともまったくアウラにはお構いなしのようだった。私たちの娘の名をどうしようかとの考えにどっぷりと浸っていたのだ。どこかで救急車のサイレンが鳴った。ルームミラーを覗いて、赤い光のミキサーが道を空けろと、通してくれと言いながらやって来るかと確かめたが、見えなかった。その時、アウラが言ったのだ。

「レティシアはどう？　確かひいおばあちゃんにそんな名前の人がいたと思う。そんな感じの名前が」

一度二度と名前を繰り返してみた。長母音に、傷つきやすさと確かさを混ぜ合わせた子音のひとつひとつを確認しながら。

「レティシア」と口に出した。「うん、いいね」

そんなわけで私は、新年の最初の活動日にはすっかり違う人間になっていた。十四番通りのビリヤード場に行くとリカルド・ラベルデがいたのだが、私の胸中にはたったひとつの感情しかなかったことをはっきりと憶えている。彼に対する共感だ。それから彼の妻、エレーナ・フリッツさんにも。それに休暇中の二人の再会が首尾よくいっていたらいいのだがと強く、そんなことがあるだろうかと思うほどに強く願ったのだった。彼の勝負はもう始まっていたので、私は別の台で別のグループを組み、自分のゲームを始めることにした。ラベルデは私に目をくれなかった。まるで昨晩も会ったかのように扱った。午後も時間が過ぎるうちに他の客は三々五々、帰るだろうと私は考えた。そして結局最後の時間にはいつものメンバーだけが椅子取りゲームの勝ち残りのように残ることになるだろう。リカルド・ラベルデと私はこうして顔を合わせ、しばらく手合わせし、その後うまく行けば、クリスマス前の話の続きができるかもしれない。だがそうはならなかった。ゲームを終えた彼がキューをラックに返すのが見えた。出口に向けて歩き出すのが見えた。思い直すのが見えた。玉を突いたばかりの私のテーブルに歩み寄ってくるのが見えた。額は汗びっしょりで、満面に疲れの色が浮かんでいたが、彼の挨拶には心配したくなるようなところはなかった。「新年おめでとう」遠くからそう言った。「休みはどうだった？」でも答えさせてはくれなかった。あるいは何らかの仕方で私の返答を邪魔したのかもしれない。それとも声の調子か表情に、その質問が修辞的疑問だと思わせる何かがあったのか。ボゴタっ子の間によく見られる空虚な社交辞令で、熟考の末、誠実に答えることなど期待していないと思われたのかもしれない。ラベルデはポケットから古めかしい黒いカセットテープを取り出した。それが何かわかったのは、ひとえにオレンジ色のラベルのおかげだった。ラベルにはＢＡＳＦと書かれていた。彼はそれをあまり体から腕を離さずに見せてくれた。まるで違法な商品を見せているみたいだった。広場でエメラルドを売るとか、裁判所脇で麻薬の包みを売るみたいだった。

「なあ、ヤンマラ、これを聞かなきゃならないんだ」と言った。「器具を借りられる場所知らないかな？」

「ホセさんはレコーダー持ってないの？」

「持ってやしねえんだ」と言った。「それにこれは急ぎだ」テープのプラスチックの枠を二度ばかり叩いた。「しかも他人に聞かれたくない」

「なるほど」と私は言った。「二ブロック先にひとつあるよ。金なんかも要らない」

私が考えていたのは詩歌会館だった。詩人ホセ・アスンシオン・シルバのかつての住居で、今は朗読会やワークショップなどが開かれる文化センターになっていた。私はよくその場所に行っていた。大学在学中は通い詰めたものだ。そこのサロンのひとつはボゴタでもとびっきりの場所だ。あらゆる種類の文学愛好家たちが集い、ふかふかの革のソファに身を沈め、ある種のモダンさのあるサウンド・システムに囲まれ、既に伝説となった録音を心ゆくまで聴くのだ。ボルヘス自身の声によるボルヘスとか、ガルシア＝マルケスの声によるガルシア＝マルケス、レオン・デ・グレイフの声によるレオン・デ・グレイフなどだ。シルバとその作品については、当時、誰もが口にしていたが、それというのも、始まったばかりの一九九六年には、詩人の自殺から百年の記念を祝うことになっていたからだ。私は以前、名の知られたジャーナリストの論説欄の記事を読んだ。「今年は街中に彼の銅像が建てられるだろうし、政治家たちの口の端にも彼の名がことごとく上がるだろう。誰もが『夜想曲』の詩を朗唱し、詩歌会館に花を捧げに行くだろう。そして天国だかどこだかにいるシルバは奇妙に思うことだろう。非人情なこの社会は彼に屈辱感を与え、ことあるごとに後ろ指をさした。それが今、まるで国家の長か何かのように、賛辞を捧げようとしているのだから。道化めいて嘘つきなこの国の支配階級は、これまでも文化を我が物顔に奪ってきた。シルバも同じ目に遭うのだ。彼の思い出がすっかり利用されることになる。そして本当の彼の読者たちは、一年中、頼むから静かに放っておいて欲しいものだと思うことになるのだ」。他のどこでもなくこの場所にラベルデを連れてきた時、このコラムのことが私の頭になかったとはいえないだろう。頭の暗い一角、奥に、奥の奥に、無駄なことをためこんだ格納庫にでもあったはずだ。

二ブロック歩く間、私たちはひと言も交わさなかったし、視線は歩道の崩れかけたセメントか、アメリカドクトカゲの逆立ったうろこのようにユーカリの木や電話局の電信柱がささっている暗緑色の遠い山並みにやっていた。入り口に着いて石段を登ると、ラベルデは私を先に通した。彼はそれまでこうした場所に来たことはなかったのだろう。まるで危険を察知した動物のように不安そうに、疑い深く振舞った。ソファの広間にいたのは中学生と、ひとつの音源をふたりで聴きながら、時々目と目を合わせて淫らな笑い声を立てている若いカップル、それにスーツにネクタイ姿で色落ちした革のアタシェケースを膝に乗せ、恥ずかしげもなくいびきをかいている男がひとりだった。係の者に状況を説明したところ、おそらくもっと奇妙な申し出にも慣れているはずのその女性は、吊り上がった目で私を睨《ね》め回し、どうやら私が誰だかわかったのか、あるいは以前何度も利用した者だと思い出したのか、手を差し出した。

「拝見できますか」と素っ気なく言った。「何をお聴きになりたいのでしょう」

ラベルデは武器を没収されるみたいにカセットを手渡した。その時彼の指がビリヤード場のチョークで青く汚れているのが見えた。これまで見たことがないほどに大人しく、女に指定された席に行って腰かけた。ヘッドフォンをつけ、深く身を沈めると目を閉じた。その間私は、待っている間の時間つぶしの種を求めた。他の録音されたものでもよかったのだろうが、私の手はシルバの詩を引き抜いた（百年の迷信に屈したのだろう）。肘掛け椅子に座り、そこのヘッドフォンを手に取って調節していると、現実の人生のあちら側だかこちら側だかに行ったような、新しい次元での人生を始めるような気になった。『夜想曲』の朗読が始まった時、誰のものだかはわからないけれども、メロドラマめいたバリトンの声が、コロンビア人ならば誰もが一度は口にしたことのあるあの最初の詩行を読み始めた時、私はラベルデが泣いていることに気づいた。あたり一面かぐわしき夜、とピアノ伴奏を従えたバリトンの声が詠んだ時、私から数歩先にいたラベルデは、今私が聴いている詩行を聴いているわけでもないのに、手の甲で目を拭い、やがては袖で目を拭っていた。翼のさざめきと音楽が匂い立つ。リカルド・ラベルデの肩は揺れ始め、頭を垂れると、手を合わせて祈るような格好になった。そして君の影は細くやつれ、とメロドラマめいたバリトンの声によるシルバは謳《うた》っていた。そして私の影は月光に照らされ。ラベルデをみつめていいものかどうか迷った。悲しむままにそっとしておくべきか、それとも傍に行ってどうしたのかと訊ねるべきか。少なくともヘッドフォンを外すなり何なりすれば、ラベルデと私の間にはスペースが開けるだろうし、そうやって彼に話しかけるべきではないかと考えた記憶がある。そうしないことにして、自分の音源に没入し、シルバの詩の憂愁に私もまた悲しい気持になる方が安心だし、心も落ち着くだろう、わざわざ危険に身を晒すことはない、と考えた記憶もある。ラベルデの悲しみは危険がいっぱいだと考え、その悲しみが孕《はら》む恐怖を感じたのだ。けれども、直感だけで、いったい何が起こったのかは理解できないでいた。ラベルデが待っていた妻のことなど思い出さなかった。彼女の名を思い出さなかった。その名をエル・ディルビオ山の事故と結びつけて考えることはしなかった。そうではなくて私はその場に、私の肘掛け椅子に、ヘッドフォンを着けたまま留まって、リカルド・ラベルデの悲しみに割って入ることはすまいと思ったのだ。それどころか私は目を閉じて、不躾《ぶしつけ》な視線で彼の邪魔をすることはやめようと、その公共の場所で、ある種の自分だけの世界に閉じ籠もらせておこうともしたのだった。私の頭の中では、ただ私の頭の中だけでは、シルバが詠んでいた。そしてふたつはただひとつの長い影だった。雑音のない私の世界では、ただバリトンの声とシルバの言葉、それにふたつを包む退廃的なピアノの音だけが鳴り響き、そのまま時間が過ぎたのだが、それは私の記憶の中で長引く時間なのだった。詩の朗読を聴いたことのある者は、こうしたことが起こるのは知っている。メトロノームのように詩の言葉が時間を刻み、同時にその時間は長く延び、散逸し、私たちを混乱に陥れる。まるで夢の時間のようだ。

目を開けると、ラベルデはいなくなっていた。

「どこへ行きましたか?」まだヘッドフォンを着けたままでそう言った。自分の声が遠くから聞こえたので、馬鹿げた反応だが、ヘッドフォンを外し、もう一度同じ質問をした。まるで係の女性が最初の質問を聞いていなかったみたいに。

「どなたですか?」と彼女は訊いた。

「友だちです」と私は言った。彼に対してその語を使ったのはそれが最初だったので、突然、変な気分になった。いや、そうではない。ラベルデは友だちではない。「そこに座っていた人です」

「ああ。さあ、存じません。何も言いませんでした」と彼女は答えた。そう言うと彼女は振り向き、まるで私に何か返せと言われたみたいに不審そうに音声装置を確認し、言い足した。「カセットは彼にお返ししました。よろしいですか? 何かございましたらご本人にお訊ねください」

広間を出てざっと周囲をひと巡りしてみた。ホセ・アスンシオン・シルバが晩年住んだ家には真ん中に明るいパティオがあって、周囲に張りめぐらされた廊下からは細いガラスの窓——詩人が生きていたころにはなかったものだが、今では訪問客を雨から守る役目を果たしている——で隔てられていた。しんと静まり返った廊下に私の足音が鳴り、反響もせずに消えていった。ラベルデは書庫にもいなかったし、木のベンチに座ってもいなかった。講堂にもいなかった。出て行ったに違いない。建物の狭い入り口に向かった。茶色い制服を着た警備員（帽子を斜にかぶった様は映画の殺し屋のようだ）の脇を通り抜け、詩人が百年前、胸に銃弾を放った部屋の脇を通り抜け、十四番通りに出ると、七番街の建物の向こうにもう太陽が隠れてしまっているのが見えた。黄色い街灯がおずおずと灯り始めたのが見えた。そしてリカルド・ラベルデが見えた。うつむいて長いコートにくるまれ、私の場所から二ブロック先、もうほとんどビリヤード場に到達しそうなあたりを歩いていた。私は考えた。そしてただひとつの長い影だったと。わけもなく詩が思い出された。そしてその瞬間、それまで歩道でじっと佇んでいたオートバイが見えた。たぶんそれが見えたのは、乗っていた二人がかすかにわかるかわからないかくらいの動きを見せたからだろう。後ろに乗っている者の足がステップにかけられ、手が上衣の中に滑り込んだのだ。二人とももちろんヘルメットをかぶっていた。どちらのヴァイザーももちろん暗かった。大きな頭に大きな四角い目がひとつ開いていていた。

　私はラベルデの名を叫んだ。けれども、その時既に何かが彼の身に降りかかろうとしていることを知ったからではない。彼に気をつけろなどと言いたかったのではない。その時点で私が考えていたことは、ただ、彼に追いつきたいということだけだった。追いついて具合でも悪いのかと訊ね、場合によっては助けてあげようかと思ったのだ。けれども、ラベルデには私の声は聞こえていなかった。大股に歩き始めた。その場所の歩道は四十センチばかりの高さになっていたが、その狭い歩道を歩く人びとをよけ、必要とあらば車道に下りて、先を急いだ。考えるとはなしにそしてふたつはただひとつの長い影だったと考えていた。いやむしろいつまでも耳にこびりついて離れないメロディのように、絶えずその詩行を繰り返していた。四番街との角では、夕方の密な車の群れが一列をなしてゆっくりと、ヒメネス通りへの出口に向けて前進していた。緑色のバスの手前に格好のスペースがあったので通りを横断した。点いたばかりのバスのライトに照らされ、通りの埃と排気ガス、降りはじめた小雨がはっきりと見えた。そのことを考えながら、雨が降りはじめたのでしばらく雨宿りせねばと考えながら、ラベルデに追いついた。あるいは、彼のコートの肩が雨でくすんでいる様がはっきりとわかるほどに近くに行った。「何もかも問題ないよ」と私は言った。間抜けな言いぐさだ。何もかもとは何なのかわからないのだから。ましてや問題ないかどうかもわからないのだ。リカルドは悲しみですっかり変貌してしまった顔で私を見つめた。「そこにエレーナがいたんだ」と言った。「どこに？」と私は訊ねた。「飛行機の中だよ」と彼が答えた。ほんの一瞬、混乱して、たぶんアウラがエレーナという名になった。というか、エレーナの名を聞いてアウラの顔と妊娠した体を想像した。そしてたぶんその瞬間、それまで知らなかったある感情を経験したのだが、それは恐怖ではなかったはずだ。まだそうではなかった。けれどもそれによく似た感情だ。その時一台のオートバイが頭を低くして車道をこちらへ向かってくるのが見えた。行く先の住所を探す観光客のようにこちらに向けてスピードを上げてくるのが見えた。そしてちょうど私がラベルデの腕を取ったとき、私の手が彼のコートの左肘あたりにしがみついたとき、こちらを向いた顔のない頭と、まるで金属の人工器官のようにいとも自然にこちらに伸びたピストルが見えた。そしてそれが二度、火を噴くのが見えた。さらには爆発音が聞こえ、やにわに空気が震えるのを感じた。自分の体の重みを突然に感じるその直前、片腕を上げて身を守ったのを記憶している。脚は体を支えるのをやめた。ラベルデが地面に崩れ落ち、私も一緒にくずおれた。二人の体が音もなく落ちた。人びとが叫びだし、途切れることのない耳鳴りが始まった。男がひとりラベルデの体に駆け寄り、助け起こそうとした。別の誰かが私を助け起こそうとしたことに驚いた記憶がある。僕は大丈夫だ、と言った、というか言ったと記憶する。何でもない。路上から、さらに別の誰かが車道に飛び出して、まるで遭難者のように手を振り回し、角を曲がってきた白いピックアップ・トラックの前で立ち止まるのが見えた。私はリカルドの名を一度、二度、発音した。腹に熱いものを感じた。一瞬、小便してしまったかもと思ったが、すぐに私のグレーのTシャツを濡らしているのは小便ではないとわかった。少しして意識がなくなったが、最後の映像はいまだに記憶の中にはっきりと残っている。持ち上げられる私の体の映像と、それを車の荷台にやっとの思いで乗せた男たちの姿だ。私はラベルデの傍に隣り合う二つの影のように横たえられた。私たちが車体に残した血の染みは、その時間のわずかな光の下では、夜の空のように黒々としていた。

わが死者にあらず　II

記憶にはないが、弾丸は腹を突き抜け、器官にこそ当たらなかったものの、神経と腱を焼き切りながら進み、最終的に脊椎から二十センチばかりのところにある腰骨で止まったことを知っている。出血は多量におよび、私の血液型は多くの人と同じだと思うのだが、そのわりに当時サン・ホセ病院には蓄えがわずかしかなかったのか、あるいはこれだけの苦悩を抱えたボゴタ社会では、あまりにも多くの人がそれを必要としていたのだろうか、父と妹がたくさん献血することになり、おかげで私の命は救われたのだと知っている。私は運が良かったのだと知っている。私が話せるようになると、皆がそう言ってくれた。でもそうでなくても私は知っている。本能的に知っているのだ。これは記憶にあるのだが、私は運がいいという思いは、意識が回復して最初に抱いたものだった。一方で記憶にないのは、外科手術の三日間だ。間断なく麻酔を打たれたので記憶の中から完全に抹消されてしまっているのだ。幻覚の中身は記憶にないが、見たことは間違いない。一度そうした幻覚を見て激しく体を動かしているうちに、ベッドから落ちてしまったことは記憶にない。そしてそんなことがまた起きないようにとベッドに縛りつけられたことも記憶にないけれども、激しい閉所恐怖、外からの攻撃にさらされているという恐怖の感覚ははっきりと記憶している。熱と汗、体中にびっしょりとかいて看護婦にシーツの交換を頼むことになった汗、それに、一度、人工呼吸器の管を外す時に、喉とカラカラに乾いた口の端が傷ついたことを記憶している。叫んだ時に自分の立てた音を記憶しているし、これは記憶にないけれども、私の叫び声が同じ階の他の入院患者たちをずいぶんと悩ませたことは知っている。患者やその家族たちが苦情を言い、しまいには看護婦たちは私の部屋を替えることになった。替わった先の部屋で私は、束の間正気を取り戻し、リカルド・ラベルデはどうなったのかと訊ね、彼が死んだことを知ったのだった（誰に教えてもらったかは記憶にない）。悲しみは感じなかったと思う。あるいは、知らせを聞いて感じた悲しみと痛みから生じた涙とを混同しているのかもしれない。ずっと混同していたのだ。ともかくわかっていることは、その時は、取り囲んでいた人々の胸も張り裂けそうな表情を見るにつけ、自分自身の状態が重篤なのはわかったし、生き延びるのに精一杯で、死んだ者のことばかり考えてはいられなかったということだ。いずれにしろ、私がこんな目に遭ったのは彼のせいだと思った記憶はない。

そう思ったのは後になってからだ。私はリカルド・ラベルデを呪い、彼と知り合った瞬間を呪ったし、自分の不幸の直接の原因がラベルデではないという思いなど、一瞬たりとも頭をよぎらなかった。彼が死んでよかったと思ったし、私がこれだけ痛い思いをしているのだから、彼も痛みの中で死んでくれたことを望んだ。断続的に朦朧《もうろう》とする意識で、私は両親の質問にただ短く答えていた。彼とはビリヤード場で知り合ったのか？　ああ。何をやっている人か知らなかったのか？　妙なことに足を踏み入れているとは思わなかったのか？　いや。なぜ殺されたんだ？　さあ。なぜ殺されたんだ、アントニオ？　さあ、知らない。アントニオ、どうしてあの人は殺されたんだ？　さあ、知らない、知らないんだ。質問は何度もしつこく繰り返されたが、私の答えはいつも同じだった。やがてそれが返答を要しない質問なのだということがはっきりわかった。それはむしろ嘆きだったのだ。リカルド・ラベルデが銃撃されたその晩、ほかにも市内のいたるところで、手口も様々な十六もの殺人事件が起きていた。私の記憶に残っているのは、十字レンチで殴られて死んだタクシー運転手ネフタリ・グティエレスと、市内西部の空き地で山刀で九回も切りつけられた自動車工ハイロ・アレハンドロ・ニーニョの事件だ。ラベルデの殺人はこうした犯罪のひとつに過ぎなかった。したがって質問に答える贅沢が許されると考えるなど、傲慢というか、背負ってるというものだ。「それにしても何をして殺されたってんだ？」父は私に訊ね続けた。

「知らないよ」と私は言った。「何もしてないさ」

「何かはやったんだろう」と彼は言った。

「もうどうだっていいじゃない」と母が言った。

「ああ、そうだとも」と父は続けた。「今さらどうだっていいことさ」

いろいろなことがわかってくるにつれ、ラベルデに対する怒りは、自身の肉体やこの肉体が感じているものに対する怒りに歩を譲っていった。さらにこの私に対する怒りは、他人に対する怒りへと変貌した。そしてある日、私はもう誰とも会いたくないと思うにいたり、家族の者を病院から追い出し、状況が好転するまで会いに来るのを禁じた。「でも心配なのよ」と母は言った。「面倒を見てあげたいの」

「僕はいやだね。面倒なんて見て欲しくない。誰にも面倒は見られたくない。出てって欲しいんだ」「でも何か必要になることがあるだろう？　せっかく何かしてあげられるのに、そんな時にいられないなんて」「何の必要もない。必要なのは独りになることだ。独りでいたいんだ」私は沈黙を味わいたい、とその時考えた。レオン・デ・グレイフの詩だった。この詩人の詩もシルバ詩歌会館でよく聴いていた。詩というものは思いがけない時に迫ってくるものだ。私は沈黙を味わいたい。友では癒えぬ。独りにしてくれ。そう。私は両親にそう言ったのだ。独りにしてくれ、と。

医者が呼び出しボタンを持ってきて、使い方を教えてくれた。いわく、ひどく痛いときには一度だけボタンを押せばいい。そしたらモルフィネを静脈注射で投与して、たちどころに楽にしよう。けれども、制限があった。初日には一日のモルフィネの使用量を三分の一の時間で使い果たしてしまい（まるでヴィデオゲームで遊ぶ子供のようにボタンを押した）、残りの時間は、記憶によれば、まったくの地獄だった。こんな話をするのも、私の回復期が、こんな具合に、痛みによる幻覚とモルフィネによる幻覚との間で過ぎていったからだ。決まった時間などはなく、お伽噺《とぎばなし》の囚われの身の者のようにいつでも眠った。目を開けるたびに目の前の光景が奇妙なものに思われた。不思議なことにいつまで経っても馴染むことがなく、いつだってはじめて見た光景のように思われたのだ。いつだったかはっきりとは憶えていないけれども、アウラがその光景の中に姿を現したことがある。目を開けると、茶色いソファに腰かけ、心の底から哀しげに私を眺める彼女の姿が見えたのだ。それまで感じたことのない感情がわき上がった（あるいは、感じたことがなかったのは、やがて私の娘を産むことになるひとりの女が私を見つめ、看病しているという意識だったのかも）が、その瞬間そう考えたわけではないと思う。

夜。夜は記憶している。入院の最後のころには、暗闇を怖がるようになった。恐怖がおさまるのは、やっと一年後になってからのことだ。午後六時半、ボゴタに急激に夜が落ちる時間になると、心臓は怒り狂って鼓動を打つ。最初のうちは何人もの医者と対話をかわしてやっと、梗塞で死にかけているのではないと納得する始末だった。ボゴタの長い夜——辛い夜は常に十一時間以上は続く。季節が何であろうとそうだし、ましてやそれを堪え忍ぶ者の精神状態などはお構いなしだ——は、入院中にはかろうじて耐えられた。夜の病院といえば、一晩中電気のついた白い廊下、白い病室のほの暗いネオン照明などが特徴だ。ところが私のアパートの部屋は完全な暗闇になる。街灯は十階のわが家までは届かないのだ。目覚めて手探りで進むことを想像しただけで恐怖を感じた私は、やむなく、子供のころのように電気を点《つ》けたままで眠ることになった。アウラは心配したほど嫌がらず、明るい夜によく耐えてくれた。時には飛行機の中でよく配られる、個人的に暗がりを作り出すあのマスクに頼り、時には諦め、テレビをつけてショッピング番組で、どんな果物も切れる機械や、体中の脂肪を減らすクリームなどを楽しそうに見ていたものだが。彼女の肉体ももちろん、変化を遂げつつあった。レティシアという名の女の子が彼女の中で育っていたのだ。だが私にはその子に必要なだけの注意を払う余裕がなかった。不条理な悪夢を見て目覚めたこともひと晩きりではなかった。私はまた両親の家で住んでいるのだが、今回はアウラも一緒だった。そこで突然ガスレンジが爆発し、家族が皆、死ぬ。私はそれに気づいたのだが、ただ手をこまねいているだけだった。そうなると時間も顧みず、実際には何も起きていないと、夢はいつまで経っても夢なのだということを確認するためだけに、家に電話をかけることになった。アウラは私を鎮めようとしてくれた。じっと私を見つめていた。私は彼女に見つめられていることを実感した。

「何でもないんだ」と私は言った。そんな風にして、やっと夜も終わろうかというころ、二、三時間、眠ることが叶うのだが、花火に怯える犬のように丸まって眠るのだ。なぜ夢にレティシアが出て来ないのか、何をすればレティシアは夢から追放されたというのだろうかと考えながら。

私の記憶の中では、続く時期は大いなる恐怖とちょっとばかりの不快さにとらわれ続けていた。街路では、きっと誰かに見張られているという思いに不意に襲われた。弾丸が体の中を傷つけたので、数カ月は松葉杖をつくはめになった。それまで感じたことのないような痛みを左脚に感じた。まるで虫垂炎に苛《さいな》まれる直前のような痛みだ。医者たちは私に神経が成長するリズムとそれがある種の自律性を獲得するまでにかかる時間について説明してくれたものの、私はそれを聞いても理解できなかった。あるいはそれが私の問題だとは理解できなかった。一方で妻は、私からは遠く離れた場所で、別の医者からだいぶ違う話についての説明を受け、葉酸の錠剤を飲んだり、コーチゾン剤の注射を受けて子供の肺の発達を促したりしていた（アウラの家系には早産の者がひとりいた）。彼女の腹は変わり続けていたのだが、私は気づかなかった。アウラは私の手を張り出したへその隣に置いた。「ほら、そこよ。感じる？」「でも何が感じられるんだ？」私は訊ねた。「わかんない。蝶みたいなもの。羽根があなたの手をかすめていく感じ。言ってることわかるかな」わたしは、ああ、と答えた。よくわかるとも、と。ただし嘘だったけれども。

私は何も感じなかった。気を取られていたのだ。恐怖に気を取られていた。ヴァイザーの向こうの殺人犯たちの顔を想像していたのだ。大きな発砲音がして、鼓膜にこびりついて離れないビューンという唸りが聞こえる。そして突然の出血。これを書いている今でも、これらの細部を思い出すときには同じ薄ら寒い恐怖が体内に入り込んでくるのを防ぐことができない。恐怖は、最初のトラブルを抱えてからかかっているセラピストの幻想的な語法によれば、ＰＴＳＤ（心的外傷後ストレス障害）というそうで、彼によれば、数年前、爆弾で私たちの街がずたずたになっていたころに大いに関係があるのだとか。「ですから内密な生活に支障をきたさないかどうかとご心配なさらないように」と男は言った（そう発音したのだ。内密な生活、と）。それについては私は何も言わなかった。「体は必死で戦っています」と医者は続けた。「そこに集中して、必要でないことは排除する必要があります。最初になくなるのはリビドーです。わかりますね？　だから気にしなくていいのです。機能不全などは普通のことです」この時も応えなかった。機能不全など、醜い語に思われた。音がぶつかり合って、全体を醜悪にしているみたいだった。それでこのことはアウラには話さないでおこうと考えた。医者はまだしゃべっていた。しゃべるのをやめさせることなどできそうになかった。恐怖は私の世代のボゴタッ子には一番多く見られる病気だ、と彼は説いていた。私の置かれた状況は決して特殊なものではない、と。いつの間にかなくなる。彼の診療所を訪れた者は皆そうだった。そういったことを彼は言ったのだ。こうした突然の動悸や、場合が場合ならおかしくも見える発汗の合理的説明など、ましてやその統計的局面など、さらさら興味がないのだとは、ついぞ理解してくれなかった。そうではなくて私が望んでいたのは、発汗と動悸を消してくれる魔法の言葉、またぐっすりと眠れるようになるためのマントラだったのだ。

私はすっかり宵っ張りの習慣を身につけてしまった。音がしたり、あるいは音がしたと思ったりして眠りの途中で目覚めると（そして脚の痛みに囚われ、もう眠れなくなるのだ）、松葉杖を取り出し、リヴィングへ行き、リクライニングの椅子に腰かけると、そのままの姿勢でボゴタの周囲を取り囲む丘での夜のうごめきを、晴れた夜には飛行機の赤と緑の光を、気温の下がる未明にはまるで白い影のように窓に結露する水滴を眺めていた。しかし夜だけが掻き乱されるのではない。起きていても同じなのだ。ラベルデの一件から数カ月経ってもまだ、排気管が炸裂するだけで、ドアがバタンと閉まるだけで、あるいは分厚い本がある仕方である場所に落ちるだけでも、私は不安に震え、妄執に駆られるのだった。いついかなる時でも、はっきりとした原因もなしに、さめざめと泣き出した。前触れもなく涙が落ちた。食堂のテーブルでも、両親やアウラが目の前にいても、友だちといるときでも。そしてそんなときには、自分が病気だと思うだけでなく、恥ずかしいとさえ思うのだった。最初のうちは誰かが駆け寄って私を抱きしめ、子供を慰めるような言葉をかけてくれた。「もう終わったんだよ、アントニオ、もう大丈夫」と。時が経つにつれ皆は、家族の皆は、そんな瞬時の涙に慣れっこになってしまい、慰めの言葉はなくなり、抱擁も姿を消してしまった。そうなると恥ずかしさは増すばかり、というのも、私が泣いても彼らはもう心配するのではなく、変わったやつだと思うようになったのは明らかだからだ。見知らぬ人々の場合は、私に対して義理も同情も感じる必要がないのだから、もっといけない。職場復帰後最初の授業の最中に、フォン・イェーリングの理論について質問した学生がいた。「司法制度が発展する基礎は」と私は始めた。「二重だ。自身の権利を尊重させるための個人の闘争と、構成員に必要な秩序を強要しようとする国家の闘争だ」「それなら」と受講生が質問した。「脅迫を受けたとか暴行されたと感じて反抗する人間は真の〈法〉の創始者と言えますか？」そこで私はすべての法が宗教に組み込まれていた時代、モラルと衛生、公的なもの、私的なものなどの区別が存在しなかった昔のことを話そうとしたが、できなかった。目をネクタイで覆い、泣き始めたのだ。応答は中断された。教室を出るときには学生がこう言うのが聞こえた。「哀れだね。やつももう終わりだ」

そんな診断が下されるのを聞くのも初めてではなかった。ある晩、アウラは女友だちとの集会から遅く帰ってきた。この街で英語からの借用語でシャワーと呼ばれているやつだ。将来の母に対する贈り物の雨を浴びてきたのだ。そっと入ってきたのは、間違いなく私を起こさないようにとの気遣いだろうが、私は起きており、自分を危機に追いやった例のフォン・イェーリングについてメモを取っているところだった。「寝たらどう」と彼女は言ったが、質問しているのではなかった。「仕事なんだ」と私は言った。「終わったら寝るよ」。その時彼女が薄いコート（いや、薄いのだから、ギャバジンというほどのものだ）を脱ぎ、それを籐椅子の背にかけたと記憶する。ドアの桟《さん》に背もたれ、片手でかさばった腹を支え、もう一方の手で髪を梳《と》いた。あまり言いたくないことを言わねばならず、できれば奇跡が起きて言わずにすめばいいと思っている時に人が見せる、心の準備といった感じだった。「私たちのことが噂になってるって」とアウラは言った。

「誰が噂してるって？」

「大学の人たち。よくわからないけど、みんなよ。生徒たちとか」

「先生方は？」

「知らない。少なくとも、生徒たち。ベッドに来て。話すから」

「今はいやだ」と私は言った。「明日な。今は仕事があるんだ」

「もう十二時過ぎだよ。二人とも疲れてるんだから。あなたは疲れてるんだから」

「仕事なんだ。授業の準備をしなきゃいけない」

「でも疲れてるでしょ。それに寝てない。眠らないのも授業には悪いわよ」間を置いて食堂の黄色い電気に包まれた私を見つめ、言った。「今日どこにも出てないでしょう？」

私は答えなかった。

「お風呂にも入ってない」と彼女は続けた。「一日着替えもしてない。ずっとここに籠もっていたでしょ。アントニオ、あなたは事故ですっかり変わっちゃったって言われたのよ。だから言ってやった。そりゃあ変わるわ、馬鹿言わないで、変わらないでいられるはずがないじゃない、って。でもね、本当のこと言うと、私だってそんな風になってほしくない」

「本当のことなんか言わなきゃいいんだ」と私は吠えた。「誰も言ってくれなんて頼んでないぞ」

会話はそこで終わるはずだったのだが、アウラは何かに気づいた。何かに気づいたときに見られる顔の動きがことごとく彼女の表情に見て取れた。ひとつだけ質問してきた。「私を待ってたの？」

このときも何も答えなかった。「私が帰るまで待ってたの？」ともう一度訊いてきた。「心配してた？」

「授業の準備をしてたんだ」まっすぐ目を見て言った。「どうやらもうそれもできないみたいだけど」

「心配してたのね」と彼女は言った。「だから起きてたのよ」さらに、「アントニオ、ボゴタは戦時下の街じゃないのよ。流れ弾が飛んでくるわけじゃない。皆がみんな同じ目に遭うわけじゃないのよ」

君は何もわかっちゃいないんだ、と私は言いたかった。君は別の場所で育ったんじゃないか、と。二人の間には共通の認識はない、とも言ってやりたかった。君にわかってもらうことなんてできない。誰も君に説明できない、僕だって君に説明はできない。しかしそんなことは口の中で言葉になることはなかった。

「誰だって皆に同じことが起こるなんて思ってやしないさ」その代わり、こう言ったのだった。強い調子にするつもりはなかったのだが、思いがけず大きく響いたので、びっくりした。「君が戻ってこないからって心配なんかしていない。君がトレス・エレファンテス[*1]がやられたような爆弾や、DAS[*2]の爆弾に当たるなんて思わない。君はDASの局員じゃないんだから。セントロ93の爆弾にだって当たらない。君はセントロ93に買い物になんか行かないからだ。それにそんなのはもう昔の話だ。違うかい？だから君がやられるなんて誰も思わないんだ、アウラ。そんなことになったら、とんでもなくついてない話だろ？　でも僕らはついてないわけじゃない。そうじゃないかい？」

「そんな風に言わないでよ」とアウラが言った。「わたしは……」

「僕は授業の準備をしているんだ」と遮った。「だからほっといてくれってのは無理な要求かい？　午前二時に馬鹿な話なんかしてないで、とっとと寝に行って、僕の邪魔しないでくれ、早いとこのくそったれたやつを終えさせてくれって頼むのは、頼みすぎか？」

記憶しているままを言えば、彼女はすぐに私の部屋に向かいはしなかった。そうではなくてまず台所へ行った。すると冷蔵庫を開け閉めする音が聞こえ、それから扉の音も聞こえた。ちょっと押しただけでひとりでに閉まる戸棚の扉のようなやつだ。そうした家の中の一連の音には（聞いているとアウラの

*1　コロンビアのデパート・チェーン。
*2　安全保障局。

動きがわかる、ひとつひとつの動きが想像できる）、煩わしい親しさのようなものがあって、イライラするけれども親しみを感じるのだった。まるでアウラが、何週間も看病もせず、回復の具合を確かめてもいないのに、私の個体距離内に何の許しも得ずにズカズカ入り込んできたという感じだ。彼女が手にタンブラーを持って台所から出てくるのが見えた。濃い色の液体だったので、私は嫌いだが、彼女の好きな炭酸飲料の類なのだろう。「どのくらいの重さか知ってる？」と訊ねてきた。

「誰が？」

「レティシア」と彼女は言った。「検査してきたのよ。大きな子なの。一週間以内に生まれなければ、帝王切開にとりかかるって」

「一週間以内」と私は言った。

「検査の結果は良好だった」とアウラは言った。

「それは良かった」と私は言った。

「体重、知りたくない？」と彼女が訊いた。

「誰の？」私は訊いた。

記憶しているままを言えば、彼女はリヴィングの真ん中でじっと立っていた。台所のドアと廊下の敷居から等距離の、一種の中立地帯にいた。「アントニオ」と彼女は言った。「自分の心配をするのは悪いことじゃない。でもね、あなたの場合は病的になりかけてる。心配症ね。それで、そうなると今度は私が心配することになるのよ」。注いだばかりの炭酸飲料をダイニング・テーブルに置くと、彼女は浴室に籠もってしまった。水道をひねり、浴槽にたまるまで湯を流している音が聞こえた。想像するに泣きながらそうしていたのだろう。流れ出る湯の音で泣き声を隠していたのだ。私が寝に行ったときも、けっこうな時間が経っていたのだが、彼女はまだ浴槽にいた。そこは自分の腹が重荷にならない場所、無重力と幸福の世界なのだった。私は彼女が出てくるのを待つことなく眠りに落ち、翌日にはまだ彼女が寝ている間に家を出た。正直に言うと、アウラは本当は眠っていないのだろう、行ってらっしゃいと言うのがいやだったのだ、と考えた。妻はその瞬間、私を憎んでいるのだろうと考えた。恐れによく似た思いとともに、彼女の憎しみも当然だと考えた。

大学には七時ちょっと前に着いた。前の晩の睡眠不足のせいで目と肩が重かった。私はふだん、教室の外で、古い回廊の石の手すりにもたれ、生徒たちがやってくるのを待ち、クラスの大半が間違いなく教室に入ったことを確認してから入室していた。その日は、腰のあたりが疲れていたからなのか、あるいは座った方が松葉杖が目立たないからなのか、中に入って腰かけて待つことにした。だがそこまでたどり着かなかった。椅子に近づくことさえできなかった。黒板の絵に目を奪われたのだ。まっすぐに見てみると、男と女が淫らに絡み合う姿だった。男のペニスは腕と同じくらいの長さで、女の顔には目鼻がなく、ただチョークで円と長い髪を描いただけだった。下には活字体で文章が書かれていた。

直接挿入科目　ヤンマラ先生法学入門

眩暈がしたが、誰にも気づかれなかったと思う。「誰だ?」大声で言ったけれども、自分で思ったほどの大声になっていたかは憶えていない。生徒たちの顔には、人らしさがなかった。皆、中身をすっかり空っぽにしたみたいだった。黒板の絵の女のように、チョークで描いた円があるだけだった。階段へ向かって歩き始めた。引き摺った足で可能な限り早く歩き、階段を下り、碩学カルダス[*1]の肖像画の前を通るころには、すっかり我を失っていた。絵の説明によれば、わが国の独立の指導者でもあるカルダスは、この階段を下って処刑台に向かう最中、しゃがんでチョークを拾い上げた。死刑執行人の目の前で石灰の壁に、真ん中に直線の貫通した卵形を描いた。二つに分断された長くて黒いO（おお、長く暗い出立）だ。嘘っぽくて馬鹿馬鹿しく、かつ誰が言ったのかも知らないそんな謎の文字の前を私は、心臓をバクバク言わせながら、真っ青な顔をして汗びっしょりの手で松葉杖の横木をしっかりと握りしめながら通った。ネクタイが首を絞めてきた。大学を出て、どこの通りを歩いているのか、誰と擦れ違っているのかもわからないままひたすら歩き続けるうちに、腕が痛くなってきた。サンタンデール公園の北の角で、いつもそこにいるパントマイムの大道芸人が私の後についてきて、難儀そうな歩き方や無様な動き、それに喘ぐ様子まで真似を始めた。ボタンがいっぱいついた黒いつなぎの服を着て、顔はただ一色、白塗りにした彼の虚空での腕の動きはたいした手並みで、私自身、そこにはないはずの松葉杖が見えたように思った。そうやって挫折した名優に愚弄され、歩行人たちの笑いの的になりながら、私はその時はじめて、自分の人生がバラバラに崩れ落ちていくのだと考えた。そしてまた、まだ見ぬ娘のレティシアはこれ以上はない最悪の瞬間にこの世に生まれいずることになるのだとも考えたのだった。

　レティシアは八月のある日の朝、生まれた。前の晩は病院で、帝王切開の手術の準備をしたのだが、アウラがベッドに寝て、私が付添人用のソファにかけていたその病室内は、いつかどこか別の部屋での禍々《まがまが》しさが乗り移ったかのような雰囲気だった。看護婦が迎えに来た時には、アウラはすっかり薬で意識が混濁し、最後に言った言葉が「手袋はきっとO・J・シンプソンのものよね」だった。手を取って、松葉杖などではなく、彼女の手を握ってやりたかったし、そう伝えたのだけど、彼女にはもう意識はなかった。廊下やエレヴェータをついて歩いたが、看護婦は落ち着くようにと言ってきた。お父さん、万事順調にいきますよ、と。だが私は、この女たちはいったい何の権利があって俺をお父さんと呼ぶのだ、ましてや先の見通しを述べるなど何様のつもりだ、と自問していた。その後、手術室の巨大なハネ扉の前に来ると、私は待合室で待つように言われた。そこはむしろ椅子三脚に雑誌の載ったテーブルがあるだけのただの通過点みたいなものだった。松葉杖を角の写真、というかポスターの隣に立てかけた。青い空を背景にヒマワリに抱きついて歯のない口で笑っているピンク色をした赤ん坊のポスターだ。古い雑誌を捲《めく》り、クロスワード・パズルで気を紛らわせようとした。穀物の籾を取る場所。オナンの兄。動きののろい人、とりわけ、わざとそうしている人。けれども、かろうじて考えることができたのは、ただ中で眠っている女のことだけだった。眠っている間に彼女の肌と肉はメスで切開され、そのメスを握る手袋をした手が、今度は彼女の肉体の中に挿入され、そこから私の娘が取り出されるのだ。その手、気をつけてくれよ、と私は考えた。手際よく動かして、触れてならないところには触れないでくれ。君を傷つけさせたりはしないよ、レティシア、君をびっくりさせたりもしない。何も怖がることなんかないんだから。若い男が出てきたときには立っていた。彼はマスクも外さずに言った。「どちら

＊1　フランシスコ・ホセ・デ・カルダス。一七六八－一八一六。コロンビアの博物学者。

のお姫様も完璧ですよ」。いつの間に椅子から立ち上がったのかわからなかったけれども、その時には脚が痛み出していたので、また腰かけた。顔を手に持っていったのは恥ずかしさからだ。涙など人に見せたくないじゃないか。動きののろい人、と思いついた。とりわけ、わざとそうしている人。それから、青い透明なプールのようなものに入れられたレティシアを見、ついには遠目にも暖かいことがわかる白い産着にしっかりくるまれた彼女を見たときにも、またこの馬鹿らしい文章が頭に浮かんだ。私はレティシアに集中した。もどかしくなるような遠い場所からまつげのない彼女の目を覗き込み、これまで見たこともないような小さな口を見、寝た姿勢では手が隠れてしまっていることを残念に思った。その瞬間、娘の手を見ることが何よりも先決のように思われたのだ。この瞬間のレティシアに対して抱いた愛情以上の愛情を、私はこれから先、二度と抱くことはないだろうと確信した。私にとってはその瞬間の生まれたての彼女、完全なる初対面の彼女以上の存在には誰もならないだろうと。

　二度と十四番通りには戻らなかった。ビリヤード場は言うまでもない（すっかりビリヤードをやめてしまったのだ。長い間立ちっぱなしだと脚の痛みがひどくなり、耐えがたいまでになる）。こうして街の一部を失った。あるいはこう言った方がいいかもしれない。私の街の一部が奪われてしまった。通りや歩道が少しずつ閉じていって、しまいには私たちを追い出してしまう、まるでコルタサルの短編小説の部屋のような都市を想像した。「私たちはいい調子だった。そして少しずつ、考えずに生活するようになっていった」とその短編小説の兄妹は、よくわからない何者かに家の半分を占拠された後に言ったのだった。そしてつけ加えた。「人は考えずに生活できるのだ」。確かに、できる。十四番通りが奪われてからというもの——長いセラピーと、吐き気や薬でずたずたになった胃の痛みが続いた後の話だ

——、街を忌み嫌い、街に恐怖を抱き、街から脅迫を受けているような気がするようになった。世界が閉じた場所だと感じるようになった、というか、自分の人生が壁に閉じこめられたものだと感じるようになった。医者は外出が怖くなることがあると話し、まるで落としてはいけない繊細なものを扱うように、広場恐怖という言葉を投げかけてきた。しかし、私に言わせれば、説明するのはとても難しいけれども、ちょうどその逆、激しい閉所恐怖のようなものに苛まれていたのだ。ある日のカウンセリングをある理由から憶えているのだが、それというのもその日、医者が一種の個人的なセラピーを勧めてきたからだ。彼によれば何人かの患者には効果があったのだという。

「アントニオ、あなたは日記をつけていますか?」

　つけていないと答えた。日記など、これまでは愚かなものだと思ってきたと。虚栄心というか、時代錯誤というか、自分の人生がまるで重要なものであるかのようなフィクションなのだと。彼は応えた。

「でもつけるようにしてみてください。いかにも日記らしい日記というのではなく、自分自身への問いを投げかけるノートです」

「問いですか」と私は繰り返した。「たとえばどんな?」

「たとえばボゴタには実際にはどんな危険があるか、とか。あなたの身に降り掛かったことがもう一度起こる可能性はどれくらいあるか、とか。そしたら、お望みとあらば、統計のようなものを差し上げましょう。問いかけるんですよ、アントニオ、自問するんです。なぜあんなことになったのか、誰が悪いのか、あなたのせいなのかどうか。他の国でこんなことが起こっていたら。違う時代に起こっていたらどうだろうか。これらの問いに妥当性があるかどうかです。妥当な問いとそうでないものを区別することが重要なんです、アントニオ。そうするためのひとつの方法が書きだしてみることです。どれが妥当な問いでどれが説明なんかできないものに説明を求める馬鹿げた試みかわかったら、別の問いを立ててみてください。どうやって立ち直ればいいか、誤魔化しではなく、忘れ去るにはどうすればいいのか、新たな生活を始めるには、あなたを愛する人たちとうまくやっていくにはどうすればいいか、という問いです。どうすれば恐怖を抱かずにすむか、あるいはみんなが感じる程度の、まあわかるという程度の恐怖ですませられるか。ここから前に進むにはどうすればいいかという問いですよ、アントニオ。これまでもずいぶん色々なことを考えたことでしょう。それは当然です。でも紙に書いた問いを読むと、ずいぶんと違って見えるものです。そういう日記です。今日から二週間ばかりつけてみてください。それからのことはまた考えましょう」

馬鹿なことを勧めると思った。むしろ自己啓発本にこそお似合いだ。髪に白いものの混じる専門家、机の上にはレターヘッドつき便箋を置き、壁にいくつかの外国語の検定証明書を貼る人物の考えることとはとても思えない。もちろんそんなことなど言いはしなかったし、その必要もなかった。立ちあがると彼は書棚に向かったのだ（どれも一様な革装の本、家族の写真、額に入った読めないサイン入りの子供の絵）。「きっとあなたはそんなことなさらないでしょうね。わかってますよ」引き出しを開けながらそう言った。「私が言ったことなど馬鹿げたことだと思ってらっしゃる。ええ、そうかもしれませんね。でもお願いですから、これを持って帰ってください」私が小中学校で使っていたようなスパイラル・リングつきのノートで、表紙はジーンズの生地をぶざまに真似たような代物だった。最初の四、五、六ページばかりを剝ぎ取り、最後のページを見てそこに何も書いていないことを確かめるような仕草をしてからそれを私に手渡した、というよりも、私の目の前にあるテーブルに置いた。私はそれを手に取り、何をしようと思ったのか、小説を読むように開けて、捲ってみた。方眼のノートだった。私は昔から方眼ノートが大嫌いだ。最初のページには、かろうじて剝ぎ取ったページに書かれた文字の痕がわかる。幽霊文字だ。日付と下線を引いた単語がひとつ、Yの文字。「ありがとうございます」と言って立ち去った。その日の晩、最初にこの戦略を聞かされた時には疑いの気持がわいたはずなのに、私は部屋のドアをしっかり閉めたことを確認すると、ノートを開いて書きつけた。愛しの日記よ。皮肉を込めて書いたつもりだが、空しく響いた。ページを捲り、書き始めようとした。

?

でもそこから先が出て来なかった。そんなわけで、ボールペンを宙に浮かせ、視線は孤独に佇《たたず》む疑問符に釘づけにしたまま、数秒間たっぷりとじっとしていた。アウラはその一週間、軽いけれども厄介な風邪に悩まされていて、その時も口を開けたまま寝ていた。彼女を見つめ、その表情をスケッチしようとして失敗した。明日何をしなければならないかを頭の中でリストアップした。レティシアのワクチン注射も含まれていた。それからノートを閉じてナイトテーブルの上に置き、灯りを消した。

外では、夜の奥底で、犬が一匹、吠えていた。

一九九八年のある日、フランスでのサッカーのワールドカップが終わってちょっと経った頃で、レティシアが生後一年を迎えるちょっと前のこと、私は国立公園のあたりでタクシーを待っていた。どこから来たのかは憶えていないが、北に向かっていたことは知っている。医者たちが診察のたびに私の気を鎮めようとして、回復は通常のリズムで見られるようになってきた、私の脚はほどなく元に戻るだろうと繰り返していたものだが、そうした面談に向かおうとしていたのだ。北行きのタクシーは通らず、逆に中心街に向かうものは始終通った。私は中心街にはやることがない、と馬鹿みたいに考えた。そこでは何も奪われたものはない、と。それから、こうも考えた。そこでは何もかもが奪われたのだと。そんなわけで、それ以上深く考えることもなく、私のような状況にない者には理解不能な極めて個人的な価値に関する行事のように、通りを横切って最初に来たタクシーに乗り込んだ。数分後にはあの出来事から二年以上ぶりにロサリオ広場に歩いて向かい、カフェ〈パサヘ〉へ入り、空いた席を探し、そこから襲撃のあった角を眺めた。まるで夜の草原に草を食む牛を、熱狂的にかつ落ち着いて眺める少年だった。

私が腰かけたのは金属の脚がたった一本あるだけの茶色い丸テーブルで、最前列にあった。ウィンドウからは二十センチと離れていない。そこからはビリヤード場の入り口は見えないけれども、バイクに乗った殺人犯たちがたどったルートはよく見えた。アルミニウムのパーコレーターの音が隣接する通りの交通の音や歩行者の靴音と混じりあっていた。挽いたコーヒー豆の芳香が、誰かがハネ扉を開けて出てくるたびに漂う公衆便所の匂いと混じりあっていた。人が悲しい方形の広場にいる。広場を縁取る街路を渡っている。この街の創設者の銅像を取り囲んでいる（彼の暗い色の鎧は、ずっと昔から白い鳩の糞まみれだ）。銘々の木箱を手に大学前に陣取った靴磨きたち、エメラルド売りの人の輪。私は彼らを見つめ、そこで、今この瞬間、靴音を響かせているその歩道のすぐ近くで、何が起こったか、彼らが知らないことにびっくりした。たぶん、彼らを見ている最中にラベルデに考えが及んだのだと思う。気がつけば私は、彼のことを思い出しても心配も恐怖も感じていないのだった。

コーヒーを一杯頼み、お代わりも頼んだ。二杯目を持って来た女は、悪臭のする憂鬱な布巾でテーブルを拭き、すぐさま新しいソーサーの上に新しいカップを置いた。「他にご注文はございますか？」と訊ねた。彼女の乾いた指関節を見た。舗装の剝げた自動車道が重なって見えた。湯気の亡霊が黒い液体から立ち昇った。「いや、特に」と答えた。そして記憶を手繰《たぐ》って何かの名前を思い出そうとしたが、できなかった。学生時代を通して通い詰めたカフェだというのに、勤務中にはいつでも給仕してくれた女性の名前を思い出せないのだった。「質問していいかな？」

「何でしょう」

「リカルド・ラベルデをご存じ？」

「場合によりますが」我慢がならないというような、退屈極まりないような様子で、エプロンで手を拭きながら答えた。「お客様でしょうか？」

「いや」と私は言った。「でもひょっとして、いや、でも違うな。そこで殺された人物だ。広場の向こう側で」

「ああ」と彼女は言った。「どれくらい前のことでしょう？」

「二年前」と言った。「二年半だ」

「二年半」と彼女は繰り返した。「いいえ、二年半前の死者のことは憶えていません。残念なことです」

彼女は嘘をついているのだろうと思った。もちろん、証拠などは一切なかったし、想像力の乏しい私はその理由を想像することもできなかったが、それにしてもこんなにも最近の犯罪を忘れることができるなんて不可能だと思ったのだ。あるいは、ラベルデが死に、私が死にかけて苦しみ、熱と幻覚に苛まれたというのに、この出来事は世界に、過去に、またはこの都市の記憶の中に確固たる位置を占めることがなかったということなのかもしれない。そのことに私が困惑したのは当然だ。この瞬間に私はあることを決意したのだと思う。あるいはあることができると感じた。ただし、その決意を形にするためにその時口に出した言葉は憶えていないけれども。カフェを出て右に曲がったのは、問題の角を避けて回り道するためだ。ラ・カンデラリア地区を突っ切ってラベルデが弾丸に倒れる日まで住んでいた場所に向かった。

ラテンアメリカの首都の街はどれもそうだが、ボゴタは動きと変化のある街だ。七、八百万ばかりの住民が不安定にひしめいている。ここで誰かが目を長く閉じすぎたとする。すると開けた時にはもう別の世界にいるということがあっても全然おかしくはない（昨日までフェルト帽を売っていたところが金物屋になっている。この宝くじ売り場は以前、靴修理職人の拠点となっていたところだ）。まるで街全体が、テレビのおふざけ番組のセットみたいだ。ターゲットがレストランのトイレに行って戻って来たら、そこがホテルの部屋に変わっているといった類《たぐい》の番組だ。しかし、ラテンアメリカのどこの都市にも時間にとり残された場所が一箇所または数箇所ある。周囲は変化しても変わることのない場所だ。ラ・カンデラリア地区というのはそういう場所だ。リカルド・ラベルデの家の通りでは、角の表示板はまだそこにあった。門枠の隣の紋章も相変わらずだった。それどころか、一九九五年にはまだ具体的な呼びかけであり得た結婚式への招待や名刺などまで同じだった。一九九五年には安っぽい紙のポスターで覆われていた壁は、二年半経ってもなお、同じ紙質、同じ様式の別のポスターに覆われていた。黄ばんだ四角い紙が葬式や闘牛や市議会への立候補者を宣伝していて、唯一変わったところといえば、その固有名だけなのだった。ここでは何もかもが変わっていなかった。ここでは、そんなに頻繁にはないことだが、現実が私たちの中にある記憶に合わせてくれているのだった。

ラベルデの家も私の記憶の中にあるのとまったく同じものだった。瓦の配列が二つに割れ、老人の口の中の欠けた歯を思わせた。入り口の扉のペンキは足の高さのところが剝がれており、材木は割れていた。ちょうど荷物をいっぱいに持って帰った者が、ドアが閉まらないようにと足蹴《あしげ》にする場所だ。その他はまったく一緒だった。あるいはノックの音が建物内に響きわたるのを聞いたときにはそう感じた。返事がなかったので二歩後ずさり、人の気配がないものかと天井を見上げた。気配はなかった。テレビのアンテナの傍らで戯れる猫が一匹と、アンテナの足下に生えた苔が見えただけだった。諦めかけた時、ドアの向こうで物音が聞こえた。扉を開けたのは女だった。「何かご用で?」と言った。かろうじて見せた私の反応というのが、まったくもって間抜けなものだった。「リカルド・ラベルデの友だちだったんです」。

戸惑いと疑いの表情が見て取れた。女はそれから敵意剝き出しで返答したが、驚いてはいないようで、まるでずっと私を待っていたかのようだった。

「こっちはもう話すことなんかないよ」と言った。「もう昔のことだ。何もかも洗いざらい記者に話したさ」

「記者？」

「ちょっと前のことさ。何もかもだよ」

「でも私は記者ではありません」と言った。「友だちだった……」

「もう話したってば」と女は言った。「あんなひどいことを書いて、忘れたなんて思ってほしくないね」

その瞬間、彼女の背後から男の子が現れた。口の周りが汚れていたが、そうするほど幼くもないように見えた。「どうしたんだい、コンス？　この人に何かひどいことでもされたの？」もう少しドアに近づいたので日の光が顔に当たった。口の周りは汚れていたのではなく、髭が生えかけていたのだった。

「リカルドの友だちだっていうんだよ」とコンスが小声で言った。私を上から下までじろじろ見るので、私も彼女に同じことをした。彼女は太って背が低かった。髪をひとまとめにしているが、灰色には見えない。黒と白のいくつもの束に分かれていて、囲碁かオセロみたいだった。黒いワンピースに身を包んでいるが、伸縮素材らしく体のラインにぴったりとはりついていたので、ニットのベルトは腹からせり出した肉に埋もれて見えなくなっていた。かろうじて見える部分は、へそから飛び出した太いミミズみたいだった。彼女は何か思い出した、というか思い出したようだった。コンスの顔、まるで肉体労働してきたばかりというように、赤みが差して汗まみれの皺《しわ》に埋もれたその顔が、くしゃっとなった。六十がらみの女がその時、飴《あめ》をせがんで断られた大きな女の子に変わった。「失礼しますよ」と言ってコンスは扉を閉じようとした。

「閉めないでください」と私は言った。「話を聞いてください」

「どきな、きょうだい」と若者が言った。「あんたの捜し物なんざここにはないぞ」

「知り合いだったんです」と私は言った。

「どうだかね」とコンスが言った。

「殺された時、一緒にいたんです」と言ってTシャツをたくし上げ、腹の傷を彼女に見せた。「弾が私にも当たったんです」と言った。

傷痕は雄弁だった。


それに続く数時間、私はコンスにあの日のことを語った。ラベルデとのビリヤード場での出会いから、詩歌会館でのこと、その直後に起こったことなどだ。ラベルデが私に何を語ったか伝え、なぜそれを語ったのかいまだもってわからないのだと伝えた。それから、録音テープのこと、それを聞く間ラベルデがひどく悲しそうにしていたこと、その中身が何なのかという、その時ふと頭をよぎった考え、何を聞けば酸いも甘いもかみわけたひとりの立派な大人があれだけ悲しむのかという予想も口にした。「想像できないんです」と私は言った。「想像してみようとしたのですが、できないんです。思いつかない」「思いつかないでしょう?」と彼女が言った。「ええ」と私は言った。そんな話をする頃には私たちは台所にいて、コンスは白いプラスチックの椅子に座り、私は横木の割れた木の肘掛け椅子に腰かけていた。ガスボンベのすぐ近くで、腕を伸ばせば触れることができそうだった。家の内部はだいたい私が想像したとおりだった。パティオ、天井には剝き出しの木材の梁《はり》、間借り部屋の緑の扉。コンスは私の話に耳を傾け、相づちを打った。両手を膝の間に入れて脚を閉じ、手が逃げ出さないようにしているみたいだった。しばらくして彼女はブラックコーヒーを出してくれた。挽いた豆を使い古しのストッキングに詰め、それをでこぼこで灰色になった真鍮のミルクパンに入れて作ったものだ。飲み終えるとお代わりを、同じ手続きで淹《い》れて出してくれた。繰り返すたびに空気はガスと、それから焦げたマッチの匂いを含んでいった。コンスにラベルデの部屋はどこかと訊いた。彼女は唇を歪め、仔馬が身を捩《よじ》るように頭を振って教えてくれた。「あそこの奥の部屋さ」と彼女は言った。「今は音楽家が住んでる。すごくいい人だよ。会えばわかる。カマリン・デル・カルメン劇場でギターを弾いてる」彼女は黙り込んで自分の手を見つめていたが、しばらくして言った。「暗証番号つきの錠前を使ってたんだ。リカルドはキーホルダーを持ち歩くのが嫌いでね。それであの人が殺されてから壊さなきゃならなくなった」。

警察はちょっとした偶然から、リカルド・ラベルデの普段の帰宅時間に訪ねてきたので、コンスはきっと彼だろうと思い、ノックよりも先に扉を開けた。そこにいたのは二人の警官だった。ひとりは白髪で喋るときにSとCの音を区別した。もうひとりは二歩後ろに立ち、ひと言も喋らなかった。「若白髪だってことは明らかだったね。あの人はいったい何を見てきたんだろうね」とコンスは言った。「誰かの身分証を見せられて、この人物を知ってるかって訊いてきたんだよ。そう言ったんだよ、人物って。死人のことを呼ぶにしちゃあずいぶんと奇妙な言葉じゃないか。で、あたしは、ほんとのこと言うと、それが誰かわからなかったね」コンスは十字を切りながら言った。「だってずいぶんと変わってたからさ。書いてあることを読んでやっと知ってるって言ったね。その人はリカルド・ラベルデって名前で、いついつからここに住んでますってね。最初は何かやらかしたのかと思ったよ。またブタ箱行きかなって。そりゃあ残念だったね。何しろリカルドは出てきてからはちゃんとやるべきことをやってたんだから」

「やるべきこと?」

「囚人がしなきゃいけないこと。囚人だったけどもうそうではない人かな」

「ではご存じだったんですね?」と私は言った。

「もちろんさね。誰だって知ってるよ」

「何をしたかも知られてるんですか?」

「いや、それはわからないね」とコンスは言った。「まああたしは詮索する気もなかったしね。そんなことしたって関係が悪くなるだけだ。違うかい? 見ざる言わざる、ってことさね」

警官たちは彼女に導かれてラベルデの部屋まで行った。金槌《かなづち》をテコ代わりに使って、コンスがアルミニウムのフックを破壊すると、錠はパティオの側溝に落ちた。ドアを開けてみると、中は僧房だった。敷かれたマットの完璧な長方形、非の打ち所のないシーツ、ぴしっとした枕カバーにくるまれた枕には夜の間そこに頭が休まることでできるはずの歪みやくぼみすらなかった。マットの隣には、切り出したままの板がレンガ二個の上に乗せられていた。板の上には濁って見える水の入ったタンブラーが一個。翌日にはその画像、マットとにわか作りのナイトテーブルの画像が、十四番通りの歩道の血の染みの写真ともども大衆紙の紙面を飾ったのだった。「その日以後は記者たちはこの家には入ってない」とコンスは言った。「あいつらときたら、土足でズカズカと入り込んでくるんだ」

「誰に殺されたんでしょうか?」

「知るもんかね。誰がやったかなんてわからない、あんないい人をさ。あんないい人はあたしは他に知らないね。誓ってもいい。悪いこともしたっていうけど」

「どんなことを？」

「それもわからないね」とコンスは言った。「何かはやったんだろうね」

「何かはやったんでしょうね」と私は繰り返した。

「それに、今さらどうだっていいじゃないか」とコンスが言った。「それを調べたからって、あの人が生き返るわけじゃああるまいに」

「そうですね」と私は言った。「お墓はどこに？」

「知ってどうするんだい？」

「さあ。墓参りです。花でもあげたいと。葬儀はどんな感じでした？」

「ささやかなものだったさ。もちろん、あたしが出した。リカルドにしてみりゃあ、あたしは親戚みたいなものだからさ」

「もちろん」と私は言った。「奥さんは亡くなったばかりでしたし」

「ああ」とコンスが言った。「それもご存じなんだね。まさかあんなことになるとはね」

「彼女は一緒にクリスマスを過ごす予定だったんです。彼女に贈ろうとして馬鹿らしい写真まで撮らせたんです」

「馬鹿らしいだって？　何が馬鹿らしいんだい？　やさしい写真だとあたしは思ったね」

「馬鹿らしい写真でした」

「鳩の写真だね」とコンスが言った。

「ええ」と私は言った。「鳩の写真です」それから、「きっとそれと関係があるのでしょう」

「何が？」

「彼が聴いていた録音テープです。彼が聴いていたものは彼女に、奥さんに関係してるのだろうとずっと思ってました。音声レターとか何か、あるいは彼女の好きだった詩かも」

はじめてコンスがにっこりした。「そう思うんだね？」

「わかりませんが、そんなものではないかと」するとその時、どういうわけか私は嘘をついた。あるいは誇張して話した。「二年半もの間そう考えてきました。ひとりの死者が、知り合いでもないのに、これだけの間心を占めるなんて不思議です。二年半の間私はエレーナ・ラベルデのことを考えてきたんです。あるいはエレーナ・フリッツ、でもかまいませんが。二年半です」と言った。言ってすっきりした。

コンスが私の顔に何かを読み取ったのだろうか、表情を変えた。座り方まで変えた。

「ひとつ教えておくれ」と彼女は言った。「でも本当のことを言っとくれよ。あんた、あの人のことが好きだったかい？」

「何ですって？」

「好きだったかどうかだよ」

「ええ」と答えた。「とても好きでした」

もちろん、これも本当かどうかわからない。情愛を確かめるほどの時間はなかったのだから。私を突き動かしていたのは感情や情動ではなく、ある種の出来事が受け入れられている以上に、あるいははっきりそれとわかる以上に私たちの人生を変えてしまったということを、私たちは直観することがあるが、そういう直観だった。しかし、この種の微妙な問題は現実の世界ではまったく役に立たないことを、私は経験上、知っている。だからそうしたことは犠牲にして、相手の聞きたい答えを与えなければならないことがある。あまり自分に正直すぎてもよくないのだ（正直さは無効だ。どこにもたどり着けやしない）。コンスに目をやると、そこに見えたのはひとりの孤独な女だった。私が孤独なのに負けず劣らず孤独なのだ。「とても」と私は繰り返した。「とても好きでした」

「わかった」と彼女は言って立ちあがった。「ちょっと待ってておくれ。見せるものがあるから」

しばらく姿を消した。私は耳で彼女の動きを追った。バタバタという足音や間借り人との短いやり取りなどに耳を澄ませた。――「父ちゃん、遅いね」「ああコンスさん、どうかつまらんことにつっかからんでください」――。一瞬、やり取りはもう終わったのだろうと思った。次に聞こえてくるとすれば、髭の生えかけたあの青年の声だろうと思った。出口までお伴しますとかお越しくださってありがとうございますといった持って回ったいい方で私に出ていくように促すのだろうと。しかしその時、彼女が物思いに沈み、左手の爪を見つめながら戻ってきた。家の入り口で見た大きな女の子のような表情がまた見えた。もう一方の手には（彼女の指は細すぎてうまく持ちきれていなかったので、病気の小動物か何かに見えた）小さすぎるサッカーボールを持っていたが、すぐにそれはサッカーボール型の古いラジオに変わった。黒い六角形のうちの二つがスピーカーになっていて、上部の小窓からはカセットデッキが見えた。デッキには黒いカセットがセットされていた。オレンジ色のラベルの黒いカセットだ。ラベルにはただひと言、ＢＡＳＦ。

「Ａ面だけだよ」とコンスが言った。「聴き終えたら、何もかもコンロのそばに置いとくれ。マッチのあるあたりにね。出ていくときドアはちゃんと閉めておくれよ」

「ちょっと待ってください。もうしばらく」と私は言った。いくつもの疑問が口をついて出かかっていた。「あなたがこれを持っているんですか?」

「持ってるよ」

「どうやって手に入れたんです? 一緒に聴いてはくださらないのですか?」

「所持品ってやつさ」と彼女は言った。「警察がリカルドのポケットの中に入ってたもの一切合切といっしょに持ってきたのさ。でもあたしはいいや、聴かない。記憶するほど聴いたからね。でももう二度と聴きたくはないんだ。このカセットはリカルドとは無関係だ。それに結局あたしとも関係ない。変な話だよ、違うかい? あたしの持ち物のなかで一番評価の高いものなんだけど、あたしの人生にゃ何の関係もないんだから」

「あなたの持ち物のなかで一番評価が高い」と私は繰り返した。

「火事になったら何を持って逃げますか、って話、見たことあるだろう? まあ、あたしならこのカセットだね。あたしが家族を持ったことがないからかもしれない。家族写真のアルバムとか、そんなものはここにはひとつもないからね」

「入り口の男の子は」

「やつがどうした?」

「ご家族では?」

「間借り人だよ」とコンスは言った。「ただの間借り人のひとり」しばらく考えてからつけ加えた。「間借り人は家族だね」

そんな言葉を残して（しかも完璧にメロドラマ風の意味合いだ）彼女は外出し、私は独り取り残された。


録音されていたのは二人の男が英語で取り交わす会話だった。まずは天候の話をした。良好だったそうだ。それから仕事の話になった。二人のうちのひとりがもうひとりに対して、何時間飛んだら休みを取らなければならないかという規則について説明した。マイク（それがマイクならばだが）はブーンという唸りをずっと捉えていた。その唸りを背景にして、紙をバサバサと捲る音がした。

「この表をもらったんだが」と最初の男が言った。

「だったら、何が書いてあるか見てみな」二人目が言った。「私の担当は操縦と無線だ」

「なるほど。でもこの表には仕事の時間だけ書いてあって、休憩時間については何もないんだ」

「それもまたややこしい話だな」

はっきりと記憶しているのだが、会話を何分か聴き、ラベルデへの言及がないかと全神経を集中させていたけれども、がっくりし、かつ戸惑いながら、このテープの中で会話している人々はリカルド・ラベルデの死とは何の関係もないことがわかった。関係ないどころか、リカルド・ラベルデのリの字すら口にされることはなかった。二人のうちのひとりがＶＯＲ（超短波全方向式無線標識）まで残りの距離が百三十六マイルで、三万二千フィート下降しなければならないと話し始めた。それに加えて、速度を落としていかなければならないと、そんなわけで、さて、そろそろ仕事に着手しなければ、と。次の瞬間、もうひとりが発した言葉がすべてをがらりと変えてしまった。「ボゴタですか、アメリカン九六五便です。下降の許可を願います」。その時私は、気づくのにこんなにも時間がかかってしまったことが信じられないと思った。この飛行機はやがてエル・ディルビオ山に激突しようとしていたのだ。死者の中にリカルド・ラベルデと休暇を過ごそうとやって来た妻が混じっていた、あの飛行機なのだ。

「カリのアメリカン航空管制室、こちらアメリカン九六五五、聞こえますか？」

「続けて、アメリカン九六五五、こちらカリ」

「聞こえてます、カリ。二十五分ほどでそちらに到着します」

このやり取りをリカルド・ラベルデは、殺されるちょっと前に聞いていたのだ。それは彼の妻が死んだ飛行機のブラックボックスだった。そのことがわかって私は殴られたような気分になった。殴られたように平衡感覚を失い、殴られたように周囲の世界が揺れた。でもどうやって手に入れたのだろう？そこで私は自問した。そんなことができるのか？　事故機の録音をくれといって、まるで、何だろう、土地登記簿でも手に入れるみたいにもらえるのか？　ラベルデは英語がわかるのか？　あるいは少なくとも、この会話を聴いて理解し、悲しむ、そう、とりわけ悲しむだけの英語力があるのか？　ひょっとしたら理解しなくとも悲しむことはできるかもしれない。会話中ラベルデの妻の名など一度も出てこないのだから。話しているパイロットたちと一乗客との間には距離などなかったという意識、そのぞっとするような意識だけで充分ではないだろうか？　二年半も経った今となっては、この質問には答えはない。今、機長は到着経路を問い（二番だった）、そして滑走路を訊ね（〇一番だった）、それから、一帯は交通量が多くライトが目に入るので、飛行機のライトも点け、そしてリオネグロの北四十七マイルに位置するある地点の話になり、それを飛行計画の中で探し……そしてついに、スピーカーから声が流れる。「ご搭乗の皆さま、機長です。当機は下降を始めました」。

下降が始まった。ご搭乗の皆さまのひとりがエレーナ・フリッツだった。彼女はマイアミで病気の母を看病していたのだか、祖母の葬式に立ち会ったのだか、あるいは単に友だちに会いに行った（彼らと感謝祭を過ごした）のだったかしてから戻ってきたところだ。いや、母親だ。母親が病気だったのだ。エレーナ・フリッツはひょっとしたら母親のことを考えているかもしれない。置いてきたことを心配し、置いてきてよかったのだろうかと自問している。リカルド・ラベルデのことも考えている。夫のことだ。彼女は夫のことを考えているだろうか？　夫に思いを巡らせている。彼は出獄したのだ。「皆さまが楽しい休暇を過ごされますことを、そしてすこやかですばらしい一九九六年を迎えられることをお祈りします」と機長は言う。「本日は私どもアメリカン航空をご利用いただき、ありがとうございます」。エレーナ・フリッツはリカルド・ラベルデのことを考えている。人生をまた振り出しに戻ってやり直せると考えている。一方、コックピットでは、機長が副操縦士にピーナツを食べるかと訊ねている。「いや、けっこう」と副操縦士が言う。機長が言う。「すてきな夜じゃないか、なあ？」そして副操縦士が「ああ。このあたりはとても気持がいい」そして管制塔に話しかける。ぎりぎりまで下降していいかと訊ねる。管制塔は二〇〇の高度まで下りてよしと答える。そこで機長が言う。スペイン語で、しかもしつこい訛《なま》りのあるスペイン語で。「フェリス・ナビダー、セニョリータ」。

自分の座席に座ったエレーナ・フリッツは、何を考えているだろう？　どういうわけか彼女は窓際の席にいるだろうと想像する。私は何千回もその瞬間を想像した。何千回も、舞台装飾家が舞台を作るようにその瞬間を再構成し、その舞台の細々としたことまで考えてみた。エレーナはどんな服を着ていたか、明るい青色の軽いブラウスを着て、靴は素足に履いているだろう、といったことから、彼女がどんな意見を持ち、どんな偏見を抱いてるかまでだ。私が思いつき、そして頭から離れなくなったそのイメージの中では、窓は彼女の左側にある。右側の男の乗客は眠っている（毛深い腕、不規則ないびき）。補助テーブルは下りている。エレーナ・フリッツはそれを元に戻そうとしたところで機長が下降を知らせてきた。しかしまだ誰もプラスチックのコップを下げには来てくれない。エレーナ・フリッツが窓の外を眺めるときれいな空が見える。飛行機が二万フィートの高さに下りていることを彼女は知らない。知りたいとも思っていない。彼女は眠たがっている。もう夜の九時を回っている。エレーナ・フリッツは早くから家を出ていたのだ。彼女の母親の家は正確に言うとマイアミにあるのではなく、その郊外にあったからだ。あるいはまったく別の場所でもいいだろう。たとえば、フォート・ローダーデール、あるいは、コーラル・スプリングス、そういったフロリダ州内の他の小さな都市でもいい。それらはいずれも巨大な老人ホームのようなものだ。国中の老人たちが寒さやストレス、子供たちの恨みがましい眼差しから遠く離れて、人生の最後の時を過ごすためにやって来る場所なのだ。そんなわけでエレーナ・フリッツは今朝、早起きしなければならなかった。何かの用でマイアミに行く隣人が彼女を空港まで送ってくれた。だからエレーナ・フリッツは、その催眠効果で世界的に有名な、ひたすらまっすぐの高速道路を一時間、二時間、三時間と、隣人の車で走ることになった。今彼女はただカリに着くことを考えている。時間通りに乗り継ぎ、ボゴタまで着くころには、その便で乗り換えてボゴタに向かう旅行者は皆そうなのだが、ぐったり疲れているだろうと考える。しかし彼女は他の乗客よりは満足している。

彼女を愛してくれる男がそこで待っていてくれるからだ。彼女はそう考える。それからシャワーを浴びて横になってぐっすり眠るのだと思う。下界では、カリでは、声が伝えている。「アメリカン九六五、距離は？」

「何でしょうか？」

「DME（距離測定装置）距離だ」

「OK」機長が言う。「カリまでの距離は、ええっと、三十八だ」

「ここはどこだ？」副操縦士が訊ねる「どこに向けて……」

「まずはトゥルワーに向かう。いいな？」

「ああ。どの方角？」

「さあ。なんだこれは？　何がどうしたんだ？」

ボーイング757機はまず右に旋回し、それから左に旋回しながら一万三千フィートの高さまで下降していくが、エレーナ・フリッツは気づいていない。夜、晴れ渡っているけれども暗い夜で、下にはもう山の輪郭が見えている。プラスチックの窓にエレーナは自分の顔が反射しているのを見、自問する。自分は何をしているのか、コロンビアに来たのは間違いだったのではないか、結婚は実際にやり直せるのか、黙示録を伝える巫女のような口調で母親が言ったことは本当だろうか。母は言ったのだ。「彼のところに帰るなんて、お前はいつまでも理想主義者なんだね」と。エレーナ・フリッツは理想主義者としての役割を引き受ける覚悟だった。しかし、と彼女は考える、だからといって一生判断を誤って過ごしていいことにはならない。理想主義者でもたまには正しいことを言うのだ、と。室内灯が消え、窓に映った顔がなくなり、エレーナ・フリッツは母の言ったことなど気にすまいと思う。リカルドに出所後初のクリスマスイヴを独りで過ごさせていいはずはない。

「こっちにも何もないぞ」と機長が言う。「なぜだ」

「じゃあ左に旋回するか？　左旋回だな？」

「いや……それはやめておこう。まっすぐ……」

「まっすぐどこ方面？」

「トゥルワー方面だ」

「なら右だ」

「どこに行く？　右に旋回しろ。カリに行くぞ。失敗したな、違うか？」

「ああ」

「どうすりゃこんなことになるんだ。今すぐ右だ。今すぐ右」

エコノミー・クラスの座席に座ったエレーナ・フリッツは不具合が生じていることに気づいていない。航空術の知識がなにがしかあれば、航路の変更に疑いを抱いたはずだ。パイロットたちが定められた方向から外れたことに気づいたはずだ。しかしそうはいかなかった。エレーナ・フリッツには航空術の知識はない。山がちの土地で一万フィート以下まで下降するのは、一帯の地形をよく知らなければ危険をもたらすということも想像していない。では彼女は何を考えているのか？

死の一分前、エレーナ・フリッツは何を考えるのか？

コックピットでは警報が鳴り響く。「地面です。墜落します」と電子音声が伝える。しかしエレーナ・

フリッツは聞いていない。彼女のいるところでは警報は聞こえないし、山が危険な近さにまで迫っていることもわからない。出力を増すが、ブレーキを解除はできない。飛行機はわずかに機首を上げる。だがそんなことでは足りない。

「くそ」とパイロットが言う。「上だ、もっと上だよ」

エレーナ・フリッツは何を考えているだろう？　リカルド・ラベルデのことを考えているのだろうか？　これからのパーティの季節に思いを巡らせているのだろうか？　子供たちのことだろうか？

「くそ」とコックピットで機長が言うが、エレーナ・フリッツには聞こえるはずもない。エレーナ・フリッツとリカルド・ラベルデの間に子供はいるのだろうか？　子供がもしいるのなら、どこにいるのだろうか？　父親がいなくなってからどれだけ人生が変わっただろうか？　なぜ父がいないのか知っているだろうか？　家族のつく嘘や、色々な配慮に満ちた神話、ひっくり返された歴史記述などの網の目に絡まって大きくなったのだろうか？

「上昇だ」と機長は言う。

「うまくいってる」と副操縦士は言う。

「上昇だ」と機長は言う。「ゆっくり、そっとだ」自動操縦装置は外されている。レバーはパイロットの手の中で揺れる。飛行機の速度が空中を飛ぶのに充分でないというしるしだ。「もっと上だ。もっと高く」と機長は言う。

「ＯＫ」と副操縦士。

そして機長。「高く、高く、高く」

またサイレンが鳴る。

「上昇」と電子音声が言う。

断続的な叫び声がする。あるいは叫び声に似たものだ。何の音だがわからなかったし、今もってわからない音が聞こえる。人間のものではない音、人間以上の音、消えゆく生命の音、そして同時に壊れる物体のものでもある音だ。高みから物が落ちる音だ。遮断された、そしてだからこそ永遠に続く音。いつまでも終わることがなく、その日の午後から私の頭の中で鳴り続け、鳴り止もうという気配を見せない音。私の記憶の中で永遠に宙吊りにされ、タオル掛けに掛かったタオルのようになっている音。

その音は九六五便のコックピット内で最後に鳴った音だ。

音がして、その後、録音は途切れた。


立ち直るまでにたいそうな時間を要した。ひとりの人間の最後の瞬間を盗み聞きすることほど淫らなことはない。本来なら秘密のはずだ、何があっても侵されてはならないはずだ。本来ならその瞬間は死んだ本人とともに死ななければならないはずのものだ。それなのにそこでは、ラ・カンデラリアの古い家の台所では、死んだパイロット二人の最後の言葉が同時に私の経験の一部ともなってしまった。私はその時、彼らが誰なのかも知らなかったし、今もって知らないというのに。名前は何というのか、鏡で自分の姿を見たときに、彼らが何を見たのか、私は知らない。その男たちは男たちで、私のことなど何も知らなかった。それなのに彼らの最期は今や私のものでもあり、これからも私のものとなるのだ。いったいどんな権利があってそうなるのだろうか？　彼らの妻も母も父も子も私が聞いたその言葉を聞いてはいないし、ひょっとしたらこの二年半の間、夫が、父が、息子がエル・ディルビオ山に衝突する直前に何を言ったのだろうかと自問し続けてきたのかもしれない。私にはそれを知る権利などなかったはずなのに、今やそれを知っている。彼らは権利としてその声の持ち主であるはずなのに、知らない。そして私はこうも思った。私には、基本的には、その死を聞く権利などなかった。飛行機で死んだ者たちは私には無関係な者たちだからだ。座席にいた女は私の死者ではないし、これから先も決してそうではないのだ。

それなのにその音はもう私の聴覚記憶の一部でもある。テープが沈黙に落ちてから、悲劇の音が静けさに場を譲ってから、私は聞かなかった方が良かったと気づいた。そして同時に私の記憶はこれから先もずっとその音を聞き続けるのだろうと悟った。いや、彼らは私の死者ではない。私には彼らの言葉を聞く権利などなかった（同様に、たぶん、わたしはこの報告にそれを再現する権利などないはずだ。いささか不正確ではあるが間違いない）。しかし死者たちの言葉と声は、川の奔流が疲れた動物を呑み込むように、既に私を呑み込んでしまっているのだった。その上録音テープは、過去を修正するという強みを持っていた。つまりラベルデの涙はもはやそれまでのものではなくなった。私が詩歌会館で目の当たりにしたものとはもはや同じではなくなったのだ。かつてはそうではなかった彼の涙には、今や濃密さがあった。それというのもひとえに、あの日の午後、彼がふかふかの革のソファに腰かけて聞いたその中身を私もまた聞いたという事実によるものだ。経験は、私たちが経験と呼ぶものは、私たちの痛みを羅列したものではない。そうではなくて、他人の痛みに対して後から感じることができるようになる共感なのだ。

それから私は少しずつブラックボックスについて調べた。たとえばそれは黒いものではなく、オレンジ色だということを今では知っている。飛行機の尾部《アンペナージュ》——口さがない連中がしっぽと呼ぶ部位——に取りつけられているのは、事故に遭っても無事である可能性が高い場所だからだということも知っている。実際、ブラックボックスは事故でも壊れないことも当然、知っている。二千二百五十キロの圧力と摂氏千百度の熱に耐えるのだ。海に落ちると送信機が発動する。その時から三十日間、ブラックボックスはパルスを発信する。当局はその間に見つけ出し、事故原因を究明し、同様のことが二度と起こらないように安全確認すればいい。しかしブラックボックスがもうひとつの運命を辿ることを計算に入れていた者はひとりとしていないはずだ。想定外の人物の手に落ちることがあるなど、誰も思っていないと思う。それなのに九六五便のブラックボックスはそうなったのだ。事故を生き延び、神秘的な技術を用いてオレンジのラベルのついた黒いカセットテープに変換され、二人の持ち主の手を経て、私の記憶の一部となった。そんなわけでこの装置は、飛行機の電子記憶装置でありながら、私の記憶の決定的な一部となってしまったのだった。それはそこにあったし、私はそれをどうすることもできないのだ。忘れることは不可能だ。

ラ・カンデラリア地区の家を立ち去るまでにはずいぶんな時間、待たねばならなかった。もう一度録音を聞いたから（そうしたのだ。一度ではなく、二度聞いたのだ）というのが唯一の理由ではない。もう一度どうしてもコンスに会いたいという思いも抱くようになっていたからだ。彼女はリカルド・ラベルデについて他にどんなことを知っているのだろうか？　ひょっとしたら打ち明け話をしなければならなくなることを嫌い、やにわに私からの質問攻めに遭うことを嫌がったからこそ、彼女は私を家に独り残し、彼女の一番評価の高い持ち物を私に委ねていったのではないだろうか。日が暮れかけていた。通りを覗いてみるともう街灯がつき、家々の白い壁の色が変わっていた。寒かった。右左と通りの角に目をやった。コンスはいなかった。どこにも見えなかった。それで私は台所に戻り、大きな袋の中から焼酎のハーフボトルくらいのサイズの小さな紙袋を取りだした。私のボールペンではその上にうまく文字を書けなかったけれども、どうにかこうにか書き終えた。

コンスさん

一時間ほどお帰りを待っていました。テープを聞かせていただいてありがとうございます。面と向かってお礼がしたかったのですが、しかたありません。

殴り書きにしたこの文章の下にフルネームで自分の名を書いた。コロンビアではあまり一般的でない苗字なので、いつまで経っても、相手によってはこれを書くときに、いささかの気恥ずかしさを感じる。この国では誰かが姓を綴る必要があるときには、その人に不信感を抱く者が多いのだ。書き終えて袋を伸ばすと、それをデッキの上、カセットテープを入れる蓋の角に挟んでおいた。街に出た時には心の中で色々な感情が入り混じっていたが、ひとつだけ確かなことがあった。このまま家に戻りたくないということだ。今し方身に降りかかったことを、私の目の前でその中身を開示した秘密を自分のためだけに取っておきたかったのだ。彼の家で、ブラックボックスの録音内容を聞く間、私はかつてないほどにリカルド・ラベルデの人生を近くに感じたのだから、この奇妙な興奮が消え去らないで欲しいと願ったのだ。それで七番通りを下り、ボゴタの中心街を歩き始めた。ボリーバル広場を過ぎ、そのまま北上を続け、歩道を埋め尽くして途絶えることのない人の波にもまれ、急ぎ足の者たちにおされるままになり、正面から来た者にぶつかり、めったに入ったことのない小路に入り、十番街の、たぶん十番街だったと思う場所の手工芸品市場に首を突っこんだりした。そうする間もずっと私は、家に帰りたくない、アウラとレティシアが作る世界は、リカルド・ラベルデの思い出が住まう世界とは異なるし、言うまでもなく九六五便が墜落した世界とも隔たっているのだと考え続けていた。いやだ。私はまだ家には帰りたくない。そんなことを考えているうちに二十二番街にやってきた。どうにか帰宅を遅らせ、まだブラックボックスに浸っていたい、ブラックボックスといっしょにいたいと考えていたのだ。すると私の体が私の代わりに決定を下し、ポルノショップに紛れ込むこととなった。髪が長くとても色白な女が、システム・キッチンの真ん中で裸の姿で、片脚を上げて靴のヒールをコンロの五徳に絡ませていた。バランスよくそのままの格好でいる彼女を、服を着た男が貫き、同時によく理解できない命令を下していた。理解できなかったのは、彼の口の動きがその口から出てくる言葉とはついぞ合うことがなかったからだ。

一九九九年の聖木曜日、リカルド・ラベルデのカセットと出会ってから九ヶ月後にして千年紀の終わる八カ月前、アパートに戻ると留守番電話に女の声と電話番号が録音されていた。「アントニオ・ヤンマラさんに伝言です」と声は伝えていた。若いけれども、憂鬱そうな声、疲れていると同時に官能的な声だった。早熟に育つしかなかった類の女性の声だ。「コンスエロ・サンドバルさんにお名前をうかがいました。番号は自分で調べて知りました。ご迷惑でなければいいのですが。電話帳にお名前が出ていたものですから。お電話ください。お話したいことがあります」。私はすぐにかけ直した。「お電話お待ちしていました」と女が言った。

「どなたでしょう?」私は訊ねた。

「ご迷惑をおかけしてすみません」と女は言った。「わたしはマヤ・フリッツと申します。苗字を聞いて何か思い浮かびますでしょうか。ええ、元の苗字ではありません。母のものです。本当の姓はラベルデです」。私が黙ったので、女はこの期に及んで不要なことをつけ加えた。「わたしはリカルド・ラベルデの娘です。質問がございます」。たぶん、その時私は何か言ったと思う。ひょっとしたら名前を繰り返しただけかもしれない。二人の名前、彼女の名と父の名を。リカルド・ラベルデの娘マヤ・フリッツは話を続けた。「ですが、わたしは遠くに住んでいますし、ボゴタにうかがうことはできません。話すと長くなりますが。そんなわけで、二重にご好意に甘えることになります。というのも、私の家にお出でいただいて一日丸ごと過ごしていただきたいのです。父のお話をうかがいたいんです。ご存じのことを何もかも語りにいらしていただきたいのです。もちろん、わがままなお願いだということはわかっています。けれども、こちらは暖かく、料理もおいしいのでいらして損はないとお約束します。お願いします、ヤンマラさん。紙と鉛筆をご用意いただければ道のりをご案内します」。

Ⅲ

ここにはいない者たちの眼差し

翌朝七時、ブラック・コーヒー一杯で朝食を済ませた私は、八十番街を市の西出口へ向けて下っていた。どんよりと曇った寒い朝で、この時間はもう道も混み始めていたばかりか、乱暴な運転の車も多かったけれども、それでもさして時間をかけずに市の境目まで行くことができた。そこまで来ると大都会の風景も切り替わり、大気汚染も急になくなって肺も喜ぶ。久しぶりの市の出口は変わっていた。道は広くなり、舗装されたばかりの車道では交通標識や横断歩道、車道の断続的な中央線の白がまぶしかった。子供の頃は何度同じ道を通り、何度市の周囲の山に登ったたか。山を上るとその後は急激な下りとなり、ものの三時間としないうちに、寒くて雨がちな二千六百メートルの高地からマグダレーナ河の渓谷へと出たものだ。渓谷内には海抜以下の高さのところもあり、一部の蒸した地帯では、気温が摂氏四十度にも達しようかというのだった。ラ・ドラーダもそういう地帯にある。ボゴタとメデジンの中間点にあって、その二都市を行き来する者にとっては、休憩したり待ち合わせしたり、機会があれば湯治したりする場所として役立っている。ラ・ドラーダの郊外、多数の車と舗装道路が作り出す都会的な喧噪からほど遠く、情景を描いてみれば都市と呼ぶのも憚《はばか》られる場所に、マヤ・フリッツは住んでいた。ただし私は、彼女のことや、偶然こうして連絡を取り合うこととなった経緯について考えていたのではなかった。そうではなくて四時間車を走らせながら考えていたのはアウラのこと、というか、前の晩アウラとの間に起こったことだった。

マヤ・フリッツの言葉を書き取り、あるページの裏（表には次の授業のためのメモがあった。授業ではアンティゴネーが法を犯して兄を埋葬したことの権利について議論する予定だった）にあまりうまくない地図を書き終えてしまうと、アウラと私は毎晩の決まり事を可能な限り平和裏に履行し、レティシアが映画を見ているうちに、二人で夕食を作り、お互いにどんな一日を過ごしたか話し合い、笑い、狭い台所で擦れ違うときには触れ合ったりしていた。『ピーター・パン』がレティシアのお気に入りだった。それから『ジャングル・ブック』も。そんな彼女にアウラはマペット・ショウの二、三篇を買ってあげていたのだが、それはむしろ子供を喜ばせるためというよりは、自分が懐かしむためのようなものだった。彼女はカウント伯爵が好きだったし、ミス・ピギーのことは嫌っていた、そうしたことを思い出したのだ。だが、そうではない。その晩私たちの部屋のテレビにかかっていたのはそうしたマペットたちではなかった。映画だったのだ。『ピーター・パン』。そう。『ピーター・パン』の音がしていたのだ――「昔々のお話。でもまた起こる」案内役の名を知らぬナレーターが語っていた――。その時アウラが季節外れなサンタクロースの顔が描かれた赤いエプロンをつけ、私の目を見ずに言ったのだ。

「いいもの買ったの。後で見せてあげるから思い出させて」

「何だい？」

「いいものよ」とアウラは言った。

彼女は何かをコンロの上でかき回していて、換気扇が大きな音を立てて回っていたので、私たちも声を張り上げざるをえなかった。レンジフードの灯りで彼女の顔は銅色を帯びていた。「君はきれいだね」私は言った。「いつ見てもびっくりするよ」。彼女は微笑んで何か言おうとしたが、その瞬間、レティシアが入り口に現れた。何も言わず大人しくしており、風呂に入って間もないためまだ濡れている栗色の髪をポニーテールにまとめていた。私は彼女を抱きあげ、お腹が空いたのかと訊ねると、同じ銅色めいた灯りが彼女の顔にも当たった。目鼻立ちは私に似ている。アウラのものではない。そのことにいつも私は心を動かされると同時にがっかりもしていた。そういう思いは、奇妙なことに食事の間ずっと私の頭にこびりついていた。レティシアがアウラに似ていた方が良かったのでは、アウラの美しさを継いだ方が良かったのではとの思いだ。ところが一方で彼女が受け継いだのは私の粗野な顔つき、太すぎる骨格、外に広がりすぎた耳だったのだ。たぶん、そんな思いがあったからこそ、私は彼女をベッドに連れて行ったときにまじまじと見つめていたのだろう。しばらく彼女と一緒に部屋の暗がりの中にいた。やっと明るくなったのは球形の電球が点《つ》いたからだが、それはパステル・カラーの弱い光を放って夜通し部屋の色調を変える照明だった。そんなわけで、悪い夢を見たレティシアに呼ばれて行ってみたときには部屋は青かったし、小瓶の水がなくなったといって呼ばれた時にはピンクか明るい緑色だった。つまるところ、色の変わる薄暗がりに包まれたその部屋で、レティシアは眠り、寝息の調子も変えていったわけだが、その間私は彼女の目鼻立ちを、顔の中の遺伝の戯れを、タンパク質がどこでどう作用したのか知らないが、私の顎《あご》と同じ形を彼女の顔に刻み込み、私の髪の色を娘の髪の色に刷り込んだ作用をひそかに覗き見ていたというわけだった。そんなことをしている最中に、ドアが半開きになり、光がひとすじ射し、アウラの影が見え、私を呼ぶ手が見えた。

「寝ついた？」

「ああ」

「本当に？」

「ああ」

彼女は私の手を取ってリヴィングに引っ張っていき、ソファに腰かけた。食堂のテーブルはもう片付いており、食器洗い機が台所で唸りを立てていた。死にゆく老いた鳩のうめき声だった。（私たちはふだん、食後にリヴィングで過ごすことはあまりない。むしろ部屋のベッドに寝そべり、アメリカ合衆国のコメディ番組か何か、軽くて陽気で心の安まるものを見るのを好んだ。アウラは以前から夜のニュース番組は見ずに済ませる習慣だったが、そのくせ私が見ないでいるとからかうくらいのことはした。とはいうものの、そのことの深刻さをよく理解してはいた。私はニュースを見なかった、ただそれだけのことだ。またニュースを見られるようになるには時間がかかるだろう。この国のニュースが私の人生に浸透してくることを許す気になるには時間がかかるだろう。）「あのね、いい」とアウラが言った。手をソファの向こう側に隠したと思うと、新聞紙に包まれた小さな箱を差し出した。「僕に？」と私は言った。「ううん。プレゼントじゃないんだ」と彼女が言った。「というか、プレゼントなんだけど、二人に。ああ、なんて言えばいいんだろう。こんなことってどうすればいいのかな」アウラは普段あまり恥ずかしがるタイプではないのだが、今はそう、恥ずかしさに満ちた仕草をしているのだった。続いて彼女の声が（緊張した彼女の声が）説明したのは、どこでヴァイブレーターを買ったか、いくらしたか、こんなものを買った証拠がどこにも残らないように気を使ってどんな風に支払いをしたか、その瞬間、自分が長い間受けてきた宗教教育をどれだけ嫌悪したか、というのも十九番街のその店に入るときには、まるで罰のようなよからぬことが自分の身に降りかかるのではないか、これを買ったら、もうそれだけで未来永劫、地獄に落とされることが約束されたようなものではないかと感じたのだから、などということだった。それは紫色で、ごつごつした手触りの装置だった。私がそれまで想像していたのよりもボタンが多くて、多くのことに使えそうだったが、私のあまりにも文学的な想像力で考えていたような形ではなかった。私は（私の手中に横たわっている）それをまじまじと見、アウラは私がそれを見る姿を見ていた。慰みものという言葉もまた時々、こうしたものを指して使われるのだが、その言葉が頭に去来することは避けられなかった。女たるアウラは慰みを必要としている。または女たるアウラは慰みのない女だ。「これは何だ？」と私は言った。この上なく馬鹿な質問だった。

「まあ、見たとおりよ」とアウラが言った。「二人で使うの」

「いやだ」と私は言った。「二人で使ったりはしない」

立ちあがるとそれをガラスのテーブルの上に落とした。装置は軽くバウンドした（何と言っても、弾性のある素材でできているのだ）。こんな状況でなければ、その音におかしさを感じることもあったかもしれない。しかし、その場では、その時は無理だった。アウラは私の腕を取った。

「何でもないのよ、アントニオ。二人で使おうよ」

「二人で使わない」

「事故に遭ったでしょ。でも気にしないでいいの。私が愛してるんだから」とアウラは言った。

「なんでもないから。いっしょに、ね」

ヴァイブレーターというか慰みものというか、紫色のそれは、灰皿とコースター、それにリヴィング・テーブル用の本の間に半ば隠れていた。本はどれもアウラが選んだものだ。『空から見たコロンビア』とホセ・セレスティーノ・ムティスについての大きな本、アルゼンチン人写真家がパリを撮った最近の本（これはアウラが選んだのではなく、プレゼントされたもの）だ。私は恥ずかしさを覚えた。子供っぽくて馬鹿げた恥ずかしさだ。「慰みが必要なのか？」とアウラに言った。声の調子に自分自身、びっくりした。

「何？」

「これは慰みものじゃないか。慰みが必要なのか？」

「そんなこと言わないで、アントニオ。いっしょに使うのよ。あなたは事故に遭ったでしょう。だから二人でいっしょに」

「事故に遭ったのはこの僕なんだ。馬鹿を言わないでくれ」と言った。「弾に当たったのは僕だ」少し心を落ち着けた。「悪い」と言った。そしてそれから、「医者に言われたんだ」

「でももう三年前よ」

「医者は心配するなと言ってる。体は自分のことをよく知ってるって」

「三年前なのよ、アントニオ。だからこれは別問題よ。ねえ、愛してるの。ひとつになりたいの」

私は何も言わなかった。

「解決策がみつかるわよ」とアウラが言った。

私は何も言わなかった。

「似たような夫婦はたくさんいるわ」とアウラが言った。「わたしたちだけじゃないわ」

だが私は何も言わなかった。その瞬間、どこかで電球が切れたのだろう。リヴィングは突然少し暗くなった。ソファと椅子二脚、それに唯一の絵画——サトゥルニーノ・ラミーレスのビリヤードをする男たちの絵だが、私のついぞ知りおおせていない理由から、彼らはサングラスをかけてプレイしているのだった——の輪郭がぼやけていた。疲れた。鎮痛剤が必要だと感じた。アウラはまたソファに座り込んでいたが、いまでは顔を手の中に埋めていた。ただし、泣いているようには見えなかった。「喜んでくれると思ったのよ」と彼女は言った。「いいことしたと思ったのに」。私はそっぽを向き、彼女を残して部屋を出た。たぶん、言い終わらないうちですらあったと思う。そして浴室に閉じ籠もったのだ。青い細長い棚を開けて錠剤を取り出した。白いプラスチック製広口瓶のこの赤い蓋を、一度レティシアが噛んで壊してしまい、私たちは大いに驚いたことがあった（結局はコットンの下に隠れた錠剤を見つけることはできなかったのだが、それにしても、二、三歳の子供は常に危険にさらされているものだ。彼女にとって世界は危険に満ちている）。水道水で三錠を飲み下した。推奨されている、あるいは推奨す

＊1　十八世紀の聖職者。

べき服用量よりは多めだが、私は体も大きいし体重も重いので、痛みが激しい時にはこれくらい多めに飲んでもかまうまい。それからたっぷりと時間をかけてシャワーを浴びた。こうするといつも心が安らぐのだ。部屋に戻るころにはアウラは寝ていたか寝るふりをしていたので、起こさないように、または狸寝入りに水をささないようにした。服を脱いで彼女の隣に身を横たえたけれども、背中を向けた格好だった。その後のことは知らない。たちどころに睡魔が襲ってきたのだ。

翌朝はとても早い時間、とりわけ聖金曜日としては早い時間に家を出た。室内の隅々にまでは自然光はまだ達していなかった。だからこそ、誰もがまだまどろんでいたからこそ、誰かを起こしてまで行ってきますと言おうとしなかったのだと自分に思い込ませた。ヴァイブレーターは相変わらずリヴィングのテーブルの上にあった。色つきプラスティックのそれは、レティシアがしまうのを忘れてそこに置きっ放しにした玩具みたいだった。

アルト・デル・トリーゴでは濃い霧に行く手を阻まれ、行き先を間違えた雲に突然包まれたみたいに目の前が見えなくなったので、車の速度を落とした私は、自転車で走っている地元の女たちにも追い抜かされる始末だった。霧が車の窓ガラスに付着して結露するので、雨でもないのにワイパーを使うと、光を通さない乳白色の液体の間から、いろいろなものの形が少しずつ浮かびあがってきた。前を行く車、軽機銃を提げて道の両側に立つ兵士たち、荷役のロバなどだ。私は低空を飛ぶ飛行機のことを考えた。「高く、高く、高く」。霧に思いを巡らせ、〈スタンド激突〉の有名な事故のことを思い出した。遠い四〇年代のものだが、これくらいの高度の思ったとおりにはならない視界が原因だったのかどうかは忘れた。「高く、高く、高く」と私は言った。それからグワドゥワに向けて下っていくと霧は沈殿したようになくなり、突如として空が姿を現し、暑気につつまれてすっかり違う場所になった。緑が爆発し、匂いが爆発し、道ばたには果物の屋台が現れた。汗をかきだした。氷がいっぱいに詰まった箱にビールを入れて売り歩く流しの売り子から、ぬるくなりかけていたビールを買おうとして車の窓を開けたことがあったが、その時には暑気でサングラスが曇った。だがそれ以上に汗が邪魔くさかった。体中の毛穴に突如として意識が集中することになった。

正午も回ってからやっと目的の地域に着いた。グワリノシート付近で一時間ほどの渋滞があり（車軸の壊れたトラックが一台いたとあっては、路肩もない二車線の道路にとっては致命的だ）、遠くで岩山が立ちあがり、車は畜産農場に入ったところで、見えるはずの粗末で小さな学校が見えたので、大きな白いチューブに縁取られた道を言われた通りの場所まで行き、マグダレーナ河方面に右折した。かつては広告の看板が入っていた金属の枠組みの前を通った。それが今では遠くから見ると打ち捨てられた大きなコルセットに見えるのだった。ヒメコンドルが二、三羽、横木にとまってその区間の見張り番をしていた。水飲み場の前を通ると、二頭の牝牛が固く身を寄せ合い、お互いの邪魔をしたり、押し合ったりしながら水を飲んでいた。牛たちの頭をアルミニウムの粗末な屋根が太陽から守っていた。舗装されていない道を三百メートルばかり進むと、上半身裸で叫んだり笑ったりしながら進むたびに埃の雲を立ち上げている子供たちのグループに並んだ。そのうちのひとりが親指を突き立て、小さくて黒い手を突きだしてきた。車を路肩に近づけて停めた。すっかり停車すると、再び顔と体に十二時の強い暑気を感じた。再び湿気を感じた。臭いを感じた。子供が先に口を開いた。

「乗せてってください、おじさん」

「ラス・アカシアスに行くんだけど」と私は言った。「場所を知ってるなら、乗せていくよ」

「それならけっこうですよ、おじさん」男の子は一瞬たりとも笑顔を絶やさずに言った。「そこを入ってすぐですよ。この犬はそこの犬です。噛みはしません。大人しいんです」

しっぽに白い染みのある黒く疲れたシェパードだった。犬は私がいることに気づき、耳を上げ、関心なさそうに私を見た。それからマンゴーの木の下で鼻を地面につけ、しっぽを脇腹につけて羽根のような形を作って二、三回転がると、しまいには幹に身を寄せて寝そべり、脚を舐め始めた。可哀想に、と思った。この犬の毛並みはこの気候向きにはできていない。しばらく車を進めたがずっと木に覆われた道で、葉が鬱蒼と茂っていたので光が当たらなかった。やがて門の前に出た。しっかりとした柱に渡した木材の横木からは、最近家具用の油を塗ったらしい板がかかっていて、板には焼き印でこの土地の味気なく面白みにも欠ける名が記されていた。門を開けるには車を下りなければならなかった。門の蝶《ちょう》番《つがい》のもともとの心棒は、原初の時代から同じ場所で詰まってしまっているようだった。草原の上を何度も車が通ってできたような道、雑草がぼうぼうに生えて盛り上がった場所の両端に土がむき出しになった轍《わだち》の上をけっこうな距離走った末に、ヒメコンドルの休む電柱を通り過ぎ、白い平屋建ての家の前に着いた。

ノックをしたが、誰も姿を現さなかった。ドアは開いていた。ガラスのダイニング・テーブル、明るい色の肘掛け椅子のあるリヴィング・ルーム。それらを見下ろす扇風機のプロペラは一種、内なる生命力に突き動かされているみたいだ。気温が高いので、それに対抗する使命感に、誰に頼まれるでなく突き動かされているようだった。テラスには濃い色のハンモックが三つ吊ってある。その一つの下には、誰かが囓《かじ》りかけたまま置いたグワバがあって、今では蟻の餌食となっていた。大声で誰もいないのですかと訊ねようとしたところ、口笛が聞こえた。それからもう一度聞こえた。二秒ばかりも経ってやっと、家を取り囲むブーゲンヴィリアの向こう側、ブーゲンヴィリアよりも先に生えているバンレイシの木々のさらに向こう側で、助けを求めるように腕を振っている影に気づいた。大きすぎる頭と太すぎる脚をした白すぎるその人影には、どこか怪物めいたところがあったけれども、そこに向かって歩く間は必要な注意を払って見つめることができなかった。石やでこぼこの道で足をくじいてしまわないように、木々の低い枝で顔を引っ掻かれないようにと細心の注意を払っていたからだ。家の背後では長方形のプールがキラキラ光っていたが、手入れは行き届いていないようだった。青い滑り台のペンキには日光でひびが入っていた。丸テーブルの隣のパラソルは畳まれ、木にもたせかけられた清掃用のネットは一度も使われたことがないみたいだった。そんなことを考えているうちに白い怪物の前まで来たが、そのころには頭と思えたものはヴェールのついたマスクで、手も指の太い手袋に包まれているのだとわかった。女はマスクを脱ぎ、片手で素早く髪（少し明るめの栗色の、わざと不器用に見えるようにカットしたその髪が、ぼさぼさになってもお構いなしだった）を梳《と》かすと、笑顔も見せずに挨拶してきた。そして、迎えに出るとミツバチの検査を途中で放り出すことになったので、と説明した。またすぐ仕事に取りかからねばならないと。「家で待っていただくのも退屈でしょうから」と一文字一文字はっきりと、まるでそれに命を賭けているように発音した。「近くで蜂の巣箱をご覧になったことはありますか？」

ただちに私は、彼女が同年配であること、一、二歳上か下かなのだと気づいた。ただし、同じ世代の者だけにわかるようなどんな交感が二人の間にあったのかはわからないし、そもそもそんなものが存在するのかも知らない。全体的な仕草や言葉遣い、ある種の声の震え、挨拶の仕方や体の動かし方、ありがとうの言い方、座るときの脚の組み方、そういったものに同年配の仲間だけに共通する何かがあるのだろうか。彼女はこれまで見た誰よりも明るい緑色の目をしていた。顔の中では女の子のような肌と酔って疲れた大人の女のような表情とが出会っていた。彼女の顔は誰もいなくなった祭りの後、といった様子だった。装身具はほとんどつけず、ただ小さな耳たぶにほとんど見えないくらいの小さなダイヤモンド（私にはダイヤに見えた）が光っているだけだった。体型を隠す養蜂用の作業着に身を包んだマヤ・フリッツは、以前は家畜がいたらしい小屋に私を連れて行った。肥料の臭いのする部屋で、そこの壁にはマスクと白いオーヴァーオールが掛かっていた。

「それを着てください」と彼女は命じた。「蜂たちは強い色が嫌いなんです」

私は自分のシャツの青が強い色だとは思わなかったけれども、口答えはしなかった。「蜂たちも色を認識するんですね」と言ったが、彼女はもう私の頭に白い帽子をかぶせ、ナイロンの保護ヴェールをマスクにくくりつける仕方の説明を始めていた。背中で結ぶ紐を脇の下から通してくれた時に、オートバイの後部座席の者のように抱きつく格好になった。彼女の体を近くに感じて嬉しかったのだが（背中に彼女の胸が当たったように思う）、同時に、その着実な手の動きや私の体に触れても動揺もせず、恥じらってもいない感じも嬉しかった。彼女はどこかからもう二本紐を取り出し、床に片膝をつくと、その紐で私のズボンの被いを結び、じっと私の目を見ながら、恥ずかしそうな素振りなどまったく見せずに、言った。「大切なところを刺されると困りますから」。それから黄色いふいごのついた金属の罎《びん》のようなものを手に取ると、それを持っていってくださいと私に言い、自分は赤いブラシと鋼の鉄梃《かなてこ》をポケットに入れた。

私は彼女に、この趣味を始めてからもう長いのかと訊いてみた。

「趣味ではありません」と彼女は言った。「これで食べているんですよ。この地域では一番の蜂蜜です、と自分で言うのもなんですが」

「なるほど、それはよかった。で、地域で一番の蜂蜜を製造し始めてからどれくらいになるんですか?」

蜂の巣箱までの道すがら、説明してくれた。それから、他にもいろいろ話してくれた。そんなわけで、彼女が唯一の遺産であるこの土地に住みつくまでの経緯がわかった。「両親は私が生まれるか生まれないかの頃、この土地を買いました」と彼女が言ったので、私は、ということはこれが唯一の形見なんですね、と応じた。「お金も残してくれました」とマヤは言った。「でも弁護士費用で使い果たしてしまいました」「弁護士は高くつきますからね」と私は言った。「いいえ」と彼女が応えた。「犬みたいなものです。怖がっている人からよってたかって奪うんです。当初は私もまったくの無知でした。もっと抜け目ない人に当たったらすっかり一文無しになっていたところでしょうね」。成人して思い通りに生きていけるようになると、すぐに彼女はボゴタを離れる画策を始めた。そしてまだ二十歳になるかならないかの頃に、きっぱりと出ていくことができた。学業を途中で放棄したので、そのことで母親と口論にはなったけれども。最終的に相続についての判決が出たのは、マヤがここに移り住んで十年ばかりも経った頃だった。「ボゴタを出たことについてはこれから先も後悔することはないでしょう」と彼女は言った。「もう限界でした。あの街が大嫌いなんです。その後一度も戻っていませんし、今どうなっているかなんてわかりません。たぶんあなたの方がご存じです。ボゴタに住んでいらっしゃるんですよね？」

「ええ」

「一度も出たことはないですか？」

「一度も」と私は言った。「最悪の時期ですら」

「私もあの時期はそこに住んでいました。何かもかも経験するはめになりました」

「誰と一緒でした？」

「もちろん、母とです」とマヤは言った。「不思議な日々でした。今から考えるとそう思います。女二人でいたんです。その後それぞれの道を行くことになりました。この種のことがどう運ぶかはご存じのとおりです」

一九九二年、彼女はラス・アカシアスに最初の蜂の巣を取りつけた。藁《わら》でできた原始的なものだった。白状すると、今のあなたと同じほどに養蜂に関して無知な人間が、不思議なことを考えたものだと自分でも思う、と言った。しかしそれらの巣は数カ月と保《も》たなかった。蜂蜜や蜜蠟を採取するたびに巣を壊し、蜂を殺すはめになることにマヤは耐えられなかった。彼女は生き延びた蜂が秘密裡に逃げだし、近隣の蜂たちにメッセージを伝えて回っているように思われた。そしてある日、プール脇のハンモックで昼寝をしているうちに、蜂の針が雲のような大群となって彼女に襲いかかるのではないかと。藁の巣四つを三つの可動式巣枠の巣箱に取り替え、以後、蜂を殺す必要はなくなった。

「でもそれも七年前のことですね」と私は言った。「その間、ずっとボゴタには戻ってないのですか?」

「まあ、戻ることはありました。弁護士関連とか。あの女性、コンスエロ・サンドバルさんに会いに行ったりとか。でもボゴタに泊まったことはありません。夜になるまでいたこともありません。夜を過ごすのは我慢がならないでしょうから。それ以上長くはいられないのです」

「それで他の人には出向いてくるようにおっしゃるのですね」

「誰も出向いてきてはくれません。でもまあ、そういうことです。そうお願いすることにしています。だからあなたにもお越しいただいた」

「わかりました」と私は言った。

マヤは顔を上げた。

「ええ、あなたはわかってくださると思います」と彼女は言った。「わたしたちの世代の特徴だと思います。八〇年代に育った者特有の。ですね? わたしたちとボゴタとの関係は特別です。普通の関係ではないと思います」

最後の「す」の音は蜂の羽音のような鋭い音に吸収された。もう養蜂場の目と鼻の先に来ていた。この地面は軽く傾斜がかかっていて、保護ヴェール越しでは足の踏み場がよく見えなかったのだが、それでも世界有数の優れた光景に立ち会うことができた。てきぱきと仕事をこなす人物という光景だ。マヤ・フリッツは私の腕を取り、巣箱に横向きに、正面からではなく横向きに歩み寄らせた。そして身ぶりで私がここまで携えて来た壜を渡すようにと伝えた。それを顔の高さまで持っていくと、一度ふいごを動かして、うまく作用するか確かめた。すると幽霊のような煙が口から出て、空中にかき消えた。マヤは最初の巣箱に壜の口を突っこむとまた黄色いふいごを一度、二度、三度と動かした。すると巣箱に煙が充満した。それから蓋を開け、中を一気に燻蒸《くんじょう》した。私は一歩後ずさり、片腕を顔に持っていったが、それは純然たる本能から出た動きだった。慌てふためいた蜂たちが飛び出してきて、何でもかんでも手当たり次第に刺して回るのではないかと思ってのことだったが、そんなことはなくて、まったく逆の光景を目の当たりにしたのだった。蜂たちは静かにじっとして身を寄せ合っていたのだ。ブーンという唸りも、そこで静かになった。羽根もほとんど止まって見えた。黒と黄色の縞模様も、まるで電池が切れたみたいに震えるのをやめた。

「何を入れたんですか？」私は訊ねた。「その壜の中には何があるんでしょう？」

「木材チップと牛糞です」とマヤが言った。

「煙で眠ってしまうんですか？　何をするんです？」

答えなかった。両手で最初の巣枠を取り出し、激しく振った。すると薬物が効いてるのか眠っているのか、あるいはぼうっとしたのだかしている蜂たちは、巣箱に落ちた。「刷毛《はけ》をください」とマヤ・フリッツが言った。そしてそれを使って彼女はまだ頑固に蜂蜜にしがみついている数少ない蜂をそっと払い落とした。指に乗ってきた蜂もいた。刷毛の柔らかい毛に絡まって転がった。少しばかり好奇心が強くて、おそらく酔ってもいるのだろう。そんな蜂たちをマヤは繊細な動きで指から取りのぞいた。絵筆で線を描く行為だった。「だめよ、良い子だから」と蜂に話しかけた。「さあ、家に戻りなさい」。あるいはまた、こうも。「下りなさい。今日は遊んでいる場合じゃないの」。他の巣箱でも同じ手続きが繰り返された。巣枠を取り出し、蜂たちを掃き落とし、やさしく語りかけていったのだ。そうしながらもマヤ・フリッツは、目を見開いてすべてをつぶさに観察し、冒瀆の民たる私には見えないけれども彼女の目に見えることを、頭の中でメモしているらしい様子が見て取れた。木の巣枠をひっくり返したり戻したりしながら、前から後ろから観察した。行儀の悪い蜂が、悪いタイミングで目覚めたら困るとでも思っているのか、もう二、三回壜の中の煙を使った。そこで私は、この機にと思い、手袋を外して吹き出し口に手をかざしてみた。単にその冷たくていい匂いのする煙について、もう少し知りたかったのだ。匂いは、牛糞よりはむしろ木の匂いだったけれども、それは夜のだいぶ遅い時間まで肌に染みついて残ることになる。それだけではなく、マヤ・フリッツとの長い対話と結びついていつまでも残存することになるだろう。

蜂の巣の点検を済ませ、燻蒸器と刷毛と鉄梃を小屋の元の場所に戻すと、マヤは私を家に案内した。彼女の雇い人たちが午前中かけて作った子豚の丸焼きが用意されていてびっくりした。部屋に入って最初に感じたのは、身軽になって瞬時にほっとしたということだった。それまで真昼の暑さに無抵抗に慣れてしまっていたようだが、影に入って涼しさを感じてはじめて、オーヴァーオールや手袋、マスクなどに包まれて暑苦しい思いをしていたことに気づいたという次第だ。背中にはびっしり汗をかいており、シャツは胸にはりついていた。体は何でもいいから楽にしてくれと大声で叫んでいたのだ。扇風機が二台、リヴィングの天井に一台と食堂の天井に一台あり、狂おしく回っていた。昼食の席に着く前に、マヤ・フリッツはどこかから箱を取り出し、食堂に持って来た。小さなスーツケースほどの大きさの民芸品の柳行李で、丈夫な蓋がつき、裏打ちがされていた。両端には織物の取っ手というかハンドルのようなものがついていて、蓋をきちんと開け閉めできるようになっている。マヤはそれを招待客のように上座に置いて、自分は下座に腰かけた。そしてサラダをボウルに取りながら、リカルド・ラベルデについて何がわかったのか、果たして彼の人となりを深く知ることができたかと訊いてきた。

「多くはわかっていません」と私は言った。「まだ数カ月ですから」

「思い出すのはいやですか？　つまり、事故のことですが」

「今では大丈夫です」と私は言った。「けれども、申し上げたとおり、あまり多くを知らないんです。彼があなたのお母さんをたいそう愛していたことは知ってます。マイアミからの飛行機のことも知っています。でもあなたのことは知らなかった」

「なんにも？　父は私のことを話したことはないんですか？」

「一度も。ただあなたのお母さんの話だけでした。エレーナ、ですよね？」

「エレーンです。エレーンという名です。コロンビア人たちはエレーナと呼んでいたし、母もそう呼ばせてましたけれど。あるいはもう慣れっこになっていたのかもしれません」

「でもエレーナとエレーンでは違う」

「もちろんですとも」と彼女は言った。「彼女も何度もそう説明していました」

「エレーン・フリッツ」と私は口にした。「僕にとっては見知らぬ人物に違いないのですが、他人のような気がしない。不思議ですね。ところで、ブラック・ボックスのことはご存じだと思います」

「カセットのことですか？」

「ええ。マヤ、今日ここに来ることになるなど、あらかじめわかりようがありませんでした。それがわかっていればどうにかしてそのテープを手に入れたのですが。もっともそんなに簡単ではなかったろうとは思いますが」

「ああ、そのことならご心配なく」とマヤは言った。「もう持ってますから」

「何ですって？」

「当然ですとも、違いますか？　母の死んだ飛行機ですよ、アントニオ。あなたには先を越されましたけれども。つまり、テープを見つけるのが、ということです。リカルドの家と、テープを。あなたの方が有利でしたものね。何しろ最期に居合わせたわけですから。でもまあ、わたしも探して、ついにはたどり着きました。わたしだってそうしても悪くはないはずです」

「それでコンスにもらったのですね」

「ええ、いただきました。そこにあります。最初聞いた時にはずたずたになりました。また聞き直すまでに何日も無為に過ごさねばなりませんでした。それでも、わたしはだいぶ勇敢だったと思います。他の人ならどこかにしまってもう二度と聞かないかもしれません。でもわたしは聞いたんです。また聞きました。そうなるともう止まらなくなりました。何度聞き返したでしょう。二十回か三十回も聞いたと思います。最初のうちは何か見つけようと思って何度も聞いていると思っていました。やがて、私がまた聞くのは何も見つけ出さないようにするためなんだと気づきました。お父さんは一回しか聞いてないんですよね？」

「僕の知る限り」

「いったいどんなことを感じたのか、想像もできません」マヤは間を置いた。「彼は彼女を天使と仰いでました。母をとても愛してたんです。もちろん、仲のいい夫婦ってそんなものですけれど、でも彼の場合は特別でした。だからいなくなったんです」

「おっしゃっていることがわかりません」

「つまり、彼は立ち去り、彼女は以前のままだったということです。彼の記憶の中で硬直して動かなくなった、と言えばいいでしょうか」

彼女は眼鏡を外し、二本の指を（ピンセットにして）涙腺に持っていった。世界中どこでも、泣きたくない者がやる仕草だ。これだけ世界のいたるところ、全人種、全文化において、あるいはそのほとんどすべてにおいて繰り返されるこの仕草は、いったい私たちの遺伝暗号のどの部分に刻まれているのだろうかと私は自問した。あるいはそうではないのかもしれない。だが、世界中どこにでも進出した映画がそんな風に信じ込ませてしまったのかもしれない。確かに、それはあり得ることだ。「ごめんなさい」とマヤ・フリッツが言った。「まだこんな風になるんです」彼女の鼻の青白い肌に赤みが差した。急に風邪をひいたような色だ。

「マヤ」と私は言った。「質問していいですか?」

「何でしょう」

「そこに何があるんですか?」

何を指しているのかはっきりさせる必要はなかった。話すときに柳行李に目はやらなかったし、指差したりもしなかった（口さえも使わなかった）。たまに唇を歪め、馬のように頭を動かして指し示す人がいるけれども、そんなこともしなかった）。逆にマヤ・フリッツはテーブルの対面を見て、虚空に目を据えたまま私に答えた。

「そうですね。あれを御覧に入れたくてお呼び立てしたわけです」と彼女は言った。「うまく説明できるでしょうか」間を置き、指をビールのグラスに巻きつけたが、それを口に持っていくことはしなかった。「父についてお話ししていただきたいんです」また間を置いた。「すみません。それはもう言いましたね」さらに間を置いた。「えっと、わたしは結局……わたしがまだとても小さい頃、父は……つまり、彼の最後の日々について教えていただきたいんです。あなたは一緒におられたのだから。できるだけ細かいできごとも知りたいんです」

そう言って立ちあがると、柳行李をこちらに持って来たが、きっとひどく重いのだろう、マヤはそれを腹を支えにして、両方の取っ手をしっかり持って持ち上げなければならなかった。昔の洗濯女たちが洗濯物でいっぱいになった桶を持ち上げるやり方に似ていた。「アントニオ、いいですか、こういうことです」と言った。「この箱には父に関するものがたくさん入っています。写真とか受け取った手紙、わたしが集めた父の書いた手紙などです。何もかもわたしが手に入れたんです。その辺で見つけたというものではなくて、それなりの努力を要しました。たとえばサンドバルさんが持っていたものもたくさんあります。ほら、その写真も彼女が持ってました」私はもちろん、すぐにそれとわかった。だれかがリカルド・ラベルデの姿を切り取ったり消し去ったりしていてもそれとわかっただろう。そこにはボリーバル広場の鳩が写っていた。トウモロコシ売りの台車があった。議事堂があった。灰色のわが都市の灰色の空が背景にあった。「お母さんにあげようとしていたんですよ」と私は言った。「エレーン・フリッツに」

「知ってます」とマヤは言った。「前に見たことがあるんですね?」

「彼が見せてくれました。撮ったばかりの時に」

「他に見せられたものは？　何かくれました？　手紙とか、文書とか」

ラベルデの宿屋に誘われて断った晩のことを考えた。「何も」と言った。「他に何があるんですか？」

「いろいろです」とマヤは言った。「どうでもいいようなものがいっぱい。見ても何のことだかわからないものばかり。でも手許に置けてほっとしてます。証拠ですから。ほら」と言ってスタンプの押された紙を差し出した。領収書だった。左上隅にはホテルのロゴがあった。何という色かわからないしわかりようもない色（時間が紙の上に自らを刻印しているのだ）の円があり、その上にホテル、エスコリアル《ぼた山》、マニサーレスの三語が等間隔で配置されている。ロゴの右手にはこんなすばらしい文章が書かれている。


料金は毎月金曜日に承ります。即払いで願います。食事なしは申し受けいたしません。一部屋お使いになるお客様からは、当ホテルは最低でも一日分の料金を承ります。

それから日付が明示してある。一九七〇年九月二十九日。お客様到着時刻は午後三時三十分。部屋番号は二二五。続く四角の中には、手書きでチェックアウト日が書かれている（九月三十日。たったひと晩の宿泊だ）。そして精算済みという単語。客の名はエレーナ・デ・ラベルデ。結婚後の夫の苗字を使うことによって、質問攻めに遭うことを避けたのだろうと想像する。その短い滞在中彼女は、電話を一回かけ、夕方と朝に食事をしているが、電報やクリーニング、新聞、自動車のサービスは受けていない。どうということのない一枚の紙だが、同時に、ここから違う世界が見える、と私は思った。この行李の中にはそうした違う世界への窓がたくさん入っているのだった。

「証拠って何のですか？」と私は言った。

「ごめんなさい？」

「さっき、この書類は証拠だとおっしゃった」

「ええ」

「そのことです。何の証拠なんですか？」

しかしマヤは答えなかった。その代わり手で書類の山を引っかき回しながら、こちらを見ずに話しかけてきた。「何もかもほんのちょっと前に手に入れたんです」と言った。「名前とか住所とか調べて、合衆国にも手紙を書いて、自分が誰なのか説明して、手紙や電話で交渉しました。それでこの間、小包が送られてきて、その中にお母さんが最初にコロンビアに来た時、六九年くらいのことですが、その頃に書いた手紙が何通も入っていたんです。万事そういった調子でした。歴史家みたいなことをやっているわけです。多くの人にしてみれば馬鹿げたことです。でもどう言えばいいんでしょう、うまく理由を説明できません。まだ三十にもならないのに、わたしはこんな人里離れた土地に住んでいます。やもめ暮らしです。そんなわたしにとって、このことがとても重要なことに思われたんです。父の人生を構築し、彼がどんな人だったか調べることです。それを今わたしはやろうとしてるんです。もちろん、わたしがひとりきりでこんなところにいなければ、こんなことに首を突っこんだりはしなかったでしょう。しかもこんな突然に。ことの始まりは母の事件でした。それはあまりにも不条理でした……ニュースはここで受け取りました。今いるこのハンモックにいた時に、飛行機が墜落したと知ったんです。彼女がその飛行機に乗ってたことは知っていました。そしたら三週後には父の事件です」

「どうやって知ったんですか?」

「『エル・エスパシオ』で読みました」と彼女は言った。「『エル・エスパシオ』に写真も何もかも込みの記事が出たんです」

「写真?」

「血の海の写真です。二、三人の目撃者の写真。家の写真。サンドバルさんの写真。わたしにあなたのことを教えてくれたあの人です。それから父の部屋の写真。とても心の痛むものでした。イエロージャーナリズムの大衆紙です。わたしがこれまでずっと軽蔑してきたようなやつです。裸の女とか、気味の悪い写真、文章も下手だし、とても嫌いでした。娯楽面のクロスワードさえもいやでした。簡単すぎるから。それなのにわたしの人生で一番大切なニュースをそんな新聞で知ったんです。とんでもなく皮肉な話ですよね。そんな次第でした。ラ・ドラーダに買い物に行って、そこで新聞を見つけたんです。ビーチボールや水中眼鏡とひれ足のセットなど暑い土地への観光客向けのものといっしょに吊り下げられていました。それからいつだったか、ある日気づいたんです。土曜日だったとしましょう(この家のテラスで朝食を摂っていました。そんなことをするのは週末だけです)、ええ、土曜日でした。わたしは自分が天涯孤独の身になったのだと気づきました。何ヶ月も時間が経っていましたし、その間わたしはたいそう苦しんできましたが、いったいなんでこんなに苦しいのかわかりませんでした。だってもう何年も別々に暮らして、それぞれ独自に生計を立てていたんですから。わたしたちの人生には共通点や、共通点らしいものなど何ひとつありませんでした。それなのにそんな風に思ったんです。独りぼっちになった、天涯孤独になった、わたしの死者とわたし自身の間にはもうだれもいない、って。孤児になるというのはそういうことです。目の前にもう誰もいなくなる。このままいけば次は自分だということです。自分の番なんです。アントニオ、わたしの人生には何の変化もないんですよ。もう何年も彼らなしでやってきましたから。でももうその彼らはどこにもいなくなったんです。わたしと一緒にいないというだけではなくて、どこにもいないんです。不在の存在になったような感じです。その上でわたしを見つめているみたいな。ええ、説明がとても難しいんですけど。でも二人はわたしを見ています。エレーンとリカルドがわたしを見つめているんです。辛いものですよ、ここにはいない者たちの眼差しというのは。でもともかく、その後のことはもうご想像のとおりです」

「以前からずっと不思議に思っていました」と私は言った。

「何がですか?」

「つまり、パイロットの妻が飛行機事故で死んだということです」

「ああ。ええ、ある種のことを知っていればそんなに不思議でもないんですよ」

「たとえばどんな?」

「時間はありますか?」マヤが私に訊ねた。「父とは全然関係ないけれども、同時にすべてに関係している文章を読まれますか?」

彼女は行李から雑誌『クロモス』を取り出した。赤い枠囲いの中に白文字で題辞を書いたその雑誌のデザインは私には見覚えがなかった。表紙は水着の女性のカラー写真で、彼女は手をそっと錫杖に置き、ふんわりとした髪には危ういバランスで王冠を乗せていた。ミス・コンテストの女王なのだ。一九六八年の十一月号で、女性は、私もすぐに気づいたのだが、マルガリータ・マリーア・レイェス＝サワドスキーだった。その年のミス・コロンビアだ。表紙には記事のタイトルもいくつかあった。カリブ海の青を背景に黄色い文字で書かれたそれらのタイトルを読んでいる暇はなかった。マヤ・フリッツの指が黄色い付箋紙の貼られたページを開けたからだ。「取り扱いには注意しなきゃいけません」とマヤは言った。「こんなに湿度が高いと紙は保ちませんから。よくぞこれがこれだけ長い間耐え抜いたものだと思います。さて、これです」。「サンタ・アナの悲劇」と級数の大きな文字で書かれたタイトルは謳《うた》っていた。下には数行のリードが続いていた。「コロンビアの歴史に刻まれた飛行機事故から三十年、『クロモス』は独占取材により生存者の証言を掲載する」。記事の隣には〈秘密クラブ〉の広告があり、私は微笑んだ。というのも、私はこのテレビ番組について両親が話すのを何度も聞いた記憶があったからだ。〈会員限定テレビ〉の文字の上にギターを弾く若い女性のイラストが描かれていた。「コロンビアの若者に送るメッセージ」と誇らしげなコピー。「〈秘密クラブ〉を見なきゃ始まらない」。

　これは何かと訊ねようとした瞬間、目がラベルデという苗字を捉えた。泥だらけの犬の足跡のようにページのあちこちにその名が点在していた。

「フリオって誰です？」

「祖父です」とマヤは言った。「その記事の時点ではまだ祖父ではなかったのですが。おじいちゃんどころか、まだ十五歳でした」

「一九三八年」と私は言った。

「ええ」

「リカルドはこの記事には出ないですね」

「出ません」

「まだ生まれていない」

「生まれる何年か前です」とマヤは言った。

「すると？」

「だから伺ったんです。時間はありますか？　と。お急ぎなら仕方がありません。でも本当にリカルド・ラベルデの人となりが知りたいとおっしゃるなら、まずはこれをお読みください」

「記事を書いたのは？」

「それは問題ではありません。わかりません。どうでもいいことです」

「どうでもいいことはないでしょう」

「編集部です」マヤは苛立たしげに言った。「編集部だか記者だか、レポーターだかが書いたんです。名もない誰かがある日、祖父の家にやって来て、質問したわけです。それから記事を雑誌に売り、他の記事に移っていった。アントニオ、何が問題なんですか？　誰が書いたかなんて気になるんですか？」

「でも、わからないんです」と私は言った。「これは何ですか？」

マヤは溜め息をついた。マンガみたいな大袈裟な溜め息だった。まるで下手な役者のようだ。けれども、彼女の中ではそれは混じりけのないものなのだろう。彼女の苛立ちも負けず劣らず純然たるものだった。「これはある日の物語です」と彼女は言った。「私の曾祖父が祖父を航空ショウに連れて行った。ラベルデ大尉が息子のフリオに飛行機を見せに行った。息子のフリオは十五歳。その後彼は成長し、結婚して息子を得、その子にリカルドという名をつけた。そしてリカルドも成長し、わたしを得た。理解するのにそれほど苦労する話だとは思えませんが。これは父が母に最初にプレゼントしたものでした。結婚するずっと前のことです。読んでみてよくわかりました」

「何がですか?」

「この記事をプレゼントしたことです。母にとっては自慢でしたし、少しばかりうぬぼれもしたでしょうね。ほら、家族の記事よ、家族のことが雑誌に出てるの、って感じで。でもそのうちに気づくことになります。彼女はコロンビアについてもコロンビア人についてもたいして知りもしないのにコロンビア人とつき合っている、自分を見失ったアメリカ女《グリンガ》だったんです。見知らぬ都市に来ると、人はまずガイドを探しますよね? ええ。それがこの一九六八年に出た三十年前の出来事についての記事だったという次第です。父は母にガイドブックをあげたわけです。そうです。ガイドブックです。そう考えていいでしょう。リカルド・ラベルデについてのガイドブック。彼の心の動きについての道しるべ、どの道筋にもしるしがつけられたガイドブックみたいなものです」

しばらく沈黙してから、つけ加えた。

「まあいいでしょう。お読みください。ビールを持って来てもらいましょうか?」

お願いしますと答えた。ビールをください。どうもありがとう。そして読み始めた。「ボゴタはお祭りだった」と記事は始まっていた。そして続く。

一九三八年のその日曜日、市創設四百年が祝われ、街中に旗が立っていた。創設記念日は正確にはその日ではなく、もう少し後だった。しかし旗はもう街中にはためいていた。当時のボゴタっ子たちは何ごとも余裕をもって行うのが好きだったのだ。長い歳月が流れて、その不吉な日のことを回想するフリオ・ラベルデは、ことさら旗について話すことになるだろう。父親に連れられて家から練兵場まで歩いて行ったことを思い出すことになる。練兵場は当時サンタ・アナ地区にあったが、そこはまだ地区というよりは原っぱといった趣で、市街地からもだいぶ離れていたのだった。しかしラベルデ大尉にしてみれば、バスに乗ったり、あろうことか人の車に乗せてもらうに甘んじるなどもってのほかで、歩くことこそが高貴かつ名誉ある行いであり、車輪に乗って移動するなど、成り上がり者か平民のやる行為なのだった。フリオによれば、ラベルデ大尉は道すがらずっと旗の話ばかりしていたそうだ。真のボゴタ市民たる者は旗が何を意味しているのか知らねばならないと何度も言い、息子に対してそうやってこの大都市の文化に通暁《つうぎょう》していることを示してみせていた。

「学校ではそんなこと教えないだと？」と言ったものだ。「恥だ。こんな市民どもに任せていたら、いったいこの街はどこへいってしまうのか」

それから彼は息子に赤は自由と慈悲、健康の象徴、そして黄色は公正と美徳、寛大の象徴なのだと復唱させた。するとフリオはよどみなく繰り返す。

「公正、寛大、美徳、自由、健康、慈悲」

ラベルデ大尉はペルーとの戦争で受勲した英雄だった。ゴメス＝ニーニョやヘルベルト＝ボーイをはじめとする伝説の人物たちとともに空を飛び、タラパカ作戦やグエピ陥落戦において卓越した働きを見せた。ゴメスとボーイ、ラベルデの三人の名は、勝利のためにコロンビア空軍が果たした役割の話になると必ず挙げられた。空の三銃士だった。ひとりはみんなのために、みんなはひとりのためにだった。ただし、この三銃士のメンバーはいつも一定ではなかった。ボーイ、ラベルデ、アンドレス・ディアスの三人の時もあれば、あるいはラベルデ、ヒル、フォン・オエルツェンのこともあった。誰が歴史を語るかによって異なっていた。だがラベルデ大尉は常にその中のひとりだった。

さて、その日曜日の朝、練兵場では、ボゴタ創設記念の航空隊閲兵式が開かれることになっていた。ローマ皇帝でもなければこれだけのものは開けなかっただろうというほどの豪勢なものだった。ラベルデ大尉はそこで三人の退役軍人と会うことになっていた。停戦協定の日以来はじめて会う友人たちだったが、それというのもボゴタに住んでいる者がひとりもいなかったからだ。だが大尉にはそれ以外にも閲兵式に出る理由があった。ひとつにはロペス＝プマレホ大統領直々の招きを受け、主賓席に座ることになっていたからだ。いや、ほとんど直々と言うべきだろうか。極めて大統領に近しいアルフレード・デ・レオン大将が、ご列席いただければ光栄との大統領閣下の意向を彼に伝えたのだった。

「よろしいですか」と彼は言った。「あなたは敵の攻撃から我々の旗色を守ったお方です。あなたのおかげで祖国の自由は守られ、国境は崩れずにすんだのです」

大統領からの招待はたいへんな栄誉で、そのことも出席のひとつの理由になった。だがさらにもうひとつ理由があった。栄誉を感じるようなものではないのだが、今この機に行っておかねばと思わせるものだった。その日飛行を見せるパイロットの中にアバディーア大尉がいたのだ。

セサル・アバディーアはまだ三十歳にもならなかったが、ラベルデ大尉が既に見抜いていたところでは、あの田舎出の若者は、痩せてお人好しそうに見えるが、若年のわりに二千五百時間の飛行経験を持ち、ゆくゆくはコロンビア史上最高の軽戦闘機乗りになるだろうとのことだった。ラベルデはペルーとの戦争の最中に彼が飛行機を操るのを見たことがあった。大尉はまだ大尉ではなく、中尉だった。トゥンハ生まれのこの若者はドイツ最高のヴェテラン・パイロットたちにとってさえも勇気と熟達の鑑《かがみ》となろうかというほどだった。ラベルデは彼を大いに賞賛していたのであるが、それというのも、共感と経験からくる賛嘆の念だった。共感できるのは、自分が賞賛の眼差しを集めていることを知っているという共感だ。経験というのは、自分が他人にないものを持っているということを自覚している経験だ。だが、ラベルデにとって問題なのは、自分自身がその目でアバディーア大尉の音に聞こえし武勲を見るということではなかった。息子に見てもらいたい、どうにかして見せることはできないものかと考えていたのだ。フリオを練兵場に連れて行ったのは、見てもらうためだったのだ。そのために旗でいっぱいになったボゴタの街を突っ切り、歩いて連れてきたのだ。道々、飛行機の種類について説明したのもそのためだった。飛行機は三種類飛ぶことになっていた。ユンカー、偵察隊のファルコン、そして戦闘隊のホークだ。アバディーア大尉はホーク812を駆って飛ぶことになっていた。戦争という残酷な重労働のために人間が発明したもののなかで、最も身軽で速いマシンだった。

「ホークというのは英語で鷹の意味だ」大尉は若きフリオの短い髪を手でくしゃくしゃにしながら教えた。「鷹がどんなものかは知ってるな？」

フリオは知っていると答えた。良く知っている、説明してくれてどうもありがとう、と。だがそんなに熱狂しているわけではなかった。彼は道路に目を落として歩いていた。ひょっとしたら大勢の人々の靴を見ていたのかもしれない。五万人もの人々がもうそこに集まっており、彼らはもみくちゃにされていたのだ。コートは擦れ合い、杖や閉じた傘はぶつかり合い、絡み合っていた。ポンチョは下ろしたての羊毛の匂いの壁を作り、軍服の肩には肩章、胸にはメダルが光っていた。勤務中の警官はゆっくりと人々の間を縫って歩いた。あるいは背が高く栄養の悪い馬に乗り、高みから彼らを睥睨《へいげい》していたものの、馬は思いがけない場所に臭い馬糞をたれては引き摺って歩いているのだった……フリオはこれだけ大勢の人が一堂に会するのを見るのは初めてだった。ボゴタでこれだけの人が同じ場所にひとつの目的をもって集まったことは、それまで一度としてなかったのだ。

おそらく、人々の立てる喧噪が大きかったのだろう、挨拶するのに熱が入っていたのだろう、会話の声が大きかったのだろう、あるいはまた、彼らの吐く息と服の匂いが入り混じったためかもしれない、フリオは突然、あまりにも早く回るメリーゴーラウンドに乗せられたような気分になった。色に苦い味がついているような気になった。舌先に牧草を乗せたみたいだった。

「気分が悪い」とラベルデ大尉に言ってみた。

しかしラベルデは聞いてはいなかった。いや、確かに彼に注意を払うには払ったのだが、それは気分が悪いとの訴えを気にしたからではなく、誰かに紹介しようとしたからだ。ひとりの男がこちらに向かって来ていたのだった。背が高く、ロドルフォ・ヴァレンティノ風の髭を生やし、軍服を着ていた。

「デ・レオン大将、愚息です」大尉は言った。それからフリオに向かって話した。「大将《ヘネラル》は軍の最も完璧な将軍《ヘネラル》であられる」

「あまねき完璧将軍《ヘネラル》」と大将は言った。「職名もそう変えていただけると嬉しいですね。さて、ラベルデ大尉、大統領に仰せつかってお迎えに参りました。これだけ大勢の人がいると、迷ってしまいかねませんからな」

実にラベルデとはそうした人物なのだ。大統領の命を受け、大将たちが迎えに来る人物。ともかく、こうして大尉と息子は主賓席に向けて歩くこととなった。デ・レオン大将の二、三歩後ろから、彼についていくように、見失わないようにしながらも、同時にこのお祝いのめったにお目にはかかれない世界に目を見張ってもいた。前の晩は雨で、あちらこちらに水たまりが残っていた。水たまりとは言わずとも、ぬめった泥地になっている場所もあり、女性のヒールがそこにはまっていた。それはピンクのマフラーをした若い女性の身に起こったことだ。彼女は片方の靴が脱げてしまっていた。クリーム色のその靴を、フリオはしゃがんで拾い上げようとし、片脚立ちでフラミンゴのように佇《たたず》む彼女が微笑みながら彼を見下ろしていた。フリオは彼女に見覚えがあった。確か社会面で見たことがあったはずだ。外国人だったと思う。商人か工場主の娘だ。そう、それだ、ヨーロッパ企業の社長令嬢だった。だが誰だっただろう？　ミシンの輸入業者か、ビール製造業者か？　記憶をたどって名前を見つけ出そうとするが、時間がなかった。ラベルデ大尉が腕を取り、ギシギシ言う木の段に上げ、主賓席に向かわせた。肩越しにフリオは、かろうじてピンクのマフラーとクリーム色のハイヒールの女性が別の段を上るのをみとめた。各国大使の貴賓席だった。二つはまったく同じ作りの階段席で、街路ほどの広さの帯状の空き地を間に挟んで並び立つ姿は、太い杭の上に建てられた二階建ての小屋のようだった。二つ並び立ち、上空を飛行機が通過するはずのだだっ広い空き地の方を向いていた。二つは、いかにも、まったく同じ作りだったけれども、一点だけ違いがあった。大統領主賓席の真ん中には高さ十八メートルのマストがそびえ、その先にコロンビア国旗がはためいていたのだ。長い歳月が流れて、その日の出来事を語ることになった時に、フリオはその国旗がまさにその場所に設えられていたことを、最初の瞬間から不審に思ったと述べることになるだろう。何もかもが起こった後からならば、こうしたことを言うのはたやすいのだけれども。

お祭り色がいっぱいにあふれていた。一陣の風が揚げ物の匂いを運んできた。人々は手に手に飲みものを携え、階段を上り始める前に飲み干していた。二つの階段のひとつひとつの段には、席に座れなかった人が鈴なりになっていた。通路代わりのスペースにも人がいっぱいだった。フリオは気分が悪くなり、そのことを伝えたのだが、ラベルデ大尉は耳をかさなかった。招待客の間を縫って歩くのは至難の業だ。知り合いには挨拶をし、同時にぽっと出の者たちには目もくれないでいなければならない。挨拶して敬意を示すと同時に、そうしてならない者に対しては無視を決め込まなければならないのだ。一時も離れることなく、大尉と息子は手すりにたどり着いた。そこからフリオにはマストの数メートル先で慎重な面持ちで話す二人の髪の少ない男たちが見えた。この二人のことはすぐに誰かわかった。明るい色のスーツに暗い色のネクタイを締め、丸眼鏡をかけたロペス大統領とダーク・スーツに明るいヴェスト、こちらも丸眼鏡のサントス次期大統領だった。去りゆく男と次に来る男だ。国の行く末が大工仕事の建物のわずか二平方メートルに集約していた。上流の人々、ロサーノ家やトゥルバイ家、パストラーナ家の小集団が大統領の桟敷席と来賓席後部とを分け隔てていた。一段高くなったその後部にラベルデ親子はいたのだ。遠く離れ、上流の人々を間に置いた場所から、大尉はロペスに挨拶を送り、ロペスは歯を見せずに微笑んで挨拶を返した。言葉には出していないが、二人は、そろそろことが始まるので、後でゆっくり話そうとの合図を送り合っていた。サントスはロペスが誰と合図を送り合っているのか見ようと振り向き、ラベルデをみとめた。彼が軽く会釈をしたその瞬間、空には三発機ユンカーが姿を現し、その飛行機雲で観客の目を奪った。

フリオは見とれていた。これだけの複雑な飛行をこんな近くから見たことがなかったのだ。ユンカーは重い飛行機で、縞模様がついているために機体は大きな先史時代の魚のように見えたが、威厳のある動きを見せていた。上空を通過するたびに風圧が波のように観覧席を襲い、無帽の女性の髪が乱れた。ボゴタの曇った空は、まるで創設以来ずっとこの都市を覆っている薄汚れたシーツだが、これがちょうどいいスクリーンとなって、そこに映画が投影されているみたいだった。雲を背景に三機の三発機が通過したかと思えば、今度はファルコンが六機、巨大な劇場を上手《かみて》から下手《しもて》に横切るように飛んでいく。完璧に左右対称の編隊飛行だった。フリオは一瞬、口の中の苦い味を忘れ、気分の悪さも消え、市の東側の山並みに目を奪われた。奥に広がる霧に包まれたそのシルエットは長く暗く、まるで眠っている蜥蜴《とかげ》のようだ。山の上には雨が降っている。彼は考えた。雨はやがてこちらにもやって来るだろうと。ファルコンが再び通過し、また空気が激しく揺れた。エンジンの轟音でも掻き消されないほどに観覧席の人々は大きな歓声を上げた。プロペラが動いてできる円盤から透ける光は、本体の旋回につれて短く間欠的に爆発した。そこへ戦闘機が現れた。どこから来たのかは気づかなかった。あっという間に渡り行く燕の編隊飛行体制をとったと思ったら、瞬時、それが生き物でないことを忘れた。誰かが操縦しているのだと思い出すのに労力が要った。「アバディーアよ」と女の声が聞こえた。フリオは振り返って誰が言ったのか確かめようとしたが、その時、観覧席の別の場所で同じ言葉が繰り返された。花形パイロットの名は悪い噂のように人々の間を駆け抜けた。ロペス大統領は軍隊式に腕を挙げ、空を指差した。

「さあ、これからだ」とラベルデ大尉が言った。「ここからが本物だ」

フリオの隣には五十がらみの夫婦がいた。水玉のボウタイを締めた男とその妻で、女の鼠《ねずみ》のような顔は往時、彼女が美しかったことを包み隠さず告げていた。男が車を近くに乗りつけると言っているのがフリオには聞こえた。妻の言葉も聞いた。「馬鹿なこと言ってるんじゃないわよ。ここにいなさい。後でいいじゃない。こんな最高のものを見逃す手はないわ」。その瞬間、飛行部隊は観覧席すれすれの高さを通過し、南へ飛んでいった。拍手が起こり、フリオも手を叩いた。ラベルデ大尉は息子のことを忘れた。その眼差しは空での出来事に釘づけになり、上空で展開する危険な図形に目を奪われていた。その時フリオは、父もまたこれだけのものを見るのは初めてなのだと悟った。「飛行機であれだけのことができるなんて知らなかった」長い歳月の後にラベルデは言うことになる。仲間との集まりや家族との夕食の席でこう語ってこの出来事を生きと思い出したものだ。「まるでアバディーア大尉の乗る戦闘機ホークは編隊を離れた、というか、他の南の空から戻ってくると、アバディーアが重力の法則を一時停止にしたみたいだった」。他のホークが編隊を離脱し、花束のように広がった。フリオはいつアバディーアが編隊を離れたのか気づかなかったし、他の八人のパイロットがどこに行ったのかもわからなかった。まるで雲に飲み込まれてしまったみたいにいなくなったのだ。その時、単独飛行のマシンがはじめてローリングを見せながら観覧席の前を通過し、悲鳴と拍手が湧きおこった。観客が頭を動かして後を目で追うと、飛行機は蛇行し、旋回して戻ってきた。今度はもっと低く、もっと速く飛び、山を背景にローリングするとまた北の空に消えた。消えたと思ったら再びどこからともなく姿を現し、観覧席に向かって来た。

「何をやってるんだ?」誰かが言った。

アバディーアのホークは観客に向けてまっすぐに突き進んできた。

「気でも狂ったか」また誰かが言った。

今度は声は下から来ていた。ロペス大統領の側近の誰かだった。わけもわからずにフリオは、その瞬間、大統領に目をやった。両手で木の手すりにしがみついているのが見えた。地面にしっかり土台を下ろした建造物というよりは、沖合の船にいるみたいだった。口にまた苦みを感じ、具合が悪くなった。突然額と目の奥に痛みが走った。その時ラベルデ大尉が低い声で、誰にというわけでなく言った。あるいは単なる独り言かもしれない。賛嘆と羨望の入り混じった声は、難問を解いて見せた誰かのことを言っているようだった。

「あの野郎、国旗を取るつもりだ」

その後の出来事は、フリオにしてみれば時間の外で起こったような、偏頭痛によって見た幻覚のようなものだった。アバディーア大尉の戦闘機は時速四百キロメートルで主賓席に向かって来たが、まるで澄んだ空気中の一箇所に停まったまま浮いているみたいだった。目と鼻の先でローリングし、もう一度ローリングする飛行機を、巻き毛をカールしているとラベルデは呼んだのだった。しかもこうした何もかもがまったき静寂の中で起こっていた。フリオが後に思い出して語るには、彼には周囲に目をやる余裕があったそうだ。恐怖と驚きに固まってしまった顔が見えた。開いた口が叫び声をあげているみたいだった。だが叫び声など聞こえなかった。一帯はしんと静まり返っていたのだ。瞬時にしてフリオは父親の言ったとおりだとわかった。アバディーア大尉は二回のローリングの後に波打つ国旗すれすれに飛び、その布を手で抜き取ろうとしたのだ。闘牛士が牛を捧げるように、ロペス大統領に対してできるはずもないこの離れ業を捧げようとしていたのだ。そのことをたちどころに理解した彼にはなお、他の皆もそれがわかっただろうかと自問する暇があった。するとその時、目の中に飛行機の影が飛び込んでくるのが感じられた。そんなはずなどないのに、太陽は出ていないのだから。それから何か焦げた臭いを風が運んできたのを感じた。気をしっかり持って、アバディーア大尉の戦闘機が空中で奇妙な飛び跳ね方をし、ゴムでできているみたいに曲がり、地面に真っ逆さまに落ちて行くのを目撃した。飛行機は各国大使の貴賓席の木製の屋根をずたずたにし、主賓席の階段をなぎ倒し、芝生にぶつかって粉々に砕けた。

世界が爆発した。音が爆発した。叫び声、木の床を走る靴音、逃げる人間の肉体の音の爆発だ。飛行機の落下地点が爆発した。黒い雲、煙というよりは濃い灰の雲が上がり、不自然なほど長い間そこに留まった。衝突地点から激しい熱風が押し寄せ、またたく間に近くにいた人々が死に、その他の人々も生きながら焼かれたかと思った。せいぜい運の良かった者ですら、窒息死するかと思った。あまりにも長い一瞬の間、熱が空気中のすべての酸素を吸い込んでしまったからだ。竈《かまど》の中にいるみたいだったな、と居合わせたある人物は後に証言する。階段が客席から引き剝がされてしまったので、足場は崩れ、手すりも崩壊し、ラベルデ親子は地面に落下した。その時になってはじめて痛みを感じた、と長い歳月が流れた後にフリオは言うだろう。

「お父さん」呼ぶと父は身を起こし、階段の木材の下敷きになった女性を助けようとしているのだが、彼女はもう救い出しても無駄なことは誰の目にも明らかだった。「お父さん、痛い」

フリオには妻の名を呼ぶ男の声が聞こえた。叫んでいた。「エルビア、エルビア」。続けざまにフリオには水玉のボウタイの男が見えた。車を近くまで乗りつけに行った彼が、誰かを踏みつけたり誰かに躓《つまず》いたりしながら倒れた人々の間を歩いていた。そこから焦げた臭いが漂ってきたのだ。今フリオにはそれが何の臭いかわかった。肉の臭いだ。その時ラベルデ大尉がこちらを振り向き、その表情を見たフリオは、自分がどんなひどい状態になっているのか悟った。ラベルデ大尉は彼の手を取り、この惨劇の現場を離れ、一刻も早く病院に行く方策を探ることにした。フリオはその時点でもう泣き始めていた。痛いからというよりは怖くて泣いていた。各国大使貴賓席の前を通った時、見えた二つの死体のうちひとつはクリーム色の靴を履いていた。そこで気を失った。目が覚めたのは何時間も経ってからだった。痛みを感じた。心配顔に囲まれていた。サン・ホセ病院のベッドの上だった。

事故の詳細は明らかになっていない。飛行機は空中で壊れたのか、それとも墜落によってなのか、など誰も知らない。確かなことは、フリオが顔いっぱいにエンジンのオイルを浴びたことだった。オイルは肌と肉を焼き、死ななかったのがせめてもの幸いだった。他の多くの人が死んだのだ。事故後、死者は五十七人になった。最初に死んだのはアバディーア大尉だった。説明によれば、飛行によって一種のエアポケットができたとのことだった。ローリングを二回重ねた飛行機が真空状態の中に入り込んでしまったのだ。そんなこんなで飛行機は傾き、統制が効かなくなり、墜落を回避することができなくなった。病院でそれを聞いたけが人たちは関心を示さなかったか、違う世界の出来事のように受け取るかだった。聞かされたところでは、死者の埋葬は国費でまかなわれるとのこと。低所得者層の家族には市から補助金が出され、大統領がその日の晩には全犠牲者を見舞ったとか。フリオ・ラベルデ少年の見舞いには、確かに、やってきた。ただし彼はまだ昏睡状態で大統領がやってきたことには気づかなかった。後になってから両親に事細かに語って聞かされたのだった。

翌日、母をフリオの許に置き、父はアバディーアとホルヘ・プラード大尉、それにサンタ・アナに宿営していた騎兵隊員二人の葬式に出かけた。中央墓地での埋葬の儀式に先だって、政府首脳や陸空軍の精鋭も参加して葬送パレードがあった。フリオは顔の損害の少ない面を下にして横になり、痛み止めのモルフィネ注射を受けていた。世界が水槽の中からの景色に見えた。消毒した包帯に触れてみると痒《かゆ》くてしかたがなかったのだが、掻けなかった。痛みが何より激しい時にはラベルデ大尉を恨みもしたが、やがて天にまします我らの父よの祈りを唱え、いけないことを考えてごめんなさい、許してください、と言った。傷口が化膿しないようにと祈りもした。そうするように言われたのだ。それから若い外国人女性が見えたので、彼女と話をした。顔を火傷した自分の姿が見えた。彼女の顔も火傷しているように見えたこともあったし、そうでないこともあった。いずれにしろ常にピンクのマフラーをしてクリーム色の靴を履いていた。幻覚の中の彼女は時々彼に話しかけてきた。元気かと訊ねてきた。痛いかと訊ねてきた。そしてまたこうも訊ねてきた。

「飛行機は好き？」

日が暮れかけていた。マヤ・フリッツは香りのするロウソクを灯し、蚊よけに代えた。「この時間になると一匹残らず出てくるんです」と言った。虫除けのスプレー缶を渡され、体中にかけるようにと言われた。特にくるぶしには念入りにと。そのラベルを読もうとして、つるべ落としの日の暮れ方に気づいたのだった。もうこれでどうあってもボゴタには戻れないことにも気づいた。マヤ・フリッツもそのことに気づいているとも気づいた。二人とも私がここで、彼女とともに、彼女の招待客としてひと晩過ごすという暗黙の前提の下に仕事をしていたかのようなのだった。二人の見知らぬ者同士が、一つ屋根の下で過ごす、それができるのも私たちはもうまったく見ず知らずの赤の他人ではないからだ。結局のところ、ひとりの人間の死によって私たちは結びついているのだ。空を見上げた。マグリットの何かの絵にあるようなマリン・ブルーだった。夜になる前に、それを背景に浮かびあがる黒い蝙蝠《こうもり》——最初に動き出した蝙蝠——のシルエットが見えた。マヤが立ちあがり、二つのハンモックの間に木の椅子を置いた。椅子の上にさっき点けたロウソクと砕いた氷でいっぱいの小さな発泡スチロールのアイスボックス、ラムのボトル一本にコカコーラを一本用意した。彼女はふたたび自分のハンモックに寝そべった(手馴れた動きでハンモックを開き、同時にそこに滑り込んだ)。脚が痛んだ。数分としないうちに蟋蟀《こうろぎ》と蝉の音楽が爆発し、うるさくなったが、さらにしばらくするとまた静かになった。その後はそこここで個別の虫が思い思いに演奏をするだけとなり、はぐれてしまった蛙の鳴き声がたまに割って入った。蝙蝠たちが私たちの頭の三メートル先で羽ばたき、木の天井にある隠れ家を出たり入ったりした。すると黄色い電気がやさしい風に揺れ、揺れた空気は生暖かく、ラムが体にすんなり入った。「ボゴタでひとり誰かが眠れなくなるというわけですね」とマヤ・フリッツは言った。「必要ならば、電話はわたしの部屋にありますよ」

　私はレティシアのことを思った。彼女の小さな寝顔のことを。アウラを思った。熟した桑の実のような色のヴァイブレーターのことを思った。

「いや」と言った。「誰にも電話する必要なんかありません」

「問題がひとつ減ったわけだ」と彼女が言った。

「でも服もない」と私は言った。

「いいですよ」と彼女は言った。「それはどうにかなります」

私は彼女を見つめた。剝き出しの腕、胸、四角い顎、小さな耳の狭い耳たぶには、マヤが頭を動かすたびにきらりと光るものがあった。マヤは一口飲むとタンブラーを腹の上に置いた。私もそれに倣った。「いいですか、アントニオ、問題はこういうことです」それから言った。「あなたには父のことを話していただかないといけません。人生の最後はどうだったのか、死んだ日はどんなだったのか。あなたが一番近くから見ていたのですから。これがパズルだとするなら、あなたは誰も手にしていないピースを手に持っているんです。言ってることわかりますか？　助けていただけます？」私はすぐには答えなかった。「助けていただけます？」マヤはもう一度言ったが、私は答えなかった。彼女は片肘を突いて身を支えた。ハンモックで寝たことのある者なら片肘を突くのがどれだけ難しいかわかるはずだ。バランスが取りづらいのですぐに疲れるのだ。私はハンモックに身を沈めた。すると再び湿った臭いのする布に包まれた。かつて汗が染みついた臭いだ。プールで泳いだり土地で仕事をしたりした後にここに身を横たえた男たちと女たちの歴史の臭いだ。マヤ・フリッツから視線を外した。「僕があなたの知りたがっていることを話したら」と私は言った。「あなたも話してくれますか？」突如、何も書かれなかった日記帳が思い出された。ぽつねんと行き場をなくした疑問符のことを考えた。すると頭の中で二、三語、言葉が思い描かれた。いい、いい。私は知りたい。マヤは答えなかったけれども、暗闇の中で彼女が私と同じようにハンモックに包まれるのが見えた。それ以上何も必要としなかった。私は話し始めた。知っていることのすべてをマヤに語った。リカルド・ラベルデについて知ったと思ったことのすべてを。思い出せる限りのことと、もう忘れたのではないかと恐れていたことを。ラベルデが私に語ったことのすべてを。そしてまた、彼の死後、私が調べてわかったことも何もかも。私たちはそんな風にして翌朝の最初の時間まで過ごした。二人ともハンモックに包まり、蝙蝠が蠢《うごめ》く天井を思い思いに眺めやり、暑い夜の沈黙を言葉で埋めながら。けれども、一度も目を合わせることなく。あたかも告解の秘蹟を行う司祭と罪人のように。

皆、逃げてきた者

IV

夜も明け始めた頃、へとへとで酔いも回り、話しすぎて声もかすれ気味な私は、マヤ・フリッツに案内してもらって客室へ行った。あるいはその時には彼女が客室と呼んだ場所へ行った。ベッドはひとつもなかった。あったのはいささか危なっかしく見える簡易寝台がふたつ（私が使うことにした台は、薄汚れた白いシーツのかかったマットに死人のように身を投げだした時、どこかで軋《きし》みをあげた）。頭の上で扇風機が猛り狂って回っていた。酔っていたせいもあり、少しばかり気になったから、寝台を選ぶ際にはプロペラの真下でないやつを選んだのだと思う。夜中に器具が外れて落ちてきたりしたらたまったものではないと考えたのだろう。けれどもその前に、眠気とラムの酔いで朦朧《もうろう》としながらも、いくつかの注意事項を聞かされたように記憶する。網戸を閉めないならば窓を開けっ放しにしない。どこにもコカコーラの缶を置きっ放しにしない（家中が蟻だらけになる）。トイレットペーパーを便器の中に捨てない。「とても大切なことです。都市に住む人はすぐに忘れてしまうんです」と彼女は文字どおり、あるいはそれに類することを言った。言ったと思う。「トイレに行くことって考えずにやることなので、便器に腰かけるとついついいつもどおりの動きをするんです。そうすると肥溜めがどんなひどいことになるかはお話ししないでおきましょう」。まったく見ず知らずの他人から自分の体の働きのことを問題にされたわけだけれども、いやな思いはしなかった。マヤ・フリッツの中には私がそれまで見たこともないような種類の自然さがあって、そしてまたそれは、もちろん、ボゴタ人たちのピューリタン風気取りというか、つまり生涯一度も糞などひらずに過ごすと言いたげな調子とは大違いだった。私はうなずいたと思う。何も言わなかったかどうかはわからない。いつもより脚が痛んだ。腰も痛かった。湿気と、予測のつかない危険な自動車道を長時間走った疲れのせいだと思った。

目覚めた時には自分がどこにいるのかわからなかった。真昼の暑さで目が覚めたのだ。汗びっしょりで、シーツは濡れていた。幻覚を見て汗を掻いたサン・ホセ病院のシーツのようだった。天井を見て、扇風機が回っていないことに気づいた。日中の強い日の光が木製ブラインド越しに入ってきて、床の白いタイルの上に光のたまりを作った。閉じた扉の傍らの籐椅子に服の束のようなものが乗せてあった。チェック柄の半袖シャツが二枚に緑のタオルが一枚だった。家の中はしんと静まり返っていた。遠くから声が聞こえた。働く人々の声だ。仕事で使う用具の立てる音も聞こえた。誰なのかはわからなかった。こんな時間に、こんなに暑いのに何をしているのかもわからない。だが、誰だろうかと自問しかけたちょうどその時、音はやんだ。休憩に行ったのだろうと思った。ブラインドと窓を開け、網戸に顔をほとんどくっつけて外を覗いたが、誰も見えなかった。四角く光るプールが見えた。ぽつんとある滑り台が見えた。街道沿いで見たのと同じようなカポックの木が見えた。情け容赦ない日差しの世界に住む可哀想な生き物たちに影をさしてあげるのにちょうどいいのだ。カポックの木の下にはここに来た時に見たシェパードがいた。カポックの木の向こうには平原が開けている。そして平原の向こうでは、どこかをマグダレーナ河が流れている。そのさざめきは容易に想像できた、というか、想定できた。私も子供の頃から聞いていたからだ。なるほど、私が聞いてきたのは河の別の場所、ラス・アカシアスから遠く離れた場所の音ではあるけれども。マヤ・フリッツは見当たらなかったので、私はシャワーを浴び（かなり大きな蜘蛛が一匹、浴室の隅でしばらく抵抗を続けていたので、殺してからだった）、ゆったりとなるほどの大きい方のシャツを着た。男物だったので、私はこれがリカルド・ラベルデのものだったのだろうとの空想に引き摺られた。このシャツを着た彼を想像したのだ。どういうわけか、その想像の中では、彼は私によく似ていた。廊下に出ると、若い女性がこちらに歩いてきた。青いポケットのついた赤いバミューダと、蝶がヒマワリにキスする絵柄の入った袖無しのTシャツを着ていた。手にした盆の上には細長いグラスに入ったオレンジジ・ジュースが載っていた。リヴィングの扇風機もじっとしていた。

「マヤお嬢様からの品々がテラスにございます」と彼女は言った。「お嬢様はお昼時にはお戻りになるそうです」そう言って微笑むと、ジュースのグラスを取るのを待った。

「扇風機はつけられないのだろうか?」

「停電なんです」と彼女は言った。「コーヒーはお飲みになりますか?」

「その前に電話だな。もしよかったら、ボゴタまでかけたいのだけど」

「それなら電話はそちらにございます」と言った。「お嬢様と話はついていますよね」

本体だけの古い電話機だった。子供の頃、七〇年代の終わり頃によく見たタイプで、腹の出た首の長い小さな鳥みたいな格好をして、下にダイヤルと赤いボタンがついているものだ。持ち上げるだけで受話器が外れる仕組みだ。家の番号をダイヤルすると、ダイヤルが元の位置に戻って次の番号を回すことができるようになるまでの時間にもどかしさを感じる、あの子供時代の感覚を取り戻し、目も眩む思いだった。電話の二回目の呼び出し音も始まらないうちにアウラが出た。「どこにいるの？」と彼女は言った。「無事なの？」

「もちろん。何か起こるとでも思った？」

声色が変わり、冷たく濃く、そして重くなった。「どこにいるの？」と言った。

「ラ・ドラーダだ。人を訪ねている」

「留守電の人？」

「何だって？」

「留守電にメッセージを残したあの人？」

鋭い勘だが、驚くことはなかった（つきあい始めの頃から、勘の鋭さは発揮していたのだから）。私は彼女に大まかに状況を説明した。リカルド・ラベルデの娘のこと、彼女が持っていた資料のことと彼女が憶えていたイメージのこと、私としてもいろいろと理解が深まるかもしれないこと。私は知りたいのだ、と考えたが、口には出さなかった。喋っている間に途切れ途切れの音が聞こえたが、それはきっと喉の鳴る音だったのだろう。やがて、突然にアウラが泣き出した。「碌でもない人ね」と言った。ロクデナシ、と縮めた言い方はしなかった。そう言った方が効果的だったろうし、その場にそぐうものだったように思うのだが、そうはせずに、一語も飛ばしたりせずにはっきりと言ったのだ。「アントニオ、わたしは昨夜一睡もできなかったのよ。病院をあちこち探し回ることもできなかったのは、レティシアを預ける人がいなかったから。どういうことなの？　わたしにはわからない」しゃくり上げながら彼女はそう言った。彼女がこんな風に突発的に泣き出すとは思わなかった。彼女の口から、それまでこんな泣き声を聞いたためしがなかったのだ。きっと緊張していたのだろう。一晩中かけて緊張が高まっていったのだ。「その人、どういう人？」と彼女が訊いた。

「誰でもない」と私は言った。「つまり、君が考えているような人じゃない」

「わたしが何を考えているかなんてわからないくせに。どういう人なの？」

「リカルド・ラベルデの娘だ」と私は言った。「あの時一緒にいた……」

大きく鼻で息を吸い、吐くのが聞こえた。「そんなことはわかってる」とアウラが言った。「お願いだからこれ以上馬鹿にしないで」

「彼女は僕の話を聞きたがっているし、僕だって彼女から話を聞きたい。それだけだよ」

「それだけ」

「そう。それだけだ」

「きれいな人？　つまり、良かったの？」

「アウラ、頼むよ」

「だってわからないのよ」とアウラがまた言った。「なんで昨夜電話をくれなかったのかわからない。何かがあったのかと思うじゃない。その電話機、昨夜は手許になかったとでも言うの？　昨夜もそこにいたんじゃないの？」

「まあね」と私は言った。

「まあって何が？　電話が手許にあったたってこと？　そこでひと晩過ごしたってこと？」

「昨夜もここにいた。電話だって使おうと思えば使えた」

「じゃあ何で？」

「何でもない」と私は言った。

「何したの？　二人で何したの？」

「話してた。ひと晩中。朝寝した。だから今ごろ電話している」

「ああ、そういうわけ」

「ああ」

「わかったわ」とアウラは言った。そしてさらに言った。「アントニオ、あなたは碌でもない人だわ」

「でもここには情報がある」と私は言った。「いろいろと知ることができる」

「恥知らずに碌でもない男」とアウラは言った。「家族のいるあなたがそんなことしちゃいけない。一晩中起きてたのよ。怖くて死んじゃいそうで。最悪の事態になったらどうしようって。本当にひどい人。最悪のことを考えたのよ。金曜日だってのに一日中ここに、レティシアといっしょに閉じ籠もって、知らせを待ってるの。その瞬間に電話がなったら困るから外出もできない。そして一晩中起きてるの。怖くて死にそうになりながら。そんなことは考えなかった？　どうでもよかったの？　もし逆だったらどうなの？　ね、そうでしょう？　わたしがレティシアをつれていなくなって、丸一日、どこにいるかわからなかったらって考えてみて。あなたはいつだってびくびくして、わたしが浮気するとでも言いたげに、わたしのことを知りたがるでしょう。どこかに行くときには、無事に着いたか知りたいから着いたら連絡しろって言うでしょ。いつ出かけたのか知りたいから出たら電話しろって言うでしょう。なんでこんなことするの、アントニオ？　何が起きてるの？　何を手に入れようとしてるの？」

「わからないんだ」その時私は言った。「自分でも何を望んでるのかわからない」

沈黙が数秒続き、それを縫って物音が聞こえ、レティシアが動いているのだとわかった。この種の物音の痕跡は、猫の首につけた鈴のようなもので、親は気づかずしてこれを聞き分けられるようになるものだ。レティシアがカーペット敷きの床の上を歩くか走るかしている。レティシアが玩具とお話しをしている、あるいは玩具同士の話を聞いている。レティシアが家のものを動かしている（動かしちゃだめな家具の装飾。動かしちゃだめな灰皿。箒《ほうき》もだめだけど、レティシアはそれを台所から引っ張り出してきてカーペットを掃きたがる。彼女の体が動くと起きるほんのわずかな空気の揺れが手に取るようにわかる）。会いたくなった。彼女なしで、彼女からこんなに遠く離れてひと晩を過ごしたことなどなかったことに気づいた。それから、これまで何度も感じたことはあったのだが、その時も彼女が守られていないのではという強い焦燥感を感じた。事故が起こるとすれば（すべての部屋で、すべての通りで事故は身を潜めて彼女を待ちかまえている）、私がいない時の方が可能性が高いとも直観した。「あの子は無事なのか？」と私は質問した。

アウラは一瞬躊躇《ためら》ってから答えた。「元気よ。朝食もよく食べた」

「彼女に替わってくれ」

「何ですって?」

「替わってくれ、お願いだ。お話ししたいと伝えてくれ」

沈黙。「アントニオ、もう三年以上が経つのよ。そろそろ克服したら? 何を好きこのんでいつまでも事故に囚われてるの? 本当に、何を好きこのんでって感じ。いったい何になるんだか。どうしたっていうの?」

「レティシアと話したいんだ。替わってくれ。そこに呼んで、替わってくれ」

アウラの溜め息にはむかつきだか諦めだかのようなものが混じっていた。あるいは率直に苛立ちを表明したのかもしれない。自分ではどうしようもないものを前にした時の苛立ちだ。電話越しではそれがどんな感情なのかはっきりと区別するのは難しかった。正しく把握するには本人の表情を見なければならない。私の十階の家、海抜二千六百メートルの高さに宙吊りになった私の都市のその家で、私の妻と娘が動き、話していた。それを聞く私は二人を愛していた。そう。私は二人の女性のどちらをも愛していたし、彼女たちを傷つけたくはなかった。そんなことを考えているとレティシアが電話に出た。「もしもし」と言った。この種の言葉を子供たちは誰に教わるでなく覚えるものなのだ。「やあ、レティシアちゃん」と私は言った。

「パパだ」と彼女が言った。

その時、遠ざかるアウラの声が聞こえた。「そうよ。ちゃんと聞いてなさい。何を言うのかしらね」

「もしもし」レティシアが繰り返した。

「やあ」と私は言った。「私は誰でしょう?」

「パパ」と彼女は言った。ふたつめの「パ」を時間をかけて強く発音した。

「違います」と私は言った。「怖い狼だぞ」

「怖い狼?」

「ピーター・パンだよ」

「ピーター・パン?」

「レティシア、私は誰でしょう?」

しばらく考え込んでから、「パパ」と言った。

「正解」と私は言った。彼女が笑うのが聞こえた。短い笑いだった。ハチドリの羽ばたきだった。それから言った。「ママを見てくれてるのかい?」

「ン、ン」とレティシアが言った。

「ママのことを見てあげなきゃいけないよ。見てくれている?」

「ン、ン」とレティシアが言った。「替わるね」

「ちょっと待って」と言おうとしたけれども、遅かった。彼女は既に受話器を手放し、私をアウラの手に委ねていた。私の声をアウラの手に委ねていた。私のノスタルジーは暑い土地の空中に宙吊りになった。まだ失っていないものに対するノスタルジーだ。「さあ、遊んでらっしゃい」アウラがとてもやさしい調子で言うのが聞こえた。ほとんど囁《ささや》きかけるような話し方だった。音符五つの歌だった。それから私に話しかけた時の声色は断然と違っていた。とても近くに響いたけれども、声には悲しみがあったのだ。幻滅があり、ヴェールに包まれた非難の色があった。「もしもし」とアウラは言った。

「やあ」と私は言った。「ありがとう」

「何が？」

「レティシアに替わってくれて」

「廊下を怖がるのよ」とアウラは言った。

「レティシアが？」

「廊下には何かがいるんですって。昨日はひとりでは台所から自分の部屋にも行けなかった。ついて行くことになったわ」

「そういう歳なんだ」と私は言った。「怖がる気持もやがてなくなるさ」

「電気をつけたまま眠りたいって言った」

「そういう歳なんだ」

「そうね」とアウラは言った。

「医者にそう言われたじゃないか」

「ええ」

「悪夢を見る年頃だって」

「でもこういうのはいやなの」とアウラが言った。「これ以上はいやなのよ、アントニオ。もう無理」

私がそれに答える前につけ加えた。「誰のためにもならないのよ。子供にも悪いし、誰にとってもよくない」

つまりそういうことなのだろう。「わかったよ」と私は言った。「僕のせいだ」

「誰かのせいだなんて言ってないわ」

「あの子が廊下を怖がるのは僕のせいだ」

「そんなこと言ってない」

「馬鹿な話じゃないか。頼むよ。恐怖がまるで遺伝するみたいじゃないか」

「遺伝じゃないの」とアウラは言った。「感染するの」そしてすぐにつけ加えた。「そういうことが言いたかったんじゃないの」そしてさらに、「わかってよ」

手に汗を掻いていた。特に受話器を持つ手だ。すると馬鹿げた恐れに囚われた。受話器が汗びっしょりの拳から滑って床に落ちてしまうのではないかと考えたのだ。そうなると、みずから望んだわけでもないのに通話が切れてしまう。事故だ。事故は起こるものだ。アウラは過去の話をしていた。私の名など書きこまれていない弾丸がたまたま私に当たってしまうよりも前に計画していたことの話だ。そして私はそれを注意深く聞いていた。本当に注意して聞いていたのだ。だが、頭の中では何ひとつ思い出せなかった。心の目で、などという言い方をたまにする。私の心の目はリカルド・ラベルデの死以前のアウラを見ようとした。私自身を見ようとした。しかしできなかった。「もう切らなきゃ」という自分の声を聞いた。「他人の家の電話なんだ」これはよく覚えているのだが、その時アウラは私を愛していると言っていた。二人でここから抜け出そうと。がんばればできると。「もう切るよ」と私は言った。

「いつ戻るの?」

「わからない」と私は言った。「ここには情報があるんだ。知りたいことがある」

電話の向こうで沈黙があった。

「アントニオ」とそれからアウラが言った。「戻ってくるの？」

「何を訊いてるんだ」と私は言った。「もちろん戻るとも。どこにいると思ってるんだい？」

「何も思ってなんかいないわ。いつ戻るか言って」

「わからない。見当もつかない」

「いつなの、アントニオ」

「見当もつかないんだ」と私は言った。「でも泣かないでくれ。そんな大袈裟なことじゃないんだ」

「泣いてないよ」

「そんな大袈裟なことじゃないってば。あの子が心配するだろう」

「あの子、あの子」とアウラは鸚鵡《おうむ》返しに言った。「あなたって最低よ、アントニオ」

「アウラ、お願いだ」

「好きにすればいいのよ」と彼女は言った。「好きなだけそこにいれば」

電話を切るとテラスに出た。そこには、ハンモックの下にうずくまるペットのように柳行李があった。その中にはそれぞれの資料に書きこまれたエレーナ・フリッツとリカルド・ラベルデの人生があった。お互いにやり取りした手紙や、ふたりが別の誰かに書いた手紙などがあった。空気は動くのをやめていた。前の晩マヤ・フリッツの使ったハンモックに身を横たえ、白い刺繍つきのカヴァーに入ったクッションに頭を預け、最初のファイルケースを取り出すとそれを腹の上に置き、そこから最初の手紙を取り出した。緑色がかった透けて見えそうな紙だった。"Dear grandpa & grandma"（おじいちゃんおばあちゃんへ）と宛名書きがあった。そして最初の一行が、それに続く段落からはぽつねんと離れていながらも寄りかかっている様は、まるで庇《ひさし》に倒れた自殺者のようだった。

ボゴタがこんな風だなんて、誰も教えてくれなかった。

じめじめした暑さのことを忘れた。オレンジ・ジュースのことを忘れた。姿勢が落ち着かないことを忘れた（そしてもちろん、こんな姿勢だとやがて頸椎がひどく痛くなるということにも考えが及ばなかった）。マヤのハンモックに寝そべり、私は自分自身のことも忘れた。後から私は、最後にこんなことになったのはいつだっただろうと思い出そうとした。現実の世界のことに注意を払わず、自分を忘れた、この完全なる意識の幽閉は、いったいいつ以来だろう。そう考えてたどり着いた結論は、これほどまでの状態は子供の頃から一度も経験したことはなかったということだ。しかしこう考えたのは、思い出そうと努力したのは、もっと後になってからのこと、マヤと話をして手紙では知り得なかった空白部分を埋めようとしている時のことだった。手紙に語られていないか、せいぜいほのめかし程度のことしか書かれていないことについて、手紙が明らかにしているのではなく、むしろ隠しているか、沈黙していることについて、何もかも彼女に語ってもらったのだ。繰り返すが、それは、その対話は後になってから持たれたものだ。その前に私は資料に目を通し、色々なことを知っていったのだった。ハンモックの上で読みながら感じたのは、別のことだった。いくつかの点は説明不可能だし、とりわけひとつだけ、とても込み入ったことを感じていた。自分の名前など出てこないその物語の一行一行が、いちいち私について語っているのだと知ることの居心地悪さだ。そうしたことを私は感じたのだ。そしてしまいには、あらゆる感情がとてつもない孤独へと帰結した。原因の見えない、それゆえに手の施しようのない孤独だ。少年の孤独だ。

私が再構築することができ、今でも記憶に留めているところによれば、物語は一九六九年に始まる。ジョン・フィッツジェラルド・ケネディ大統領が平和部隊《ピース・コープス》の創設にサインした八年後のこの年、フロリダ州立大学での五週間の訓練を経てエレーン・フリッツは、13937２という番号をもらって志願隊員として活動すべくボゴタに着陸したのだった。彼女がやろうとしていたことは、いくつかの決まり文句で表すことができる。人生を豊かにするような経験をすること。自分の足跡を残すこと。希望の種をまくこと。前途洋々、順風満帆の旅でもなかった。彼女の乗った飛行機、アビアンカ航空のＤＣ－４は強風に煽られて揺れたので、煙草を消さねばならなくなったし、もう十五の年以来やっていないあることをするはめになったからだ。祈りを捧げたのだ（手短な祈りだ。化粧をしていない顔に思いがけず一筆描いたという程度の動きを、木の珠のネックレスを二つ掛けた胸の上でしただけだ。誰にも見られなかった）。出発する前には、祖母が彼女に、前年、マイアミ発ボゴタ行きの旅客機が着陸時に墜落した話をしていた。そんなわけで、自分の飛行機が緑がかった灰色の山々に向けて下降し、低く垂れ込めた雲から出ようとしていた瞬間、空気の激しい打撃を機体に感じ、窓には大粒の雨の筋を見ながら、エレーンは墜落した飛行機の乗客全員が死んだのだったかどうか思い出そうとしていた。膝をぎゅっと握りしめて――彼女のパンタロンには汗びっしょりの手でできた皺《しわ》が残った――目を閉じた時、軋むブリキ缶のような大音響とともに飛行機が地面に下りた。無事に着陸できたことを奇跡に思う気持ちがいつまでも続いた。迎え入れてくれる施設で机に着くことができるようになったら、すぐにでも祖父母に最初の手紙を書こうと思った。無事に着いた。わたしは元気。皆よくしてくれる。やるべき仕事がいっぱいある。すべてはきっとうまくいく。

エレーンの母は産後すぐに死に、父は観測班として朝鮮戦争激戦地近くに派遣されたので、以後祖父母に育てられた。父は対人地雷を踏んで、戻ったときには右脚が腰まで自由が利かなくなっており、その後行方不明になった。復員後一年としないうちのある日、煙草を買いに出たきり二度と戻らなかったのだ。行方は杳《よう》として知れない。そんな事態にいたった時にエレーンは子供だったので、実際には父の不在には気づかなかった。祖父母が教育の面倒を見、彼女が幸せになるようにと尽くした。自分の子供たちを育てた時よりは経験を積んでいるとはいえ、手厚く過保護にしたことに変わりはなかった。そんなわけで、エレーンの生涯で大人といえば遠い時代に属するこのふたりだったし、おかげで彼女は他の子供たちとは違った責任感を持つにいたったのだった。集会などで祖父が表明する意見は、エレーンにしてみれば誇らしくもあり悲しくもあるものだった。「私の娘もこんな風に育ってくれるはずだったんだ」と言っていたのだ。エレーンがジャーナリズムの勉強を放棄して平和部隊に参加すると決めた時にも、ケネディの暗殺から九ヶ月の間喪に服した祖父が最初に賛意を示した。「ひとつ条件がある」と彼は言った。「行きっぱなしにはなるな。帰ってこないのがずいぶんたくさんいるが、そうはなるな。援助はいい。だがお前は自分の国でこそもっと必要とされるのだ」。彼女は同意した。

エレーン・フリッツは手紙の中で語っている。大使館の組織が用意してくれたのは、競馬場に近いボゴタから北に半時間ほどの場所にある二階建ての家で、そこの道路は舗装が悪く、雨が降ると泥地になるのだった。彼女が向こう十二週間を過ごす場所は、建設途上の場所だった。家々の大半には屋根がなかった。屋根は何よりも値が張るし、最後に回されるものだ。日々通るものといえば、悪夢の蜜蜂のような巨大でうるさいオレンジ色のミキサー車に、あちらこちらに砂利の山を下ろしていくダンプカー、それから片手にパン、もう一方の手に炭酸飲料の壜《びん》を持ち、彼女が通りかかると淫らな口笛を吹いてくる労働者たちだった。エレーン・フリッツの目はこの辺では見ないほどに澄んだ緑色で、栗色のまっすぐな長い髪はカーテンのように腰まで垂れ、サバンナの冷えこむ朝には乳首が花柄のブラウスの中で浮き立って見えた。そんな彼女は水たまりに映る灰色の空をじっと見すえ、その街区と北自動車道の間の空き地まで来てはじめて顔をあげるのだが、それもひとえに、そこで草を食む二頭の牝牛が、充分遠いところにいることを確認するためだった。その他にやることといえば、時間も予見できないしどこに停まるかも決まっていない黄色い乗り合いバスに乗り、乗ったと思ったらすぐにスープに入ったレンズ豆よろしくひしめく人々の間を肘で掻き分けて進むことだった。「こんなことをするのも、とても単純なことを成し遂げなければならないからよ」この点に関して彼女はそう書いている。「しかるべき時に下りるということ」。到着までの三十分の間に、エレーンは入り口のアルミニウムの腕木（手を使わずに腰を振って開けることができるようになった）から後部ドアまでたどり着き、地に足がつかずに宙ぶら宙ぶらりんになっている客二、三人に行く手を阻まれることなく下りなければならなかった。こうしたことは馴れないとできないもので、当然、最初の週は下りるべき場所から一、二キロ先まで乗り過ごし、八時からの研修が始まって何分も経ってからやっとCEUCAに着くこともままあった。見知らぬ道を歩いてきた彼女はそんな時、いつまでも降り続く霧雨にびっしょりと濡れていた。

ＣＥＵＣＡはコロンビア＝アメリカ大学研究センターという長くもったいぶった名前のわりにはいくつかの教室があるだけの場所で、そこに満員に詰めかける人々はエレーン・フリッツにとっては親しみの持てる、仲が良すぎるほどに仲良くやって行けそうな連中だった。研修期間を同じくするその仲間たちは、彼女同様白人で、同じく二十歳前後で、自分の国にうんざりしている点でも彼女と同じだった。ヴェトナムに飽き飽きし、キューバに疲れ、サント・ドミンゴにうんざりしていた。毎朝、この先どうなるのか不安なままに一日を始めるのはもうたくさんだった。両親や友人たちと話すことといったらつまらないことばかり、そして寝る時には、かけがえのない、けれども嘆かわしい一日が終わるのだと気づくばかり。そう、この日は汚辱の世界史にすぐさま刻み込まれることになる一日なのだ。銃身の短いライフルがマルコムXを殺し、車の下に仕掛けられた爆弾がウォレスト・ジャクソンを殺し、郵便局に仕掛けられた爆弾がフレッド・コンロンを殺し、警察のライフルの一閃がベンジャミン・ブラウンを殺す。同時に、ヴェトナムで無害かつ絵になる名の作戦、第五甲板室、セダー滝、ジャンクション市といった名のついた作戦が展開されるたびに、棺桶が戻ってくることになる。ソンミ村虐殺事件についての暴露記事がそろそろ出始め、ほどなくハイフォン市のことも口の端にのぼることになるだろう。ひとつの野蛮な行為に替わって次の野蛮な行為が行われ、前のものはどこかへ行ってしまう。ひとり女性が暴行されると、もうひとつの、かつての暴行と取り替えられる。まさにそんな日々だったのだ。彼女の国では、朝目覚めても、いったい何を期待できるのかわからなかった。どんな残酷な冗談を歴史は演じてくるのか、どんな唾を顔に吐きかけられるのか。アメリカ合衆国にかつてこれだけのことが起きたことがあっただろうか？　エレーンが毎日混乱しながら自問したこの問いは、教室の空中に漂い、白人の二十歳前後の若者たちの頭上にあった。休み時間やカフェテリアでの昼食の時間、それにＣＥＵＣＡから予備隊員がフィールドワークを行う不法占拠地区へ移動する間も話題となった。アメリカ合衆国よ、誰がお前をだめにしているのか、夢がずたずたになっていくのは誰のせいなのか？　教室でエレーンは考えたものだ。わたしたちはそこから逃げてきたのだと。さらに考えたものだ。わたしたちは皆、逃げてきた者だと。

　毎日朝はスペイン語の勉強の時間だった。毎朝四時間、すっかり頭が痛くなり、荷物の運搬人のように肩が凝るほどがむしゃらに四時間勉強し、エレーンは乗馬ブーツにタートルネックのセーターといった出で立ちの女教師を相手に、新しい言語の謎を解明していった。愛想がなく眼の下に隈を作ってばかりの先生は、家で面倒を見る者がいないというので、子供を連れて授業にやって来た。生徒たちが接続法の使い方でへまをしたり、名詞の性を間違えたりすると、アマリア先生は決まってお説教に及んだ。「この国の貧しい人たちと仕事をするのに、彼らの話を理解しないでいられますか？」両手で拳を作って木の教卓に突いて、彼女はこう言ったものだ。「あの人たちにあなた方の話をわかってもらう必要もあります。そうでなければ村々の長の信頼など勝ち得ないでしょう？　三、四ヶ月後にはあなた方は、海岸沿いの村に行ったりコーヒー農園地帯に行ったりするのです。共同体の人たちが辞書を引く間待ってくれるとでも思っているのですか？　砂糖水よりミルクの方がいいですよってどう言えばいいのか探している間、農夫たちが歩道に座って待っているとでも？」しかし午後には、公式プログラムではアメリカ研究《アメリカン・スタディーズ》とか世界事情《ワールド・アフェアズ》という名になっている英語による研修があり、そこでエレーンとその仲間たちは、平和部隊を退いた後も何らかの理由でコロンビアに居残ることになった人たちの講義を受け、彼らから、砂糖水だのミルクだのといった語句は重要ではなく、はっきりと他と区別ができ、かつ否定の要素を含むいくつかの文こそが重要なのだということを学ぶのだった。「進歩のための同盟[*1]の者ではありません」「CIA工作員ではありません」そしてとりわけ、「手持ちのドルはありません、残念ながら」などだ。

九月の終わりにエレーンは祖母の誕生日を祝う手紙を書いている。祖父母に『タイム』誌の切り抜きに対する礼を述べ、祖父にはポール・ニューマンとロバート・レッドフォードの映画をもう観たかと訊ねている。ボゴタまでその評判は届いていたのだが、封切りはもう少し先の話になりそうだったのだ。それから突然、居住まいを正すように、ビヴァリー・ヒルズの犯罪について何かわかったことがあるかと質問していた。「ここでもその話題でもちきりで、その話に触れないうちは昼食の席にも着けないの。写真が恐ろしいでしょう。シャロン・テートは妊娠していたのに、あんなことされるなんて。怖い世の中になっちゃった。おじいちゃんはもっとむごいものを見てきたのよね。お願いだから、世界はいつだってこんなものだったと言って」そして別の話題に移っていく。「不法占拠地区についてはもう話したわよね」と書き、説明している。CEUCAの研修はどれもグループ分けして行われる。各グループがそれぞれひとつの不法占拠地区を担当する。同じグループの他の三人のメンバーはカリフォルニアの出身だ。三人とも男で、家造りもうまく、町内会（とは何かをエレーンは説明する）のリーダーとの話

＊1　平和部隊同様、ケネディ大統領期に設立された合衆国によるラテンアメリカ協力機関。

もよくしてくれる。市の中心部（についての説明はしない）で、グワヒラ半島かサマリア地方の上質なマリワナを手に入れる手腕もすばらしい、しかも安く手に入れてくれる。ともかく、そんな仲間たちと一緒に、週に一回、ボゴタを取り囲む山々に登るのだ。途中の道路は泥道で、死んだネズミを踏みつけることも珍しくない。周辺の家々はボール紙と腐った木材でできたもので、肥溜めが誰の目にも（そして鼻にも）ついた。「やることはたくさんある」とエレーンは書いている。「でももう仕事の話はよしましょう。次の手紙に取っておくわね。それよりも、いいことがあったの」

　こういうことだ。ある日の午後、地区の町内会と長い時間話し合った。議題は汚染水。水道の建設が喫緊の課題であると宣言され、しかしそうする金がないということに落ち着いた。その後でエレーンの一行は窓のない店でビールで打ち上げることになった。二杯ずつ飲んだところで（茶色いガラス壜が狭いテーブルに並べられる）、デイル・カートライトが声を低め、これから先何日間か秘密を守れるかとエレーンに訊いてきた。「アントニア・ドゥルビンスキって知ってるかい？」と質問した。誰もがそうだが、エレーンもアントニア・ドゥルビンスキのことは知っていた。最古参の志願隊員のひとりだったし、公道での擾乱――ここでは擾乱というのはヴェトナム戦争に対する抗議と理解されたい。そして公道というのはアメリカ合衆国大使館前の意でなければならない――により二度、逮捕された経験を持つ人物だからでもあるが、加えてアントニア・ドゥルビンスキは、数日前から行方をくらましているからでもあった。

「何もかもわかっているんだが、居場所だけはつかめない」とデイル・カートライトは言った。「本当はわかってるんだが、これがニュースになると困るらしい」

「誰が困るの？」

「大使館。ＣＥＵＣＡ」

「なんで？　どこにいるの？」

デイル・カートライトは右を見て左を見て、頭を下げた。

「山に入った」ほとんど囁き声で言った。「どうやら革命を起こすらしい。でもまあ、それは問題ではない。問題は、彼女の部屋が空いたということだ」

「部屋？」とエレーンは言った。「あの部屋ってこと？」

「あの部屋だとも。研修生の誰もが羨む例の部屋だ。それで考えたんだけどね、おたくはその部屋に入る気はないかなって。ＣＥＵＣＡから十分の立地で、シャワーのお湯だって出るんだぜ」

エレーンは考え込んだ。

「快適な生活を求めているわけじゃない」としばらくして言った。

「熱い湯のシャワーだ」デイルはもう一度言った。「バスをおりるのにクォーターバックみたいな動きをすることもない」

「でもホストファミリーが」とエレーンは言った。

「それがどうした？」

「宿泊費は七百五十ペソするの」とエレーンは言った。「あの人たちの収入の三分の一よ」

「そんなの関係ないさ」

「だって収入源を奪いたくないのよ」

「おいおい、何様のつもりだい、エレーン・フリッツよ」芝居がかった溜め息をついてデイルが言った。「余人をもって代えがたし、ってか、たいしたもんだ。いいかい、今日もまたボゴタには十五人の新しい志願隊員が到着した。土曜日にはまた飛行機がニューヨークからやって来る。この国全体で何百、いや、ひょっとしたら何千というアメ公《グリンゴ》どもが、おたくや俺みたいな連中がいるんだ。ボゴタで働きたがっている連中だって多い。本当だって。おたくの部屋はおたくが荷造りし終わる前にまた埋まるさ」

エレーンはビールを一口飲んだ。時間が経ち、何もかもが起きた後になって彼女は、このビールを、暗い店内を、アルミのカウンターのガラスのショーケースに反射した暮れゆく午後の光を思い出すだろう。あそこがすべての始まりだったと考えるのだろう。しかしその時は、デイル・カートライトの裏のない提案について素早く頭の中で計算したのだった。微笑んだ。

「でもどうしてわたしがクォーターバックみたいな動きをしてるってわかったの？」しばらく経ってから彼女は言った。

「平和部隊では何もかもお見通しさ」と彼が言った。「何でも知ってるんだ」

そんなわけで、三日後、エレーン・フリッツは競馬場からの最後の行程に臨んだ。ただし、今回はスーツケースを抱えていた。ホストファミリーが少しは悲しんでくれたら彼女も嬉しかったかもしれない。それが正直なところだ。泣きながら抱き合ったりしたかった。あるいは、彼女は彼らに開けると『スティング』の音楽が流れる小さなオルゴールをあげたのだが、それに類するお別れのプレゼントでもあれば良かっただろう。だが、そんなものは一切なかった。鍵を返すように言われ、玄関までついてきたのはいいが、それも礼を尽くすためというよりは疑ってかかっているからなのだった。父親は朝早く家を出ていたので、母親が見送ることになった。彼女は玄関のドアの開口部に立ちはだかり、エレーンが階段を下り、通りに出るのをただ見守るだけで、スーツケースを運ぶのに手を貸そうともしなかった。その瞬間、男の子が姿を現し（この家のひとりっ子で、シャツをズボンの外に出し、青と赤に塗った木製のトラックの玩具を手にしていた）、何かを質問したが、よく聞こえなかった。踵《きびす》を返す直前にかろうじて聞こえてきたのは、それに対する家主の答えだった。

「出ていくんだよ。いいかい、金持ちの家に行くんだ」と女は言ったのだった。「恩知らずなアメリカ女《グリンガ》だよ」

　金持ちの家。それは違う。なぜなら金持ちは平和部隊の志願隊員を迎え入れたりしないからだ。しかしその時のエレーンには、次の受け入れ先の経済状態についての論争に乗り出すだけの言葉の方便の持ち合わせがなかった。本当のことを言えば、新しいホストファミリーの家はエレーンにとってみれば、数週間前には想像できないほどの贅沢なものだった。カラカス通りにある居心地のいい建物で、幅は狭いが奥行きがあり、奥には庭までついていたし、庭の片隅には屋根付き壁に守られた果樹が一本あるという造りだった。正面の壁は白く、木の窓枠は緑色に塗られていた。中に入るには前庭と歩道を隔てる鉄格子を開けなければならなかったが、それが誰かが帰ってくるたびに獣のような軋みをあげるのだった。玄関は暗いけれども感じのいい廊下に通じている。廊下の左には居間に通じるガラスの二重扉、その先には食堂のドアがあり、廊下はさらにその先で、吊された鉢の中でゼラニウムが生い茂る狭い中庭を取り囲む形になっている。右手は入ってすぐ上り階段になっている。エレーンはその木製の階《きざはし》に目をやってたちどころにすべてを理解した。赤い絨毯はかつては上質なものだったのだが、今では使い古して擦り切れている（厚い織物の中の灰色の糸くずが見え始めている段もある）。絨毯を段に貼り付けている銅の枠は留め金から外れている箇所がある、というよりも、留め金が枠から取れている箇所がある。だから時々、急いで上る時など、滑ったり、外れた銅枠がチンと鳴ったりする。階段は、エレーンにとってみれば、この家族がかつてどんなだったか、そして今ではどんなことになったのかのメモ書きというか証人みたいなものだった。「零落した良家」とエレーンが転居のための書類仕事に行った時に大使館の人は言ったのだった。零落した。エレーンはこの語について長いこと考え込み、字義通りに訳そうとしたが、うまくいかなかった。階段の絨毯に注目してはじめて理解したのだ。といっても本能的に理解したのであって、関連のある言葉の中に組織したり、頭の中で科学的な説明を与えたりできたというわけではない。時が経つにつれて何もかもがはっきりとわかるようになるだろう。というのもエレーンはそれまでにも、同様の例をいくつも見てきたからだ。かつて栄えた家で、ある日、過去の栄光では食っていけないと気づくことになる家族の例だ。

その家族はラベルデ家と言った。眉毛のない悲しげな目をした母親の赤毛は、この国にあっては外国人かとも思われるものだが、あるいは染めていたのかもしれないその豊かな髪は、ふりまいたばかりのような芳香を発散するヘアスプレーでがっちりと固められていた。グロリアさんは、エプロン要らずの主婦なのだった。エレーンは彼女がはたきなどを手にした姿はついぞ見たことがない。そのくせ化粧台やナイトテーブル、磁器の灰皿などには埃ひとつなく、一歩外に出たら埃っぽい街中とは大違いな家だった。見た目を気にする者だけが発揮する強いこだわりで手入れされていたのだ。父親のフリオさんの顔はかさぶたで目立っていた。切り傷痕のようなまっすぐで細いものではなく、非対称に広がった痣《あざ》だ（エレーンはそれを皮膚の病気かと思ったが、間違いだった）。実際にはそれは頬だけの痣ではなかった。下顎《したあご》のラインよりも下まで広がる傷痕だった。横顎伝いに滴《したた》って首まで汚している染みのようなもので、そこに目を奪われないでいるのは難しかった。フリオさんは専門の保険計理士で、ごく最初の頃から彼は、食堂のシャンデリアの青みがかった光の下で、下宿人に保険やら蓋然性、統計について語って聞かせた。

「人がどんな生命保険をかけるべきかをどうやって知るかご存じかな？」父親はそう言った。「保険会社の人たちはそういうことを知りたがります。もちろん、三十歳の健康な人間が二つも梗塞を抱えた老人と同じだけ払うのでは引き合わない。そこに私の介入する余地があるんですよ、フリッツのお嬢さん。未来を見るんです。私がこの人はいつ死ぬ、あの人はいつ死ぬ、この車がこれこれの高速道で衝突する蓋然性はどれだけある、というようなことを言うのです。私は未来を仕事にしているんですよ、フリッツのお嬢さん。これから起こることを私が知っているんです。数字の問題です。未来ってのは数字の中にあるんです。数字を見ればなんでもわかります。数字を見れば私は、自分が五十前に死ぬと世界がみなしているかどうかがわかります。フリッツのお嬢さん、あなたはご自分が何歳で亡くなるかご存じですか？　教えて差し上げますよ。お時間いただければ、紙と鉛筆で、少しの誤差はありますが、あなたがいつ亡くなりそうか、どんな死に方なのか、教えましょう。我々のこの社会は過去に囚われすぎている。けれどもあなた方グリンゴは過去になど興味を持たない。あなた方は前を見ている。未来にだけ興味を持ちます。私たちよりもずっとよくわかってくれました。ヨーロッパ人よりもわかってくれました。未来にこそ目を向けなきゃいけないってことを。それを私はやってるんですよ、フリッツのお嬢さん。未来に目を向けて食い扶持を稼いでいるんです。これから起こることを予見して家族を支えているんです。今はその予見を伝える相手は保険会社ですが、もちろん、明日にはこの才能に他の人が目をつけてくれることもあるでしょう。そうならないはずはありません。合衆国だったらどこよりもよくわかってくれます。だからあなた方は先を行ってるんですよ、フリッツのお嬢さん。だから私たちはこんなにも後れを取っている。私が間違ってたら言ってくださいよ」

エレーンは何も言わなかった。テーブルの向こう側から、斜に構えた馬鹿にするような薄笑いで彼女を見つめていたのは、夫妻の末子だった。びっしりと生えた睫毛が長く、おかげでその黒い瞳が何とはなしに女性的に見えた。その目で彼は最初から彼女のことを見つめていた。不躾《ぶしつけ》な態度だったが、どうしたわけか彼女は悪い気がしないのだった。コロンビアではそれまでそんな風に見つめられたことはなかった。ここに来て数カ月になるが、エレーンはまだ北米人以外の誰とも寝ていなかった。英語以外でオーガズムを迎える人との関係はなかった。

「リカルドは未来を信じてないんです」とフリオさんは言った。

「信じてるさ」と息子は口答えした。「ただ、俺は将来、借金は作らない」

「いきなりそんな話はないでしょう」とグロリアさんが微笑みながらたしなめた。「着いて早々、お客様も何のことかと、お困りだわ」

リカルド・ラベルデ。しつこく訛《なまり》の残るエレーンにとって、rが多すぎる名だった。「さあ、エレーナ、俺の名前を言ってみな」と言いながらリカルドは彼女が使う浴室と彼女の寝泊まりする寝室に案内したのだった。パステル・カラーのナイト・テーブル、三段の箪笥《たんす》、姉（スタジオで撮った彼女の写真が一葉あった。髪をきっちりと真ん中から分け、虚空を見つめる少女の写真には、写真家のバロックな字体のサインがついていた）が結婚するまで使っていた天蓋つきのベッド。この客室を彼女のようなグリンガやグリンゴたちが何人も使ってきたのだ。「俺の名を三回発音したら毛布をもう一枚あげよう」とそこでリカルド・ラベルデが言ってきたのだ。おふざけだが、いやな感じのおふざけだった。エレーンは不承不承、ゲームに乗ることにした。

「リカルド」と舌をもつれさせながら言った。「ラベルデ」

「だめだ、全然だめ」とリカルドが言った。「でも問題ないよ、エレーナ、口の形がとてもきれいだ」

「わたしの名はエレーナではありません」とエレーンが言った。

「何言ってるかわからないな、エレーナ」と彼が言った。「もっと練習しなきゃ。よかったら手伝うよ」

リカルドは彼女より二歳ばかり下だったが、あらゆる世事に長けているかのように振る舞った。最初のうちはふたりが行き交うのは夕暮れ時だった。エレーンがCEUCAでの研修を終えて戻ってくると、二階の居間の、カナリアのパコの鳥籠のほぼ真下で、二言三言、言葉を交わしていたのだ。元気、研修はどうだった、今日は何を学んだ、俺の名を三回言ってみな、でも舌をもつれさせないでだ。「ボゴタっ子たちは何も言わずに話すのがとても上手」とエレーンは祖父母に書き送っている。「I'm drowning in small talk（ちょっとした言葉のやりとりにあっぷあっぷしている）」と。ところがある日の午後、ふたりは第七通りの真ん中でばったり出会った。これは見過ごしにできない偶然だというので、二人して飲み明かし、朝を迎える頃にはアメリカ合衆国大使館前でスローガンを叫び、ニクソンは罪人だと非難し、「End it Now! End it Now! End it Now!（終わらせろ！　今すぐ手を引け！）」と歌っていたのだった。ずっと後になってからエレーンが知ったところでは、この出会いは実は偶然でも何でもなかった。リカルド・ラベルデはＣＥＵＣＡの出口で彼女を待ち伏せ、何時間も遠巻きに尾行していたのだった。通りの人混みに紛れ、「Calley = Murderer（カリー＝人殺し）」[*1]とか「Proud to be a Draft-Dodger（徴兵忌避を誇る）」、あるいは「Why Are We There, Anyway?（ともかく、なぜそこにいる？）」といった文言の書かれたプラカードに隠れ、エレーンが立ち止まると二、三メートル後ろで言葉を飲み込み、そんなことをしながらもどんな言葉を、どんな調子でかけようかと考えていたのだ。結局はこう言ったのだが。

「千載一遇の好機じゃないかい？　さあ、何かおごるよ。おやじやお袋についての愚痴のひとつも言いたいだろうよ」

ラベルデ家の外で、きっちりと揃えられた陶磁器も、油絵で描かれた軍人の肖像画の視線も、イライラさせるカナリアの鳴き声も無縁な場所で、受け入れ家族の息子との関係は姿を変えた、というか、新たなスタートを切った。ホットチョコレートを手に腰かけたエレーンは色々なことを話し、リカルドの話に耳を傾けた。リカルドはイエズス会の学校を出て経済学の勉強を始めた。父親譲りの才覚、あるいは父親から強いられたのだ。ところが数ヶ月前に大学をやめ、唯一の夢を追うことにしたのだそうだ。飛行機のパイロットになることだ。「もちろん、おやじは嫌がってる」とリカルドが言ったのはだいぶ後になってからのことで、その頃にはこの種の打ち明け話ができる仲になっていたのだ。「最初から反対だった。でも俺にはじいさんがいる。じいさんは俺の味方だ。するともうおやじは何も言えなくなる。戦争の英雄に楯突くのは並のことではないからね。まあ戦争と言ったってちっちゃなものだけどね。その前とその後に世界であったのに比べれば、アマチュアの戦いみたいなもんだ。戦間期の戦争だ。でも戦争であることには違いない。戦争があれば英雄が生まれる。だろう？　役者の価値は劇場のサイズで決まるものじゃない。じいさんはそう言っていた。それはもちろん、俺にとっちゃおあつらえ向きだった。じいさんは飛行機の件を賛成してくれた。飛行術を習いたいと言い始めても、じいさんだけは俺のことを頭がおかしくなったとか、若気の至りだとか、タガが外れた、なんて言わなかった。賛成してくれて、心の底から応援してくれたし、面と向かっておやじとやり合ってもくれた。何しろ戦争の英雄だから、じいさんにはめったなことでは刃向かえなかった。おやじは刃向かってみようとしたんだが、そのことは俺もはっきりと憶えているんだが、でもうまくいかなかった。二年ばかりも前のことだけど、今でも昨日のことのように憶えてるな。ふたりはここに座ってた。じいさんが今あんたがいるところにいて、おやじは俺のところに座ってた。じいさんは手を延ばしておやじの顔の痣に触れながら、自分の恐怖心を息子にまで押しつけちゃだめだって言ったんだ。じいさんが亡くなった頃になってやっと俺も、その仕草の残酷さがはっきりとわかったよ。もう年老いて、そうは見えないけれども疲れた男が、若くて、そうは見えないけれども強い男の顔に手を置いているんだ。もちろん、顔に手を置くと言ったって、単なる顔じゃない。痣だよ。伸ばした手の先には痣があったという事実だ……わかるだ

＊1　ウィリアム・カリーはヴェトナム、ソンミ村での住民殺害を命令したアメリカ軍将校。

ろう、まったく痣に触れずにおやじの顔に手を当てることはできない。実際、触れるんだ。触れるはずなんだ。ましてやじいさんは右利きだ。当たり前のことだが、手を出す者の右手は触れられる者の左の頬に当たる。おやじの左頬といえば、火傷した方の頬だ」

頬の火傷がどのようにできたかは、もっと後になってから話される。その頃にはもうふたりは恋仲になっており、お互いの肉体を知りたいという思いに加え、お互いの人生を知りたいという思いが募ってきた頃だった。セックスするようになったのは驚くべきことではなかった。気づかれなくともずっと前からそこにあった家具のようなものだ。毎晩、夕食後も、宿主と下宿人はしばらくおしゃべりした。おやすみの挨拶を言うとふたりで階段を上り、二階に着くとエレーンはひとり奥まで行った。浴室に行って鍵をかけ、しばらくして出てきた時には、白いネグリジェを着て髪をポニーテールにまとめているのだった。ある雨の金曜日のことだ。雨はひさしに強く打ちつけ、物音を消していた。エレーンが浴室を出るまではいつものとおりだったのだが、そこにあったのは暗い廊下に中庭の明かり取り窓越しに街灯の光が射し込む光景ではなく、手すりにもたれたリカルド・ラベルデのシルエットだった。逆光で顔はよく見えなかったが、そのポーズと声の調子から、エレーンには彼が何を欲しているのかわかった。

「もう寝るのかい？」とリカルドが訊いてきた。

「まだ」と彼女は答えた。「入って。飛行機のこと、いろいろ教えて」

寒かった。木のベッドは少し体を動かしただけで軋んだ。それに、若い女性用のベッドだ。睦《むつ》みごとには狭すぎ、短かすぎた。そこでエレーンはベッドカバーをひと思いにはがし、それを絨毯の上、パイル地のスリッパの隣に敷いた。そのウールのベッドカバーの上で寒さで死にそうな思いをしながら、ふたりはさっと手早くことを済ませた。リカルド・ラベルデの手に包まれると胸がさらに小さくなったようにエレーンは思ったけれども、そのことは口には出さなかった。再びネグリジェをまとって浴室に立ち、そこで便座に座って、リカルドに自分の部屋に戻る時間を与えようと考えた。彼女も彼と寝たかったのだとも考えた。機会があればまた寝たいとも。でもきっと、今やったばかりのこのことは、平和部隊の内規では禁止されているのだとも。ビデで洗い、鏡を覗き込んで微笑み、電気を消してから浴室を出た。暗闇の中で躓《つまず》かないようにゆっくりと歩いてベッドに戻ると、リカルドは立ち去るどころか、ベッドを整え直して彼女を待っていたのだった。片側を下にして、手で頭を支えた寝姿は、ハリウッド製のできの悪い何かの映画の、どこぞの二枚目俳優のようだった。

「ひとりで眠りたいのよ」とエレーンは言った。

「俺は眠りたくない。話したいんだ」と彼は言った。

「オーケー」と彼女は言った。「何を話す?」

「あんたのお好きなように、エレーナ・フリッツ。テーマを決めてくれれば、従うよ」

自分たちのこと以外のすべてについて話した。ふたりとも裸だった。リカルドはエレーンの腹に手を這わせ、指で硬い産毛をくしけずった。これからやりたいこと、やろうとしていることについて話した。つきあい始めの恋人同士のみによくあるように、何をやりたいかを語ることで自分の素性を語ることになると固く信じてのことだった。エレーンは世界で果たすべき任務のことを語った。若者は進歩のための武器なのだと、現世の権力に対峙しなければならないのだと言った。そしてリカルドに質問した。コロンビア人であることは気に入っているか?　できることならどこか別の国で暮らしたいと思うか？　やはり合衆国を憎んでいるのか？　ニュー・ジャーナリズムの作家たちを読んだことがあるか？しかしながら、その後二週間に渡って七度体を重ねたところでやっと、エレーンは初日から気になってしかたがなかった質問をすることができたのだった。「お父さんの顔、何があったの？」「お嬢さんは随分と遠慮深いじゃないか」とリカルドは言った。「俺に同じ質問をするのにここまで時間のかかった人はひとりもいなかったな」。モンセラーテ山にロープウェイでのぼっている時に、エレーンはその質問をしたのだった。リカルドがCEUCAの出口でエレーンを待っていて、そろそろ観光しようかと誘いかけたのだった。コロンビアに来て仕事一辺倒というわけにもいかないだろう、プロテスタントみたいな振る舞いはお願いだからやめてくれないか、と。そしてあっという間にエレーンはリカルドにしがみつく（頭を彼の胸に押しつけ、手で肘のパッチを強く握る）ことになった。突風が吹いてケーブルに吊された車両が揺れるたびに、乗客がいっせいに悲鳴をあげたのだ。それからの午後の時間はずっと、ふたりで宙づりになったり教会のベンチに腰かけたり、礼拝堂の庭をぐるりと回ったりボゴタ市内を三千メートルの高さから眺めたりして過ごした。そうしながらエレーンは、遠く離れた一九三八年の航空ショウの話を聞かされ、パイロットのことやアクロバット飛行のこと、事故と、それによって生じた五十人ばかりの死者のことに耳を傾けたのだった。そして翌朝目覚めてみると、できたての朝食の隣で、包みが彼女を待っていた。エレーンがそのプレゼントの紙を破ってあけてみると、革の栞《しおり》の挟まれたスペイン語雑誌が入っていた。栞がプレゼントなのだろうかとも思ったが、雑誌のページをひもといてみれば、家主の苗字とリカルドのメモが目に入ったのだった。「参考までに」。

エレーンは大いに参考にした。質問し、リカルドがそれに答えた。幾度も交わされる会話の都度、リカルドは説明した。父親の顔の火傷、他の場所より暗い色で皺が寄り、ビジャ・デ・レイバの砂漠のようにごつごつしたあの肌上の地図は、生涯にわたって自分を取り囲む風景の一部を形成してきた。しかし、何でもかんでも訊ねては答えを得られても満足しない子供時代ですら、目に見えているその風景について興味を示さず、自分の父親の顔と他の子たちの父親の顔がなぜ違っているのか訊ねようとしなかった。家族がその種の質問をする隙を与えなかったのかもしれない（とラベルデは言った）。サンタ・アナでの事故についての話は当時から周囲に漂っていて、消えることがなかったからだ。どんな状況でも、それに応じた話が繰り返し語られたし、それを語る者も様々だった。だからラベルデはクリスマスのパーティで語られたヴァージョンを覚えている。ティーサロンで金曜日に聞いたヴァージョンもあった。日曜日にサッカー競技場で聞いた別のヴァージョンも。寝室に寝に引きあげる時に聞かされたヴァージョンと、朝、学校への道すがら語られたヴァージョンも。いかにも、それらは事故の話だった。だがその調子は多岐に及んだし、何を言いたいのかも、千差万別だった。飛行機は危険なものであり、予見できないことにかけては狂犬病の犬のようなものであることの証明だ（とは父の言）とされたり、飛行機は古代ギリシャの神々に似て、人に身の程を思い知らせる。人間の傲慢さに耐えられないのだ（と祖父は説明した）と言われたりした。長い歳月が流れた後には、彼、リカルド・ラベルデもまた事故の話をすることになるだろう。その時には同じく尾ひれをつけ、事実を歪曲するにまでいたり、結局はその必要はないのだと悟ることになる始末だった。たとえば学校では、父親の顔の火傷がどうやってできたか物語れば、簡単にクラスメートたちの注意を惹きつけることができた。「じいさんの武勲の話から始めたさ」とラベルデは言った。「でもすぐに、誰も英雄の話なんか聞きたがらないんだと気づいた。その代わり誰もが他人の不幸の話が好きなんだ」。後々彼は、その思い出を語ったのだった。サンタ・アナでの事故の話をし、それから父親とその火傷した顔の写真を見せて嘘ではないことをわかってもらった時の、クラスメートの表情のことを。

「今でははっきりわかるんだ」とラベルデは言った。「今になってパイロットになりたいと思うのも、それ以外のことには何の興味もないのも、サンタ・アナのせいだ。いつか俺が飛行機で死ぬことになったとしたら、それもサンタ・アナのせいさ」

その話のせいだ、とラベルデは言っていた。その話のせいで、最初に祖父に誘われた時に受け入れたのだ。その話のせいで、グワイマラルの航空クラブの滑走路にはじめて行き、英雄退役軍人に飛行機に乗せてもらったとき、今までになく生きていることを実感したのだ。カナダのセイバー戦闘機の間を歩いて回り、コックピットに座らせてもらい（苗字を言えばどこでも入れてくれた）、その後、航空クラブきっての飛行の先生たちに、授業料ぶん以上の時間を使って教えてもらうことができた（これも名乗った成果）のも、何もかもがサンタ・アナでの事故の話のせいだった。当時彼は家督であること、少しばかりの力を受け継いでいることとはどういうことなのかを実感していたが、以後、それ以上の実感は得られないだろう。「俺には利があったんだ、エレーナ、本当だとも」と彼は言っていた。「飲み込みは早かったよ。優秀な生徒だったんだ」。祖父にはいつも才能があると言われていた。教えてくれた先生たちも退役軍人だった。とりわけペルーとの戦争に従軍した者が多かったが、中には朝鮮戦争で飛び、グリンゴから勲章を授かった者もいた。あるいは少なくともそう称している者がいた。その誰もが、この若僧は筋がいいと言ってくれた。不思議な本能があるし、黄金の手も持っている。それになにより、一番重要なことだが、飛行機から尊敬を勝ちとっている。何しろ飛行機には間違いはない。

「こうして今にいたるわけだ」とラベルデは言った。「おやじは死んじまいそうな勢いだったが、俺はもう親の手を離れていた。百時間飛行経験を積めば、立派な一人前だ。おやじは来る日も来る日も未来を予見して過ごしているわけだが、それは他人の未来なんだな、エレーナよ。俺が何を考えてるのかまではわからなかった。方程式だの統計だのなんてものじゃわからなかった。これまでずいぶんと時間を無駄にするだけで、自分でもわからずじまいだったけれども、やっと今になって、ごく最近になって俺はわかったんだ。俺の人生とおやじの顔とは関係がある。サンタ・アナの事故と今あんたの目の前にいるこの俺とはつながっている。英雄の孫たる俺だから、何かどでかいことをやろうと思うようになったんだ。エレーナ・フリッツ、俺はこの平々凡々の日々から抜け出してみせる。怖くはないさ。空の歴史にラベルデの苗字を復活させてみせるとも。俺はアバディーア大尉以上のパイロットになる。やがて家族も俺のことを誇りに思うようになるだろうよ。俺はこの平々凡々の日々から抜け出してみせる。この家を出るんだ。ここじゃあ、どこかの家族に食事に招待されたりしたら、今度はお返ししなきゃいけないってんで戦々恐々とするだけだもんな。おふくろは毎朝わずかな小銭を数えて過ごしてるが、俺はそんなことはしない。家族の食い扶持を稼ぐためにグリンゴに部屋を貸さなくともいい生活をしてみせる。おっと、ごめんよ。あんたを責めてるわけじゃないんだ。どうだい、エレーナ・フリッツ。俺は英雄の孫だが、じいさんとは違うことをするつもりだ。でもともかく、どでかいことには違いない。約束する。何度でも言うさ。誰に迷惑をかけることになったとしてもやるさ」

上ったときと同様、二人はロープウェイで下りていた。夕暮れ時のボゴタの空は巨大な紫色のマントと化していた。彼らの足下では、僅かな光に照らされ、徒歩で教会にのぼった参拝客が石の階段を下りていく様が、まるで多色の画鋲のようだった。「この街には本当に光が少ないわね」とエレーン・フリッツは言った。「ちょっと目をつむったらもう真夜中みたい」。一陣の風が舞い、車体が揺れたが、今度は客は叫ばなかった。寒かった。車両を吹き抜けていく風が囁き声を残していった。リカルド・ラベルデの腕を取り、窓の手すりにもたれたエレーンが突然、影に包まれた。乗客の頭が空を背景に浮かんで見えた。黒に黒が浮かんでいた。リカルドの吐く息の波動が伝わってくる。煙草と水の匂いがした。東の山並みから宙吊りになって、夜に備えて灯りゆく電灯を見下ろしながら、エレーンはロープウェイがいつまでも下に着かなければいいと願った。おそらくその時はじめて彼女は、こんな自分でもこの国に暮らすことができるのではないかと考えていた。色々な意味でこの国は始まったばかりで、やっと世界の中での自分の位置を見出そうとしているところだ。彼女はそう考えた。そして、その発見の過程に加わりたいと願ったのだ。

平和部隊コロンビア副支部長は痩せぎすでよそよそしい人物で、キッシンジャーばりの太いフレームの眼鏡にニットタイという出で立ちだった。エレーンを迎え入れた時は上衣を羽織っておらず、そのことに取り立てて特別なことはないのかもしれないが、あろうことか彼は半袖シャツ姿だった。まるでバランキージャかヒラルドーあたりの暑くて我慢がならない地域にいるみたいだったのだ。この近辺の高地では死ぬほど寒いというのに。黒髪に多量の整髪料を使っていて、ネオン管の光でも当てようものなら、こめかみあたりに若白髪が生えているように見えそうだった。あるいは彼自身の軍人としてのキャリアほどに透明な流れの根本に白が混じっているようだとでも言おうか。彼が北米人なのか地元の人間なのかはわからなかった。はたまた地元の人間の血を引く北米人か、それとも北米人の親から地元で生まれた者か。手がかりがなかった。壁のポスターにしてもどこかで流れている音楽にしても、棚の本にしても、何ひとつこんな人生だろう、出自はこれこれだろうとの予想を立てさせるものはなかったのだ。喋る英語は完璧だったが、苗字は、見たところめっきではないらしい銅のプレートに刻まれ、机上からエレーンを見つめているその長い苗字は、ラテンアメリカのもの、というか、少なくともスペイン系のもの——エレーンには両者の違いがわからなかった——だった。面接はお決まりのコースだ。平和部隊の志願隊員全員がこれまで経験してきたことだし、これから先も経験することなのだった。隊員たちは皆この暗い部屋に来て、今エレーンが水色のロング・スカートをまっすぐに伸ばすために居住まいを正した座りごこちの悪いその椅子に座るのだ。痩せぎすでよそよそしいミスター・バレンスエラの前のこの席に、すべてのCEUCAの元訓練生たちが、早い遅いの差こそあったけれども、腰かけて彼のちょっとした演説に耳を傾けることになったのだ。彼は訓練の終わりが近づいていること、やがて隊員たちは各地に散らばり、そこで任務を果たすことなどを語り、それから寛容と責任について、そして違いを見せるチャンスについての説教を垂れた。隊員候補たちは permanent site placement（定住地配属）という言葉を聞くことになった。そしてすぐさま、いつも同じ質問が繰り出される。「どこか行きたい場所はあるかね?」すると志願隊員たちは、最近覚えたばかりで実はよく知らない地名を口に出す。ボリーバル、バジェドゥパール、マグダレーナ、グワヒーラ。あるいはキンディーオ（クインディーオーと彼らは発音する）。またはカウカ（コーカと彼らは発音する）。それから彼らは最終目的地の近隣の地区に派遣される。中継地点のようなもので、ここで彼らは三週間、より経験の長い隊員とともに過ごすのだ。フィールド・トレーニング、と呼ばれていた。こうしたことを三十分の面接の間に決定するのだった。

「さて、what's it gonna be?（どうしようか？）」とバレンスエラは言った。「カルタヘーナはだめだ。サンタ・マルタもだ。もういっぱいなんだ。猫も杓子も行きたがるんだ。カリブ海沿いだからな」

「都市はいやです」とエレーン・フリッツは言った。

「そうかい？」

「田舎の方が多くを学べると思うんです。国民精神というのは田舎の人の中にあるんです」

「精神」とバレンスエラは言った。

「それに、より援助の余地があります」とエレーンが言った。

「なるほど、それもそうだ。さて、それでは寒いところがいいかね、それとも暑い土地？」

「より多くの援助を必要とするところがいいです」

「援助はどこでも必要だよ、君。この国はまだ竈《かまど》で焼き上げている最中だからな。あなたが良く知っていること、あなたの得意なことを考慮しようか」

「わたしが知っていることですか？」

「もちろん。鍬《くわ》の写真すら見たことないのにジャガイモ栽培に行くわけにはいかない」バレンスエラはそれまでずっと手の下に置いていたファイルケースを開けた。あるページに目をやり、それから顔を上げた。「ジョージ・ワシントン大学。ジャーナリズム専攻、だね？」

エレーンはうなずいた。「でも鍬は見たことありますす」と言った。「それに物覚えはいいんです」

バレンスエラは苛立たしげに顔をしかめた。

「何しろ三週間ある」と言った。「それだけあれば、逆にお荷物になって物笑いの種になることだってある」

「お荷物になんかなりません」とエレーンは言った。「わたしは――」

バレンスエラは書類を二、三枚脇によけ、新たなファイルケースを取り出した。「いいかね、三日後に私は地域のリーダーたちと会合を持つ。そこで誰が何を必要としているか、君がどこでフィールド・トレーニングできそうかを探ってみることにしよう。だが今確実にわかっていることは、ラ・ドラーダの近くにひとつ空きがあるということだ。何のことかわかるかね？　マグダレーナ渓谷だよ、フリッツ君。遠いところだが、別世界というほどでもない。その空いた場所というのはラ・ドラーダほど暑くもないところだ。少し山を上ったところにあるからだ。ボゴタからは列車で行く。行きも帰りも楽だ。知ってのとおり、この国ではバスは危険な場所だからな。ともかく、いい場所だし、志願者も少ない。乗馬ができるようになる。胃も強くなっていいぞ。共同体の人とは密に協力してもらうことになる。わかるだろう、共同体の発展とか、識字化、食糧補給とか、そういった仕事の数々だ。たった三週間だ。気に入らなかったら、また振り出しに戻って考えればいい」

エレーンはリカルド・ラベルデに思いを馳せた。ふと、リカルドから列車でほんの数時間の場所にいるのはいいことだと思った。土地の名前にも考えが及んだ。ラ・ドラーダ。頭の中で翻訳した。The Golden One（金色の女）。

「ラ・ドラーダ」とエレーン・フリッツは言った。「いいですね」

「最初は別の場所だ。それからラ・ドラーダに移る」

「ええ、その場所もいいと思います。ありがとうございます」

「よろしい」とバレンスエラは言った。金属の書類ケースの引き出しを開け、一枚取り出した。「いいかね、忘れないうちに渡しておこう。これに記入して、事務所に提出したまえ」

　アンケートだった。アンケートのカーボン・コピーと言った方がいい。標題はただひとつの質問だった。大文字でタイプされた質問は、それまで住んでいた家とボゴタの家はどう違いますか？　この質問の下にいくつもの項目があり、それらの間にはたっぷりとした余白があった。これだけあれば志願隊員たちが可能な限り事細かに書き込めるだろうということだ。エレーンがアンケートに回答したのはチャピネーロのとあるモーテルの中でだった。乱れて性の臭いに包まれたベッドにうつぶせになり、電話帳を下敷きにして、尻にシーツを掛けていたのは、そうしないとリカルドが傍若無人にあちこちに指を這わせてきて、淫らな場所に入れてきたりするからだった。物理的不快と迷惑の項目には、こう書いた。「受け入れ家族の男性陣が小便をするのに便座をあげない」。リカルドは彼女に気難しくて失礼な小娘じゃないか、と声をかけた。受け入れ家族からの自由への制限にはこう書いた。「九時を過ぎると閂《かんぬき》をかけるので、いつもセニョーラを起こすはめになった」リカルドは君が宵っ張りすぎるのだ、と意見した。意思疎通上のトラブルには書いた。「子供たちに敬語を使う理由がわからない」リカルドはまだまだ勉強が足りないな、と意見した。家族のふるまいには、「息子がいく時にわたしの乳首を噛みたがる」と。リカルドは何も言わなかった。

家族総出でサバナ駅まで来て、列車に乗る彼女を見送った。駅は刻み目の入った円柱に支えられた大きく荘厳な建物だった。ファサードの上部に据えられたコンドルの石像は翼を大きく広げ、今にも飛び立ちそうだったし、その鉤爪で屋根を剝ぎ取って持っていきそうな勢いだった。グロリアさんはエレーンに白い薔薇の花束を贈ったのだが、スーツケースを手に持ち、鞄を袈裟懸けにしてホールを歩く段になると、それは煩わしい邪魔ものに成り下がってしまった。羽飾りのような格好で他の歩行者にぶつかっては、石造りの床に悲しい花びらの跡を残していくばかりだった。それに、敵意剝き出しの周囲の人々からかばおうとエレーンが花束をつかむと、そのたびに刺が刺さる始末だった。一方、父親は、中央乗り場に着くまで待ってから贈り物を取り出した。人の波に押され、靴磨きに声をかけられ、物乞いに金をねだられながら説明するには、それはあるジャーナリストが書いた小説だとのこと。二年ほど前のものだというのに、いまだによく売れているし、作者は田舎者なのだが、作品は悪くないとの評判だ。エレーンが包装紙を剝がすと、角の取れた四角の青い枠が九つ並ぶデザインの表紙が現れた。枠の中には鐘や太陽、フリギア帽、花のデッサン、女の顔をした月、それから、組んだ頸骨の上のされこうべと踊る悪魔たちが描かれていた。何もかもが関連性のない、馬鹿げたものに思われた。おまけにタイトルは『百年の孤独』*CIEN AÑOS DE SOLEDAD* などと、時代がかったメロドラマみたいだった。フリオさんが伸びた爪で指した「孤独」という言葉のEは、左右逆転していた。「買ってから気づいたんです」彼はそう言い訳をした。「何なら別のものに取り替えるようお願いしましょうか」。エレーンはまったく構わないと答えた。馬鹿げた誤植ひとつで旅の伴の読書ができなくなっては困ると。そのしばらく後に祖父母に送った手紙に、彼女はこう書いた。「お願いだから読み物を送って。夜は退屈でしかたがないの。今手許にあるのは、セニョールが贈ってくれた本だけだし、それを読もうとしたのだけど、本当に読もうと努力したのだけど、スペイン語が難しいし、同じ名前の人ばかり出てくるの。こんなに退屈なものなんて、もうだいぶ読んだことがなかった。おまけに表紙には誤植がある。嘘みたいだけど、十四刷にもなるのに直ってないんだから。おじいちゃんたちがグレアム・グリーンの新作を今ごろ読んでいるかと思うと悔しい。だって読めないんだもの」

手紙は続く。

まあいいわ。少しだけ今わたしがいて、あと二週間はいることになる場所について話すね。コロンビアには山系が三つある。東部山脈と中央山脈、それに（そのとおり、予想がついたでしょう）西部山脈。ボゴタは西部山脈の高さ八千五百フィートのところにある。列車はそこからずっと山を下って、マグダレーナ河まで行った。この国で一番の河よ。河はとてもきれいな谷間を流れているのだけど、これまでの人生で見た中では一番きれい。これこそまさに天国そのもの。そこからさらにこの地までの道のりも印象的だった。見たことないくらいに鳥や花がいっぱいだった。フィリップおじさんがうらやましくてしかたがなかった！　あれだけの知識はもちろんだけど、おじさんの双眼鏡があればな、って。おじさんを連れてきたら大喜びだと思う。くれぐれもよろしく伝えてね。

そうそう、河の話でした。かつてはミシシッピ河から、それにロンドンからも蒸気客船が来てたそう。それだけ重要な河なのね。いまだにあたりには『ハックルベリー・フィン』の世界から飛び出してきたような船が行き来している。大袈裟に言ってるんじゃないのよ。わたしが乗った列車はラ・ドラーダという町までだった。ここがわたしの活動拠点となる町。だけど平和部隊の決まりで、志願隊員たちは拠点《パーマネント・サイト》とは別の場所で、他の隊員について三週間の任地訓練《サイト・トレーニング》を受けなきゃならないの。理論上は仮の駐在地は最終赴任先とは違う場所のはずだけど、いつもそうとは限らない。理論上は一緒に訓練する隊員は経験の長い人のはずだけれども、いつもそうとは限らない。わたしは運が良かった。山脈の麓の河から数キロの村に配属されたの。カパラピって名前の村なんだけど、まるでわたしに発音させて馬鹿にして笑うためにできたような名前。暑くてじめじめしたところだけど、死にそうなほどではないわ。わたしが指導を受けることになった隊員はひどく気さくな人で、いろんなことを知ってる。特にわたしが全然知らないことについてなんでも知ってる。マイク・バルビエリという名前で、シカゴ大学中退《ドロップアウト》の人。すぐに相手を安心させるようなタイプ。二秒も話せば、ずっと前からの知り合いだったと思わせてくれるような人。そんな人がいるでしょう。カリスマのある人。そういう人って、外国の暮らしにも簡単に馴染むのよね。最近そう思う。こういった人たちが世界を股にかけるのね。生き残るのに何の苦労もしない人たち。わたしもそんな人間だといいんだけどな。

バルビエリはコロンビア平和部隊に所属して二年経っていた。だかその前に同じく二年間、メキシコにいて、イスタパとプエルト・バジャルタの間で農民たちへの協力活動を行った。さらにメキシコに行く前にはマナグワの貧民街で数カ月を過ごしていた。長身で筋張った体、金髪だけれどもブロンズがかった髪。上半身裸（木の十字架がいつも胸にかかっていた）で、着ているものといえばバミューダ・ショーツに革のサンダルだけという姿も珍しくなかった。ビールとアレーパの皿を手にエレーンを迎えたが、彼女はそんな歯触りのものを食べるのは初めてのことだった。エレーンはそれまで、これだけおしゃべりでありながら同時に誠実な人物に会ったことはなかった。しばらく話して、彼がもうすぐ二十七歳になること、カブスのファンであること、焼酎が嫌いだが、それはこの界隈では致命的であること、サソリを怖がる、というよりも心底恐怖していること、などを知った。彼はエレーンに先が口の開いた靴を買ったら、毎日履く前によく点検した方がいいと忠告した。「この辺、サソリが多いんですか？」とエレーンは訊ねた。「いるかもしれないよ、エレーン」とバルビエリは巫女のような声で言った。「いるかもね」

アパートはほとんど家具のない2LDKで、空色の壁をした建物の二階だった。一階では、アルミニウムのテーブル二つにカウンターのショーケース――パネリータ・デ・レチェ、[*1]マドレーヌ、煙草〈ピエルロハ〉――がひとつある店が営業していた。店の奥に入ると、様相は手品のように一変して、すっかり家庭の雰囲気になる。そこには店を切り盛りする夫婦が住んでいた。苗字をビジャミルと言い、年齢は六十を下らない。「マイ・セニョール」バルビエリは彼らにエレーンを紹介する時にそう呼びかけ、その彼のセニョールたちが新しい店子《たなご》の名前をちゃんと聞き取れなかったことを見て取ると、達者なスペイン語でこう言った。「私と同じくグリンガですが、名前はエレーナです」。ビジャミル夫妻は彼女をそう呼ぶようになった。そんなふうに呼びかけては、水は足りているかと訊ね、酔っぱらいたちの様子を見におりてこないかと誘った。エレーンは何も言わずに我慢した。ラベルデ家を懐かしく思い出した。礼儀知らずの女の子のような自分の考えを恥ずかしいと思った。それでも、ビジャミル夫妻とはなるべく顔を合わせないようにした。建物の外壁にくっついたコンクリートの階段があったので、そこを伝って彼らに見られないように部屋まで上がった。ずうずうしいと思われかねないほどに人なつっこいバルビエリは、その階段をいっさい使わなかった。一日と欠かさず店に立ち寄り、その日の出来事を、何ができて何ができなかったのかを語って聞かせ、ビジャミル夫妻の話と、それから客の話までもに耳を傾け、そんな田舎の老人たちに合衆国における黒人の状況だとかママス&パパスがどんなことを歌っているのかなどを説明してあげたりした。エレーンは、まったく自らの意に反することながら、そんな彼の姿を見るとうっとりともするのだった。その理由を見出すのには必要以上に時間がかかってしまった。外交的で好奇心旺盛なこの男、不作法に彼女をじろじろと眺め回し、世界はある程度自分のおかげで成り立っていると言いたげな話し方をするこの男は、それなりの仕方でリカルド・ラベルデを思い出させるのだった。

地方での訓練期間は二十日間続いた。熱のこもった二十日間で、その間エレーンはバルビエリとともに協力して働いた。同時に、この地区の共同体のリーダーとも協力した。背が低く無口な男で、兎口を髭で覆っていた。名前はいたってシンプル。愛称などはあるにしても、カルロスと言った。ただのカルロスだ。これだけシンプルで苗字がないと近づき難く、あるいは恐ろしくも感じられた。朝、彼らを迎

＊1　牛乳や砂糖などから作る菓子。

えに姿を現すときも、夕方、彼らを見送ってその姿をくらますときも幽霊のような趣があった。エレーンとバルビエリは、あらかじめの取り決めのようなものに従い、カルロスの家で昼食を食べた。近隣集落の農民たちに協力し、この地の政治家たちと会見し、一帯の地主と話し合っては不毛な結果に終わった濃密な仕事の日々の間に、ポッカリと空いた休日のような日だった。エレーンが気づいたことは、何の仕事をするにつけても、話をしながらになるということだった。柔らかい肉の鶏を飼う方法を農民たちに教える（放し飼いではなく、囲い込んで飼う）にも、地元の資源を使って学校を建設することを政治家たちに説き伏せる（何しろ、中央政府からは何も期待できないから）にも、あるいは金持ちたちに単なる反共産主義十字軍とみなされないためにも、まずはテーブルを囲んで酒を飲まなければならなかった。飲み過ぎのあまり、しまいには何を言っているのかわからなくなるのだった。「そんなわけで、息も絶え絶えな馬に乗っていない時には、半ば酔っ払った人たちと話をしている」とエレーンは祖父母に書き送っている。「でも徐々に馴れていってると思う。自分では気づかないけどね。マイクによれば、コロンビアの言葉では何かの弾拾いをする、って言うらしいの。物事がどう動くか、どんなふうにすればいいかを理解するって意味。内面化するって言えばいいのかな。その段階にわたしはいるってこと。あ、そういえば、返事はここには送らないでね。次の便はボゴタ宛にして。ここからボゴタに移動して、訓練の最終期間の一ヶ月をそこで過ごすから。それからラ・ドラーダに行って、そこからがいよいよ本格的な始まり」

最後の週末にはリカルド・ラベルデがやって来た。サプライズ訪問だった。誰にも告げずに準備し、ひとりでラ・ドラーダ行きの列車に乗り、さらにバスでカパラピに着いて、そこからは訊ね、どこに住んでいるかと教えてもらい、こんな特徴のグリンゴたちだと説明して回った。彼らの存在は、もちろん、近隣の誰もが知っていた。エレーンにとってみれば、ラベルデとマイク・バルビエリがあれだけ意気投合するのは不思議でも何でもなかった。バルビエリはエレーンに午後は自由時間とするのでボゴタの恋人（そう言ったのだ。「ボゴタの恋人」と）を案内していろいろと見て回るように言い、夜合流して一緒に食事をしようと誘った。そしてその晩、数時間としないうちに――なるほど、その数時間はとある牧場の真ん中で、火を焚き、サトウキビ酒の甕《かめ》を傍らに置いての数時間だったが――リカルドとバルビエリは共通点が多いことに気づいた。バルビエリの父親は郵便飛行機のパイロットで、リカルドは焼酎が嫌いだったのだ。二人は抱き合い、飛行機の話で盛り上がり、飛行学校のことや先生のことを話すうちにリカルドの目は輝きだし、そこでエレーンがリカルドを褒めそやし、他の人たちが彼のことを飛行の才能があると言っていると紹介し、今度はリカルドとマイクが、本人の目の前でエレーンのことを語り出し、この子は本当に良い子だと、そしてきれいでもあると、なるほど、確かにきれいでもある、目がいい、とマイクが言い、そうだな、とりわけ目がいいとリカルドが言い、二人して大笑いし、他人にはめったに話さないことを打ち明け合い、まるでちょっと前に知り合ったばかりではなくて、学生時代の寮のルームメイトといった雰囲気になって、「だって彼女は愉快な仲間だから」を歌い、エレーンが他の場所《サイト》に行かなければならないことを嘆く歌を合唱し、this site should be your site, fuck La Dorada, fuck The Golden One, fuck her all the way（ここが君の場所ならよかったのに、ラ・ドラーダなんざくたばっちまえ、金色の女なんざくたばっちまえ、そんな女はとことんやっちまえ）、そしてエレーンに乾杯し、平和部隊に乾杯し、for we're all jolly good fellow, which nobody can deny（だって俺たちゃ愉快な仲間だから、誰にも違うたあ言わせない）と歌った。そして翌日には、サトウキビ酒の二日酔いの頭を抱えながら、マイク・バルビエリはわざわざ二人に同行してバス停まで行った。三人は往時の入植者よろしく馬に乗って（といっても彼らが乗っていたのは痩せこけた駄馬で、昔の入植者が乗っていたのはこんなものではなかったのだが）町の広場に着いた。その時かいがいしく荷物を運んでくれていたリカルドの表情に、エレーンはそれまでに見たことのないものをみとめた。称賛の念だ。彼女に対する称賛だ。彼女が村でてきぱきと仕事をしていたからだ。たった三週間で村の人々から愛される存在になっていたからだ。ごく自然に、かつ否みがたい権威を備えつつ地元民にわかってもらっていたからだ。エレーンはそんな彼女に対する称賛を彼の表情に読み取り、彼を愛していることを実感した。思いもよらず、やはり自分を愛してくれているらしい彼に対する愛情の新たな局面、これまでよりももっと濃密な愛の局面が始まったのだと思った。そして同時にここまでやって来て幸せだとも感じた。この場所はもう彼女にとって驚きの勝る場所ではないのだった。なるほど、思いもよらないことというのはこれまでにもあった。コロンビアでは人は思いもよらないことをしかけてくる（その振る舞い、その流儀にかけてそうだ。実際には人が何を考えているかなどわからない）。しかしエレーンは今、状況を把握していると実感できた。「うまく弾は拾えたかいって訊いてみて」二人でバスに乗ってから、彼女はリカルドに言った。「うまく弾は拾えたかい、エレーナ・フリッツ？」と彼は訊いた。そして彼女は答えた。「ええ。うまく拾えたわ」

それがどれだけ間違った考えだったか、彼女には知る由もなかった。

V What's there to live for?（生きる望みはあるか？）

エレーンはボゴタでの最後の、しかもリカルド・ラベルデと過ごした三週間を、人が幼年期を思い出すようなしかたで思い出すことになるだろう。感情によって歪められた霧のかかったイメージ。日付がきちんと時代順に並んでいるのでなく、バラバラに混ざっている重要な出来事のあった日々。彼女はCEUCAでの訓練の日々に戻ったが、これは僅かな時間のことで、ある種の知識を整えるためだし、あるいは場合によっては書類仕事の都合の問題といったところだった。この訓練がまとまった思い出をなさないのは、リカルドとの逢瀬のために分断されているからだ。リカルドはいまや、帰宅する彼女をユーカリの木か何かの背後に隠れて待ち伏せするなど、万全の態勢だった。でなければ彼女のノートにメモを挟み込み、十七番通りと八番街の角のとりたててどうということのないカフェで待っていると伝えたりもした。エレーンは待ち合わせの場所には欠かさず現れた。中心街のカフェでどちらかというと周囲から孤絶していささか淫らな視線を交わした二人は、それから映画館に入って最後列に座り、祖父から、ペルーとの戦いでの空軍の英雄から受け継いだ長く黒いコートの下で、お互いの体に触れ合うのだった。チャピネーロ地区のウナギの寝床の家の玄関を一歩入ると、フリオさんとグロリアさんの領地であり、そこでは、彼はホストファミリーの息子、彼女は純真に訓練に打ち込む見習いと言った芝居を続けていた。しかし、もちろん、息子は夜な夜な見習いの部屋を訪ね、二人して声を押し殺してオーガズムを迎えてもいた。こんな風に二人は二重生活を始めたのだった。人目を忍んだ恋人同士の生活は誰にも疑われることはなく、リカルド・ラベルデは『卒業』のダスティン・ホフマンで、フリッツのお嬢さんはロビンソン夫人であり、同時にその娘でもあるという生活だった。娘の名も、エレーンなのだから、きっと何か意味があるに違いない。偶然の一致にしてはできすぎではないだろうか？　ボゴタでのその期間、エレーンとリカルドはヴェトナム反戦の抗議集会が開かれるたびに出席したし、同時に在ボゴタ北米人の会が開くパーティには一緒に、カップルとして参加した。志願隊員たちが再び自分の言葉で喋るようにとの目論見で開かれるこの種の集会では、メッツやらヴァイキングスやらがどうなっただのと大声で訊ね合い、ギターを取り出しては暖炉の周囲に集い、マリワナ《ジョイント》を回し——二回りで終わる——ながら、声を揃えてフランク・ザッパの歌を歌ったりするのだった。

What's there to live for?　（生きる望みはあるか？）
Who needs the Peace Corps?　（平和部隊なんて必要？）

三週間の訓練期間は十一月一日に終わった。新たな訓練生の一団が、誓願を立て、将来の漠たる目標を宣言し、平和部隊規約への忠誠を誓い、その後彼らが正式な隊員としての任命を受けたのだった。雨の降る寒い朝だった。リカルドの着ていた革のジャケットは雨に濡れ、きつい匂いを発していた。「全員来ていた」とエレーンは祖父母に宛てて書いている。「修了生の中にはデイル・カートライトとウォレースさんちの娘（末娘よ。覚えてるでしょ）もいた。列席者の中には大使夫人とそれから長身でネクタイを締めた男の人がいた。わたしの理解したところでは、その人はボストンの有力な民主党議員」。エレーンは平和部隊コロンビア副支部長のことも書いている（キッシンジャー張りの眼鏡、ニットタイ）し、CEUCAの役員のことも、それにある退屈な役場職員のことにすら触れているのだが、彼女の手紙のどこにもリカルド・ラベルデの名は出て来ない。年月を隔てて眺めてみれば、だいぶ皮肉なことだ。というのも同じ日の夜、ラベルデ家を代表してお祝いし、かつお別れをしたいとの口実で、リカルドは彼女をレストラン〈黒猫《エル・ガト・ネグロ》〉に食事に誘い、今にも料理の皿に落ちそうな出来損ないのロウソクの火に照らされ、弦楽器トリオが「古い町」を歌い終えて静かになった隙に乗じて、ボウタイ姿のウェイターたちが通る通路にひざまずき、必要以上の言葉を費やしながら、結婚してほしいと告げたからだ。ほんの一瞬、エレーンは祖父母のことを思い出した。ふたりが遠い場所にいて、年齢と健康状態を考えたらここまで来ようと考えるだに不可能そうであることが残念でならなかった。幸せの瞬間には悲しみのようなものが私たちの脳裡に去来するものだが、その種の悲しみも感じたものの、それが過ぎ去ると彼女は屈んでリカルドに思い切りキスをした。瞬間、彼女はジャケットの濡れた革の匂いを感じた。リカルドの口はムニエルのソースの味がした。「つまりしてくれるってことかい？」キスの後で、ひざまずいてウェイターたちの妨げとなりながらリカルドは訊ねた。エレーンは泣きながら答えた。泣き笑いだ。「決まってるじゃない」と言った。「馬鹿なこと訊かないで」

そんなわけでエレーンはラ・ドラーダへの出発を二週間延ばすことになり、残酷なまでに短いその期間に、将来の姑の助けを借りて（その前に決して妊娠したわけではないと説き伏せる必要があった）、サン・フランシスコ教会でのつつましやかでほとんど秘密の結婚式を準備することになった。ボゴタでの生活が始まってすぐの頃からエレーンはこの教会を気に入っていた。その湿った石の分厚い壁が好きだったし、道路に面した入り口から入り、再び道路に出るのが好きだった。暗がりに光が、沈黙に騒音が乱暴にぶつかってくるのがいい。結婚式の前日、エレーンは中心街を散歩した（お披露目のお務めだ、とリカルドなら言ったところだ）。教会の敷居をまたぐ時には沈黙と騒音、暗がりと光のことを考え、光に照らされた祭壇に目をやった。その日彼女にはこの場所がとても馴染みのものに思われたのだが、それというのも、それまでも訪ねたことがあったからというだけでなく、もっと深く、もしくはもっと親密な仕方で親しみが感じられたからなのだった。小説か何かで描写されているのを読んだことがあるように思ったのだ。彼女は大小のロウソクの控えめな光に目をやった。松明のように柱にくくりつけられたランプの弱く黄色い光に目をやった。ステンドグラスの光は脚を組み、どこかの教皇の石棺のように腹の上で手を重ねた姿で寝ている二人の物乞いの姿を照らしている。右手にはひざまずき這いずっているような格好の等身大のキリストがいる。以前、勢いをつけて別のドアから入って来た時に、これに顔をぶつけたのだった。光の下で眺めてみると、茨の冠の刺と、キリストの涙だか汗だかのエメラルド・グリーンの滴がきらきらとしていた。エレーンは前に進み、左側の通路沿いに奥のはめ込みになった祭壇まで進んだ。すると籠が見えた。籠の中に展示用の動物のように閉じこめられていたのは、もうひとつのキリスト像だった。髪はより長く、肌は黄色く、血は色濃く見えた。「ボゴタで一番だな」と以前リカルドは彼女に言ったことがあった。「本当だ。これの前に引き出されちゃあモンセラーテの丘だって碌なものじゃない」。エレーンはかがみ込んでプレートに顔を近づけた。「断末魔の主」。もう二、三歩、説教壇の方へ寄ってみると、真鍮の箱があり、ここにも標示板があった。「ここに供え物を置いたら、像が光で照らし出されます」。ポケットに手を入れてみると硬貨が一枚あったので、聖餅のように二本の指でつまみ上げ、光に当ててみた。一ペソだった。まるで火で炙《あぶ》ったように裏面が黒くなっていた。彼女はそれをスリットに入れた。投光器が一瞬光を投げかけ、それに当たったキリストが命を吹き返した。エレーンは生涯幸せになれるような気がした、いや、むしろなれると確信した。

そして披露宴と相成ったが、エレーンはそれを霧に包まれ、まるで誰か他人に起こった出来事のように感じながらやり過ごした。披露宴はラベルデ家の人たちが自宅で開いてくれた。グロリアさんはエレーンに、準備期間がこれだけ短かくては、どこかの社交クラブやもっと品のいい場所を借りることは難しかったのだと説明した。リカルドは、そんなくどくどしい説明を何も言わずに頷《うなず》きながら眺めていたのだが、母親がエレーンに本当のことを言えばいいのにと思っていたのだった。「金がないんだよ」と彼は言った。「ラベルデ家は借金まみれの生活なのさ」。打ち明けられてもエレーンは思ったほどショックを受けなかった。これまで折に触れていくつもの徴候を見てきたのだから、覚悟はできていたのだ。しかしリカルドが両親のことを第三者扱いで、まるで家族の経済破綻など自分には関係ないといいたげだったことは気になった。「で、わたしたちは？」とエレーンは訊ねた。「俺たちが何だって？」「どうする？」とエレーンは言った。「わたしの仕事じゃ大した収入にもならないわよ」。リカルドは彼女の目をまっすぐに見て、熱を見る時のように彼女の額に手を当てた。「しばらくの間やっていけるくらいはある」と彼は言った。「それから先のことはまた考えよう。俺があんただったら心配はしないな」。エレーンはそうではない、と思った。心配しているのではない、と。なぜなのだろうかと自問した。それから彼に質問した。「でもなんでわたしだったら心配はしないの?」「だって俺みたいなパイロットは仕事に事欠かないからだよ、エレーナ・フリッツ。そういうものなんだ。何の裏もないさ」。

その後、招待客たちもいなくなってから、リカルドは彼女を最初にふたりが寝た部屋に連れて行き、ベッド(いくつか結婚祝いにもらった品が乗っていたが、それを手で払いのけて)に座らせた。それでエレーンは金の話をされるのかと思った。どこにもハネムーンに行くことができないと言われるのかと。そうではなかった。目隠しをされた。厚い生地の布で、ナフタリンの匂いがしたので、古いマフラーかもしれない。そして「これから先は何も見えないということで」と言われた。その状態で、何も見えないまま、エレーンは階段を下ろされ、何も見えないまま家族の別れの挨拶を聞き(グロリアさんは泣いているみたいだった)、何も見えないまま夜の寒い屋外に出され、誰か別の人の運転する車に乗せられた。タクシーなのだろうと思った。走りながらこれはいったいどうしたことなのだと質問したが、リカルドは黙っていろと言った。今にあっと驚くからと。エレーンには何も見えないままタクシーが停まるのがわかった。窓が開き、リカルドが名を告げると、恭《うやうや》しい挨拶が返ってきた。そして門扉が開けられる金属音が聞こえた。タクシーを降りるとすぐに、足の裏の地面がごつごつしているように感じ、冷たい風に髪が乱れた。「階段だ」とリカルドが言った。「さあ、そっと、落ちないように」。リカルドは彼女の頭を抑えつけた。天井が低い場所で頭を打たないようにとする時のように、警察が容疑者をパトロールカーに押し込むときに、ドア枠に頭を打たないようにとするように。されるがままのエレーンの手は慣れない物質に触れた。やがてそれは座席に姿を変えた。膝に何か固いものが当たった。腰かけてみると、頭の中にひとつのイメージが浮かび、自分が今どこにいるのか、これから何が起ころうとしているのかやっと思いついた。それを確信したのは、リカルドが管制塔とやりとりを始め、セスナ機が滑走し始めたからだが、リカルドが目隠しを取っていいと言ったのは、もっと後になってからのこと、離陸後のことだった。取ってみると、エレーンは地平線を目の前にしていた。それまで見たこともなかったこの世界は、それまで見たこともなかった光を浴びていた。そして同じその光を顔に浴びたリカルドは、操作盤の上で手を動かし、何やらよくわからない装置（揺れる針、色つきの光）を覗き込んでいた。ラ・ドラーダにほど近いプエルト・サルガールにあるパランケーロ基地まで向かっていた。これが彼からの彼女への結婚の贈り物だった。数十分を貸小型飛行機で飛ぶという贈り物に使われたこのセスナ・スカイラークは、花婿の祖父が、花嫁をびっくりさせてやるといいと言って手配済みだったものだ。エレーンはこれを想像しうる限り最良のプレゼントだと思った。平和部隊の隊員で任地にセスナで出向いたものはひとりとしていないだろうと。一瞬、風にあおられ、それから着陸した。新たな人生、とエレーンは考えた。今し方わたしは新たな人生に着地したのだ。

　実際、新たな人生が始まった。ハネムーンはハネムーンでなく拠点《パーマネント・サイト》への到着のようなものだったし、最初の秘密の儀式は新志願隊員の最初の任務の最中に行われた。最初の任務とは、下水施設のないところへ手配したり、共同体との最初の会合を持ったりすることだった。エレーンとリカルドは、CEUCAのクラスの好意によって、贅沢して最初の二晩をラ・ドラーダの観光客向けの宿で、ボゴタからの家族客やアンティオキアからの畜産業者たちとともに過ごすことができたわけだが、その間に充分な時間があったので、平屋建ての家を手頃と思われる値段で手に入れたのだった。家は、夫婦なのだから当然だが、カパラピでのアパートの部屋に比べれば、ひとかどの出世だった。サーモンピンクで、九平方メートルの土の中庭があり、もう長いこと人の手など入っていなかったその庭を、エレーンはすぐさま手入れにかかった。新たな人生の始まった今では、朝は新たな個人的意味を持つにいたっていたことに彼女は気づいた。朝の最初の光とともに起き出すのは、ひとえに、日中の獰猛な暑気に覆い尽くされる前の夜明けの涼しい空気を感じるためなのだった。「朝早く冷たい水風呂に入るのよ」と彼女は祖父母に書き送った。「ボゴタではお湯がでないってあれだけ文句を言っていたわたしが。風呂に使う桶はトトゥーマって呼ばれてる。写真を送るね」。最初の数日で彼女は、後々必要不可欠だとわかるあるものを手に入れた。近隣の集落に行くための馬だ。名前をタパウエコと言ったが、エレーンはその名を発音するのにたいそう苦労したので、ついにはトルーマンに換えてしまった。三段階で走ることができた。並足、だく足、レース並みのギャロップだ。「月々五十ペソ払えば」とエレーンは書いている。「ある農夫が面倒を見てくれて、餌もやってくれて、毎朝八時にわたしのところに連れてきてくれる。お尻にマメができて全身筋肉痛だけど、日に日に乗り方がうまくなっていくのよ。トルーマンはわたしよりもずっといろいろなことを知っていて、何かと助けてくれる。お互いの心は通じ合っているの。それが重要なこと。馬といっしょに学べば時間のやりくりもできるようになる。誰からも教えてもらうこともなく、安上がり。〈荒野の七人〉のひとりじゃないけれども、熱狂は失っていないのよ」

そしてまた彼女は人々との接触も持った。前任の志願隊員、というのはオハイオ出身の小僧っ子で、エレーンは最初に会ったときから彼を軽蔑していた（映画に出てくるイエスの使徒のような髭を蓄えているものの、まったくリーダーシップに欠けていた）のだが、その彼の引き継ぎを受けて三十人ばかりの人物の名簿を作った。そこには司祭や名家の長たち、村長たちに加えて、ボゴタやメデジンの地主などもいた。不在の有力者たちとでも言おうか、土地を所有していながらそこに住んでいるわけではなく、そこから金を得て生計を立てているのだが、そこにかかる税金は一切払ったことがないという手合いだ。夜になるとエレーンは、夫婦ふたりのベッドの上で、そのことの愚痴を言ったものだ。それから、コロンビアでは市民誰もが政治屋だというのに、政治家たちは誰ひとりとして市民のために一切働こうとはしない、という不平も言った。まるで人生の折り返し点を過ぎたかのように振る舞っていたリカルドも、あからさまに楽しそうな顔をして見せ、彼女をウブと呼び、無垢だと言い、世間知らずのグリンガ呼ばわりし、彼女を、彼女の社会的使命に基づく試みを、第三世界の善きサマリア人たらんとする試みをからかうと、耐えがたいほどの家父長的表情をしながら、ひどい訛《なまり》で鼻歌を歌うのだった。What's there to live for? Who needs the Peace Corps?（生きる望みはあるか？　平和部隊なんて必要？）そしてこの歌にこめられた皮肉に笑うこともできなくなったエレーンが怒れば怒るほど、彼は熱狂して歌うのだった。

I'm completely stoned,　（すっかりラリッちまった）
I'm hippy and I'm trippy,　（俺はヒッピー、トリップしてばかり）
I'm a gypsy on my own.　（独り気儘なジプシー）

「Go fuck yourself（とっととくたばりやがれ）」と彼女は言ったのだが、彼にもその意味はよくわかっていた。

クリスマスの二、三日前、地元の医者との労多くして実りの少ない長い会合から帰宅したエレーンは、一刻も早く風呂に入って汚れと汗を流したいと渇望していたのだが、蓋を開けてみると客がいたのだった。夕暮れ時で、近隣の家の窓からはかすかな光がポツポツと漏れてきていた。トルーマンを手近な杭にくくりつけ、庭から勝手口へと回って家に入り、発泡スチロールのアイスボックスからコカコーラを取り出していると、声が聞こえてきた。部屋からではなくリヴィングから聞こえてきたし、ふたりの男の声だったので、誰か知り合いが、グリンガに頼みごとをしようと帰りを待っているのだろうと彼女は思った。それまでにも何度かそんなことがあったのだ。エレーンは愚痴を言ったものだ。コロンビア人たちは平和部隊が自分たちの気乗りしないことや難しく思われることをやってくれるものだと思っているのだ。「植民地根性ね」そういう話になると彼女はよくリカルドに言っていたものだ。「長いこと他人任せだったことがぬぐい去れないでいるのよ」。こうした客に挨拶し、家族はどうだ、子供は元気かといったつまらない言葉をひとしきり交わし、ラムかビールを出してこなければならないのか（こうした人物がいつ有用になるか知れたものではないし、コロンビアでは仕事がものを言うのではなく、友人関係やコネがものを言うからだ）と思うと、突然、底なしの疲れを感じた。しかしその時聞こえてきた声のうち一方には訛があり、何となく聞き知った声のような響きがあった。まだ向こうからは見られないように覗いてみると、まず見えたのがマイク・バルビエリで、そしてほとんど自動的に、すぐさまカルロスの姿も見えたのだった。カパラピであれだけお世話になったあの兎口の男だ。きっと彼女の足音が聞こえたのだろう。でなければ彼女がやって来たことに勘づいたのか、三人は同時に振り向いた。

「ああ、遅かったじゃないか」とリカルドが言った。「さあ、そんなところに突っ立ってないで、入って来なよ。この人たちはあんたに会いに来たんだ」

長い歳月が流れてこの日を思い出したエレーンは、彼が嘘をついていたと、反証も疑う理由もないほどにはっきりとわかったことに、改めて驚くことになるだろう。彼らは彼女に会いに来たのではなかったのだ。エレーンにはその言葉が発された瞬間にそのことがわかった。カルロスと握手をした時、彼がこちらの目を見ようともしなかったので、悪寒が走った。何か居心地の悪い感じがした。マイク・バルビエリとスペイン語で挨拶を交わし、元気か、首尾はどうだ、なぜこの間の県大会に来なかったのか、などと訊ねた時には、不安のような、不審の念のようなものが生まれた。リカルドは民芸品の市場で二束三文で買った籐の揺り椅子に身を沈め、客ふたりは木のベンチに腰かけていた。三人の真ん中、テーブルのガラス板の上には書類が数枚あって、リカルドはそれを素早く手に取ったのだが、エレーンはそこに描かれていた乱雑な図を見逃さなかった。アメリカ大陸の形をした大きなエクトプラズムのような、あるいは子供が描いたのでわからないけれども、本当はアメリカ大陸を描きたかったとでも言いたげな形のようなものがあった。「何してるの?」とエレーンは訊いた。

「マイクがクリスマスを一緒に過ごしに来たんだ」とリカルドは言った。

「お邪魔でなければ」とマイクが言った。

「邪魔だなんて、そんな」とエレーンが言った。「独りで来たの?」

「ああ、独りだ」とマイクが言った。「君たちふたりがいれば、それでいいさ」

そこでカルロスが立ちあがり、エレーンにベンチを示して譲る姿勢を見せ、別れの挨拶なのかそうでないのか、よくわからないことをモゴモゴと言いながら、ごつごつした指の揃った手を挙げると、入り口に向かって歩き始めた。背中全体に大きな汗染みが走っていた。それを上から下まで眺め渡したエレーンは、彼のベルトがベルト通しの上を通っていることに気づき、ズボンはビシッとアイロンがけされていることに気づいた。さらに気にかかったのは、彼のサンダルの立てる音と、そのかかとの灰色がかった革の色調だった。マイク・バルビエリはさらにしばらく居残った。ラムのコカコーラ割りを二杯飲む暇があったのだが、その間にいろいろと話した。サクラメントの隊員がやって来て彼と感謝祭《サンクスギヴィング》を一緒に過ごしたのだが、その彼にアマチュア無線《ハム》で合衆国と通話するやり方を教わったとかいう話だ。それはマジックだった。まさにマジックそのものだった。アマチュア無線家をひとりここで見つける必要がある。合衆国にもひとりアマチュア無線家が必要だ。器具を貸して無線の接続をしてくれるような、人のいい愛好家だ。そうすればたちどころに一ドルも払わず家族と話ができる。といっても心配ご無用、完全に合法で、不正は一切ない。あるいは、あったとしてもわずかだ。大した問題ではない。彼自身がそうやって妹と会話したのだという。金を借りている友人とも話した。一度は目の前から消えてくれと言われた大学時代の恋人とも話したが、今では時も経ったことだし、距離もあるので、最悪の罪も許してやる気になっているのだそうだ。しかもこんな会話をまったくの無料で交わした。これはすごいことじゃないかい？

マイク・バルビエリはクリスマス・イヴをふたりと一緒に過ごし、それからクリスマスも同伴し、さらには新年までいて、一月の二日に別れを告げた時にはすっかり家族との別れの様相を呈していた。目に涙をため、感動してきつく抱き合い、暖かく迎え入れてくれてありがとう、一緒にいてくれてありがとう、やさしくしてくれてありがとう、ラムのコーラ割りをありがとう、との挨拶に終始した。それはエレーンにとっては長い日々だった。ステッキも煙突にぶら下げた靴下もなしとくれば、ついにクリスマスに熱中することもできずじまいだったし、この行き場を失ったグリンゴがいったいいつから自分たちの家に居座るほどの存在になったのかも、結局わからなかったからだ。しかしリカルドは、ひどく楽しそうだった。「あんたは生き別れになってた俺の兄さんだ」と抱擁しながら言ったりもした。夜になって二、三杯呑むと、マイク・バルビエリは葉っぱを取り出して巻き煙草にした。リカルドが扇風機をつけ、三人で政治の話を始めるのだった。ニクソンのこと、ロハス・ピニージャのこと、ミサエル・パストラーナとエドワード・ケネディのこと、彼の乗った車が橋を突き破って海に落ちたこと、それに同乗していて溺死した哀れなメアリー・ジョー・コペクニのことなどを話したものだ。くたくたのエレーンは、最後には寝に行くことになる。彼女が作業をしている地域の農民たちがそうなのだが、彼女にとっても一年の最後の週は休みではなく、その時期も相も変わらず可能な限り早く家を出て、地元の人たちに会いに行っていた。夕方、汗と泥にまみれ、進展の無さにがっかりし、長時間トルーマンに乗っていたのでふくらはぎもパンパンにして帰ってくると、リカルドとマイクが夕食の用意をして待っていた。そして夕食が終わると、いつものパターンだった。窓を全開にし、ラムを飲み、マリワナを吸い、ニクソンとロハス・ピニージャの話、月の静の海と生活がどう変わるのかという話、ホー・チ・ミンの死と戦争がどうなっていくかという話。

一九七〇年の仕事始めの月曜日は乾燥して暑く、きつい一日だった。光が強すぎて、空が青ではなく白に見えるほどの日だった。その日エレーンはトルーマンを駆り、グワリノシートに向けて家を出た。そこでは学校を建設中で、県のボランティアの人たちが組織し始めた識字教育プログラムについての話をしにいくところだった。ある角を曲がったところで遠くにカルロスとマイク・バルビエリが見えたように思った。夕方、帰宅すると、リカルドは仕事が入ったので二、三日家を空けることになったと言ってきた。サン・アンドレスからテレヴィジョン受像器を数台持ってくるだけのいたって簡単な仕事だが、行き先で宿泊することになるとのことだった。そう言ったのだ、「行き先」と。エレーンは早くも彼に仕事が舞い込んできたことを喜んだ。たぶん、結局のところ、パイロットとして稼いでいくのは困難なことではないのかもしれないと思った。「万事順調」と二月の初めにエレーンは書き送っている。「当然、荷物運搬の飛行機を飛ばす方が地元の政治屋たちの協力を勝ちとるより、千倍も簡単よね」。そして書き加えた。「女だったらよけいに協力を得るのは難しい」。さらに、続けた。

ひとつ学んだことがある。村の人たちって誰かに命令されることに慣れているから、親分然として振る舞うことにしたの。すごく残念なことだけど、そしたらうまく行くようになった。そんなわけで、ビクトリア（というのは近隣の村のこと）の女の人たちに働きかけて、医者に栄養摂取と歯科衛生のキャンペーンを張るように要求してもらうことができた。そのふたつが一緒なのはおかしいってことはわかる。でも黒砂糖水ばかり飲んでいたら誰だって歯が悪くなるのよね。

ともかく、少なくともそれだけは達成した。大したことじゃないけれども、手始めにはなるわ。
そうそう、リカルドは幸せそう。オモチャ屋の中の子供みたい。だんだん仕事も入るようになってきた。そんなにたくさんじゃないけど、充分ではあるわ。商業飛行をするには飛行時間が足りてないけれども、そのほうがいい。だってそのぶん料金が安いけど、だから望まれるってわけ（コロンビアではモグリの方がいいに決まってる）。もちろん、顔を合わせる時間は減るわ。とても朝早く出かけて行って、ボゴタから飛び立つのよ。そんな仕事だから一日がかり。時には行きか帰りに、あるいは行きも帰りも前の家に、ご両親の家に泊まることになるのよ。そうするとわたしはここに独り残ることになる。がっかりすることもあるけど、文句言う筋合いじゃないわね。

仕事の合間にはリカルドは何週間も暇になることがあった。そんなわけで午後、エレーンが世界を変えようとがんばってはうまくいかずに悔しい思いをして帰宅すると、リカルドが暇を持て余した末に工具箱を取り出して何やら作ったりしていたこともあり、家はすっかり工事中の様相を呈することになった。三月にはリカルドは、それまでにすっかり立派な庭園に作り上げていた土の中庭に、エレーンのために浴室を作ってあげた。家の外壁に隣接した小さな四角い囲いで、そこでエレーンがホースを取り出して星空の下でシャワーを浴びられるという具合だ。五月には工具をしまう棚を作り、そこにどんな泥棒でも気落ちしてしまいそうなトランプくらいの大きさの難攻不落の錠前をかけた。六月には何も作らなかった。それというのも、いつもより留守がちだったからだ。エレーンと話し合い、航空クラブに戻って商用パイロットの免許を取ることにしたからだ。そうすれば荷物運搬に加えて、客も乗せることができるだろう。それが肝心なところなのだ。「そうなったら本格的に遊覧飛行しようじゃないか」と彼は言った。免許を取るためにはほぼ百時間の飛行時間を要したが、その前に指導員を横に乗せての訓練も十時間ばかり受ける必要があった。それで週日はボゴタに行き（実家に泊まって両親の近況を聞き、自分の新婚生活を語り、乾杯し、喜び合った）、ラ・ドラーダには金曜日の夕方に戻ることにした。列車かバスで戻るのだが、一度はハイヤーを雇ったこともあった。「ずいぶん贅沢して」とエレーンは言った。「気にしないね」と彼は言った。「あんたに会いたかったんだ。俺の妻の顔が見たかったんだ」。

そんなある日、夜半過ぎにやって来たことがあった。バスでも列車でも、ましてやタクシーでもなく、白いジープに乗ってだった。エンジン音も喧《かまびす》しくライトもまぶしく、通りの静けさを乱しての御成だった。「今日はもう戻って来ないのかと思った」とエレーンは言った。「遅い時間だし、心配してたのよ」。白いジープに顔を向け、「で、あれは誰のものなの？」

「気に入ったかい？」とリカルドが言った。

「ジープね」

「ああ」と彼は答えた。「それで気に入ったかい？」

「大きい」とエレーンは言った。「白い。うるさい」

「あんたにあげるよ」とリカルドは続けた。「クリスマスプレゼントだ」

「まだ六月よ」

「いいや、もう十二月だとも。気候は変わらないだろう。なあ、わかってるだろう、あんたはコロンビア人になったつもりなんだからさ」

「でもどこから持って来たのよ」子音を強調しながらエレーンは訊ねた。「いったいどうやって、いつの間に……」

「あれこれ詮索しすぎだな。馬だと思えばいいさ、エレーナ・フリッツ。ただこっちの方が速いってだけだし、それに雨が降っても濡れなくてすむ。さあ、一回りしてこようぜ」

ニッサン・パトロール六八年型だとエレーンは教えられることになる。色は正確には白ではない。よく注意してみればわかるが、アイヴォリーだった。そんなことを教えられても動じなかった彼女も、二枚の後部ドアと客席には目を見張った。床に簡易マットでも敷けそうなほどに広かったのだ。ただし、そんなものなど敷く必要もなかった。というのは、ジープに備え付けのベージュのクッションの折りたたみ式ベンチシート二脚は、子供ひとりがゆったり寝られるほどの大きさだったからだ。前のシートはまるで大きなソファだった。そこに身を落ち着けたエレーンには、長く細いシフトレバーが床から生えているのが見えた。梨型のヘッドには三速のギアの数値が書いてあった。白い計器板も見えたが、白ではなくアイヴォリーなのだろうと考えた。さらに目に入った黒いハンドルを、リカルドが操作し始めたので、グローヴボックスの上にあった手すりに彼女はしっかりとつかまった。ニッサン車は手始めにラ・ドラーダの通りを走り、たちどころに自動車道に出た。リカルドはメデジン方面に向かった。その時、言ったのだった、「首尾は上々だ」。ニッサンは町の光を背後に残し、夜の闇の中に沈み込んだ。ライトが照らされ、道路脇に鬱蒼たる木が現れた。びくびくと歩く犬の目が光った。汚水の水たまりがきらめいた。夜はじめじめとしていたので、リカルドがベンチレーターを開けると暑い空気の息吹が車内に吹き込んできた。「首尾は上々なんだ」と彼はもう一度言った。エレーンには彼の横顔だけが見えた。闇に包まれたその顔には強い決意の表情が見て取れた。リカルドは同時に彼女を見ながらも何が飛び出してくるかわからない（別の動物が気を取られて出てくるかもしれないし、路面が陥没してちょっとしたクレーターのようになっているかもしれない。酔っ払って自転車に乗っている者もいるかもしれない）道路の様子も見失わないようにしていた。「首尾は上々だとも」とリカルドが三度目に言った。エレーンがわたしに何か伝えようとしてるんだと考えたちょうどその時、夜の暗がりから出てくるように、ある考えがふと目の前に立ち現れたのでびっくりしたちょうどその時、眩暈《めまい》がするとか怖いなどと言って話題を変えようとしたちょうどその時、リカルドは疑いの余地など一寸も与えない調子で言ったのだった。「子供が欲しいんだ」。

「どうかしちゃったのね」とエレーンは言った。

「なんでだ？」

　エレーンは手を大きく振りながら答えた。「だって、子供を産むのってお金がかかるのよ。わたしは平和部隊の志願隊員だし、薄給で生活はかつかつ。その前に勤続期間を終えなきゃならないし」。勤続期間という語を発音するのに舌がもつれ、えらく苦労した。曲がりくねった自動車道のようで、一瞬、間違えたかと思った。「わたしは今のままがいい」それからそう言った。「今やってることが好きなの」

「そのまま続ければいいさ」とリカルドは言った。「その後でだ」

「でもどこに住むの？　あの家では子供は無理よ」

「なら引っ越しすればいい」

「費用はどうするの」と言ったエレーンの声には苛立ちのようなものがあった。リカルドを聞き分けのない子供のように扱っていた。「いったい何を考えてるの、あなた《ディア》、思いつきでそんなことはできないのよ」彼女は長い髪を両手で引っ詰めた。それからポケットを探ってゴムバンドを取り出すと、ポニーテールにまとめて汗にまみれたうなじに風を送った。「子供を持つなんて思いつきではできないの。You just don't, you don't（できないったらできないのよ）」

リカルドは応じなかった。車中は重い沈黙に包まれた。ニッサンの音だけが聞こえていた。エンジンの唸り声、タイヤがゴツゴツの路面に擦れる音だけが聞こえていた。すると道ばたに広大な草原が開けた。エレーンはカポックの木の下に横たわる牝牛を二頭見たように思った。その皮膚の白が草原の等し並みの黒を打ち破っていた。奥では低く垂れ込めた霧を背景に、岩が際立っていた。ニッサンはデコボコの舗装道路を走っており、ライトに照らされない場所は一面灰色と青に包まれていた。だがその時、自動車道は茶色と緑色のトンネルのようなものに突入した。道の両側に木々が立ち並び、その枝が巨大なドームのように覆っていたのだ。エレーンはこの映像をいつまでも憶えていることになる。熱帯の植物が周囲を取り囲み、空さえも見えない情景だ。それを記憶に刻むのも、まさにその瞬間、リカルドが、今度はしっかりと道路に目を据え、エレーンには一切目を向けず、むしろ目が合うのを避けながら、マイク・バルビエリとある商売をしていること、その商売には将来の展望があり、その商売のおかげで色々と計画が立つのだということを語ったからだ。「思いつきで言ってるんじゃないんだ、エレーナ・フリッツ」と彼は言ったのだ。「このことはもうずいぶんと長いこと考えてきた。細かいことまでびっちりと見通しが立ってる。あんたがその計画のことを知らずに来たのはまた別の話で、それっててのも、まあ、今のところあんたにゃ関係ないからだ。でももう関係ができちまった。何もかも説明しようじゃないか。話を聞いてから子供を持てると思うかどうか教えてくれ。それでいいか？」

「ええ」とエレーンは言った。「それでいいわよ」

「よし。じゃあ今のマリワナの具合から話し始めるぞ」

彼は語って聞かせた。前年、米墨国境が封鎖されたと語った（ニクソンは合衆国を薬草の侵入から守ろうとしたのだ）。おかげで商売あがったりの売人たち、猶予など与えるはずのない顧客につつかれ、目を別の場所に転じた多くの仲買人たちのことを語った。ジャマイカの話を出した。それが消費者にとって一番手近な選択肢のひとつだと。しかしそこよりもサンタ・マルタ山脈だと、ラ・グワヒーラ県、マグダレーナ渓谷地帯なのだと語った。これまでのわずか数カ月の間にサンフランシスコから、マイアミから、ボストンから多くの人が、確実に収益をあげるのに適した商売相手を探しに来たのだと語った。彼らは運が良かった。マイク・バルビエリに行き着いたからだ。エレーンは一瞬、カルダスの志願隊員リーダーのことを考えた。インディアナ州サウス・ベンド出身の司教派で、地域での性教育プログラムをボイコットした経歴のある人物だった。その彼が知ったらどう思うだろう？　しかしリカルドの話は続いていた。マイク・バルビエリは商売相手どころではない。彼こそがパイオニアなのだ、と。彼が農民たちに色々と手ほどきしたのだった。農業に詳しい他の隊員とともに技術を伝授した。どこに種を撒けば茎が山の地形に守られるか、どんな肥料を使えばいいか、雌株と雄株をどう分けるか、といったことを教えた。そして今や、この辺りからメデジンにかけての十から十二ヘクタールの灌漑地にコネを持つにいたり、一回の収穫で四百キロばかりも産出するまでになった。彼が農民たちの生活を一変させた。そのことについては寸分の疑いの余地もない。農民たちは今ではいつになくたくさんの収穫を、しかも最少の努力で上げている。それもこれも葉っぱのおかげだ。葉っぱを巡る情勢のおかげだ。「葉っぱをビニール袋に詰める、袋を飛行機に載せる、まあ一番手頃なやつだと思いな、セスナの双発機だ。俺が飛行機を任される、それに乗ってあるものと別のものを取り替えて戻ってくる。マイクが払うのは、たとえば、一キロあたり二十五ドルだとしよう。するとトータルで一万になるが、それは極上のものの時だけだな。どんなに不首尾の時でも一回の行き来で六万か七万は持って帰るし、もっと高く上がるときもあるからな。それだと何回運搬すれば子供が持てる？　あんたが計算して答えを出してくれよ。わかって欲しいんだが、俺は必要とされてるんだ。いい時にいいとこで俺がいたってわけだ。巡り合わせの妙だね。でもこうなると運が良かったなんて話じゃなくなる。俺は必要とされている。俺なしでは話が進まなくなってるんだ。俺のおかげで、後は乗り出すだけってことになった。何しろ着陸場所や離陸場所を知ってるのは俺だ。俺がその機種にはどうやって荷物を積み込むか、積載量がどれだけか、どんな風に配置すればいいか、長距離飛行に必要なだけの燃料タンクをどうすりゃ機体に隠せるかを知ってる。エレーナ・フリッツよ、あんたにゃわからないだろう。夜に離陸するってのがどういうことかなんて、あんたは想像できまい。夜に離陸して山々の間を縫って飛んだらアドレナリンがどっと出るんだ。下にはアルミ箔みたいな、溶けた銀が流れ出したみたいな川が見える。月に照らされたマグダレーナ河は、そりゃあ印象的なもんだよ。それを上から眺めて、その流れに沿って飛んで、海に出るんだ。無限に開けた海に、まだ夜も明けないうちに出て、海から昇る陽を眺めるんだぜ。水平線が火がついたみたいに赤くなって、陽の光がとんでもなく明るくて目が眩むんだ。まだ二回しかやったことがないんだがな、だがもうルートもわかってる、風も距離も把握してる、今運転してるこのジープと一緒で、飛行機がどんな厄介な反応を見せるかもすっかりわかってる。それに他の連中だってそろそろ気づいてる頃だ。俺がこのマシンをどこからだって離陸させられるし、どこにだって着陸させられるってことをな。ならされた土地が二メートルもあれば離陸できるし、カリフォルニアの石だらけの砂漠にだって着陸できるんだ。レーダーに引っかからない場所に隠すこともできる。どんな小さな場所でも俺の飛行機は入るんだ。セスナでもいいし、あんたが別の飛行機だって言うんなら、それでもいい、ビーチクラフトでも何でもいい。二つのレーダーの間の死角があれば、俺はそれを探し出してそこに飛行機を収納する。エレーナ・フリッツよ、俺はうまいんだ、すごく良くできたやつなんだ。飛ぶごとにうまくなっていく。そう考えたら自分で自分が怖くなるほどだ」

九月の終わりには、まだ季節には早いのに一週間もスコールに見舞われ、氾濫する渓流も出て、少なからぬ数の家々が衛生上の危機に見舞われた、そんなある日、エレーンは平和部隊マニサーレス支部の志願隊員の県大会に出席した。地元の手工芸品職人たちとの協力態勢をどのように築くかという、むしろ口論のような議論の最中に、彼女は胃に違和感を覚えた。部屋の出口まで達することもできなかった。他の志願隊員たちには彼女がうずくまって片手で椅子の背にしがみつき、もう一方の手で髪を引っ詰めると、ゼラチンのような黄色い液体を赤いタイル張りの床に吐き出すのが見えた。仲間たちが彼女を医者に連れて行こうとしたが、彼女はその必要はないと説き伏せた（「何でもない。女特有の事情だから、そっとしておいて」）。そして数時間後には、彼女はこっそりとエスコリアル・ホテルの二二五号室に入ってリカルドに電話し、迎えに来てもらった。町と町を結ぶ長距離バスには乗れそうにないような気がしたからだ。待っている間に大聖堂周辺を一巡りし、最後はボリーバル広場のベンチに腰かけ、制服姿の子供たちやポンチョに身を包んだ老人、手押し車を押す物売りなどが通り過ぎるさまを眺めた。若い男性が箱を脇に抱えてやって来て、靴を磨こうと申し出たので、訛で悟られないよう無言で頷いた。広場をざっと眺め渡し、一目見ただけで自分がグリンガだとわかる人はどれくらいいるだろうかと自問した。コロンビアには一年ちょっとしかいないとわかる人はどれだけいるだろうか、コロンビア人と結婚したとわかる人はどれだけいるだろうか、自分が妊娠していることに気づく人は何人いるのだろうか。そしてマニサーレスの空が爪先に反射するほどピカピカに磨いてもらったエナメル靴の音を響かせてホテルに戻ると、レターヘッドつき便箋に手紙を書き、それから横になって名前を何にしようかと考えた。何ひとつ思いつかなかった。知らず知らずのうちに寝入ってしまった。その日の午後はいつになく疲れたのだ。

目を覚ますとリカルドが隣にいた。裸で眠っていた。部屋に入って来たのには気づかなかった。未明三時だった。このホテルのポーターや夜警はいったいどんな人たちなのだろう？　知らせもせずに見知らぬ人物を入れるなんて、何ごとだろう？　リカルドはその女が自分の妻だと、自分がその彼女のベッドに寝る権利があるのだと、いったいどうやって証明したのだろう？　エレーンは気分が悪くならないよう、壁の一点を見つめて立ちあがった。窓から覗いてみると人のいない広場の角が見えた。手を腹に持っていき、声を殺して泣いた。ラ・ドラーダに着いたらまず、トルーマンを引き取ってくれる家を探さなければならないと考えた。向こう数カ月、あるいは一年まるごと、馬に乗ることは禁じられるだろうからだ。そうだ、それが最初だ。そして次にしなければならないことは、別の家を探すことだろう。

家族で住める家を。志願隊員のチーフにも知らせるべきだろうかと自問した。ひょっとしたらボゴタにも連絡しなければならないだろうかと。その必要はないと自分に言い聞かせた。体が許す限り仕事をしようと決めた。それからはその時の状況を見れば先も見えてくるだろう。リカルドを見ると、口を開けて眠っていた。ベッドに近づいてシーツをつまみ上げた。ぐったりとしたペニスが見えた。ちりちりの陰毛が見えた（彼女のはまっすぐだった）。手を自分の性器に持っていき、それからまた腹に回した。まるで腹を守るかのような格好になった。What's there to live for?（生きる望みはあるか？）と突然、思いつき、頭のなかで歌った。Who needs the Peace Corps?（平和部隊なんて必要？）そして再び眠りに落ちた。

エレーンはもうこれ以上は無理だという日まで働いた。最初の数カ月で彼女の腹は予想以上に膨らんだけれども、急激に激しい疲れを感じて正午前に昼寝せざるを得なくなったことを除けば、妊娠したからといって生活のリズムが変わるわけではなかった。それでも変わったこともある。エレーンはそれまでになく暑さと湿気を気にするようになった。実際のところは、自身の体を意識するようになったのだ。彼女の体は今では大人しく沈黙することをやめ、日に日にお願いだからこっちを向いてくれと泣き叫び、まるで問題の多い少年か、酔っ払いの体たらくだった。エレーンは自身の体の重みがふくらはぎにかけてくる圧力を憎んだ。何でもない四段の階段を上るだけで太腿にみなぎる張りを憎んだ。小さくて自分でも気に入っていた乳輪が急激に大きく、黒くなっていくのを憎んだ。恥ずかしく、悪いことをしているような気になった彼女は、気分がすぐれないと言い訳して集会を休みがちになった。そして金持ちたちのホテルに出向いて午後の時間をプールで過ごすのだった。それもこれもひとえに、しばらくの間、冷たい水に浮いて重力を忘れたふりをして楽しむことができるからだ。そうやっていると、自分の体がこれまでずっとそうだったように軽いものに戻ることができるからだ。

リカルドは彼女にかいがいしく尽くした。妊娠している間は一度しか運搬の仕事をしなかった。ただし、その一度の積荷は相当なものだったと思われる。というのも、紺色の合成皮革に金のファスナー、下から飛びあがる白い豹の絵のあるテニスバッグが、ドルのピン札でパンパンになっていたからだ。きれいな光沢のある札束はまるで偽物、テーブルゲームに使う模造紙幣みたいだった。ぎっしりと札束が詰まっていたのはバッグだけではなくて、この型のテニスバッグには外側に別室のようにラケットケースが縫い付けてあるのだが、そこもまたいっぱいだった。リカルドはそのバッグを自分で作った箪笥に入れて鍵を閉めて保管し、月に二度ばかりもボゴタに上ってドルをペソに換金した。エレーンには細心の注意を払った。ニッサンで送り迎えし、医者の定期検診に付き添った。彼女が体重計に乗るのを見守り、疑いの目で針を見ては、まるで医者の記録は不正確か、信頼に欠けるとでも言いたげに、新たな測定結果をメモ帳につけた。仕事にもついて行った。学校を建設するとなったらへらをしっかりと握り、レンガの繋ぎにセメントを塗った。セメント用の砂利を手押し車に入れて行ったり来たりした。そしてまた濾過器のネットを手ずから修繕したりもした。共同体の人たちとの話し合いの段になると、部屋の奥に陣取って妻の日々上達するスペイン語を聞き、エレーンが何かの単語を思い出せないでいると訳してあげたりもした。ある時、エレーンはドラダルの村長を訪問しなければならなくなった。豊かな髭を蓄え、シャツのボタンをへそまで開けたこの男は、アンティオキアの蛇使いのようによくしゃべったけれども、結局はポリオワクチンの一斉接種の許可を与えてくれなかった。お役所仕事とはこうしたもので、時間がかかるのだが、子供の病気は待ってはくれない。別れを告げた時には敗北感たっぷりだった。エレーンはジープに乗るのもひと仕事といった風情で、ドアの取っ手につかまり、シートの背もたれにしがみついてやっとのことで座席に身を落ち着けたのだったが、その時、リカルドが言った。「ちょっと待っててくれ。すぐに戻る」「どこ行くの?」「すぐ戻るから。一瞬だけ待っててくれ」。見ていると彼はシャツの胸をはだけた男の家にまた入り、何かを言い、それからふたりで扉の向こうに消えた。四日後、エレーンのもとに記録的な速さで一斉予防接種の許可が出たとの知らせが届き、彼女は頭の中にある場面を思い描くことになった。リカルドがポケットに手を突っ込み、役人に心づけを渡し、お望みとあらばもっとやろうと伝えている場面だ。本当はその疑いが正しいかどうか、リカルドにじかに問いただし、白状を引き出して確かめたかったところなのだが、そうはしないことにした。結局のところ、目的は果たしたのだから。子供たちのこと、子供たちのためを考えること。ともかく、子供たちが大切なのだ。

妊娠も三十週目に入り、突き出た腹がいよいよ仕事の妨げになるようになると、エレーンは志願隊員のリーダーからまずは特別な許しを得た。それからボゴタの平和部隊本部発行の正式な産休許可をもらったが、そのためには医師の診断書を郵便で送る必要があった。走り書きのひどい診断書を書いた若い医師はラ・ドラーダの勤務医で、産科医の資格もなく、医学的にも理由などないのに、性器検査をしようと言ってきた。それまでの検査で既に半裸だったエレーンは反対し、怒りさえした。そんな時にまず頭に浮かんだのは、このことはリカルドには言えないということだった。そんな話を聞いたら何をするかわかったものではないからだ。けれども、ニッサンで帰宅途中、夫の横顔と長い指に黒い産毛の生えた手を見ていると、突然、欲望が突き上げてきた。リカルドの右手はシフトレバーのヘッドに置かれていた。エレーンはその手首をつかまえ、脚を開いた。すると手は悟った。リカルドの手は理解した。帰宅すると言葉もなく、泥棒のようにいそいそと家に入り、カーテンを閉め、勝手口に閂をかけた。それからリカルドは裸になり、脱いだ服を、蟻がたかるのも気にせず床に脱ぎ散らしていった。その間にエレーンは白いカーテンを向いた姿勢でシーツの上に横たわり、正面が光の枠に包まれた。昼間の陽光は強く、カーテンを閉めてもなお、影がさした。エレーンは三日月のように突き出た自分の腹を眺めた。すべすべで暖かい肌の上から下に羽で描いたような紫の妊娠線が走っていた。張った胸がシーツの上にぼんやりと影を作っているのが見えた。これまで自分の胸が影を作ったことなど一度もなかったのだとの思いがよぎったところで、胸はリカルドの手に包まれて見えなくなった。その手の指に触れられ、エレーンは黒ずんだ乳首が硬くなるのがわかった。それからリカルドの唇が背中に触れた。そして後ろから貫かれるのを感じた。こんな風にまるでエストラランディア社のブロック模型のように結合したのが出産前最後の愛の営みとなった。

マヤ・ラベルデは一九七一年七月、ボゴタのパレルモ産科クリニックで生まれた。ニクソン大統領が公の演説ではじめて麻薬戦争という語を使ったのとほぼ同時期だ。エレーンとリカルドは三週間前にラベルデ家に移ったが、エレーンはそれには反対だった。こう抗弁した。「ラ・ドラーダの産科は貧しい家の母親たちの助けになるのだから、わたしにだって助けにならないはずがないでしょう」

「お願いだ、エレーナ・フリッツ」とリカルドは言った。「頼むから言うことをきいてくれ。そんなに世界を変えようとばかり思わないでくれよ」

その後の経過を見るに、彼は正しかった。生まれた女の子は内臓に問題があり、緊急手術を行うことになった。地方の診療所では執刀医も小児科用の必要な道具も揃わなかっただろうから、生まれたばかりの子供の命は助からなかったかもしれないとは、誰もが認めるところだった。マヤは数日の間は経過観察に付された。入れられた保育器というのが、覆いは大昔は透明だったはずなのだが、今では使い古しのコップのように引っ掻き傷もあれば濁ってもいた。赤ん坊に乳をあげる時には、エレーンがその保育器の隣に座り、看護婦がそこから子供を取り出し、腕に預けてやるのだった。看護婦は腰周りの広い女で、マヤを母親の腕に預けるときにはわざともたついているようにも見えた。やさしい笑顔を赤ん坊に向けているのを見て、最初エレーンは羨ましく思った。こんなにやさしい笑顔が作れるということが驚きだったし、それが自分の立場を脅威にさらすもうひとりの母親のように思われ、本能的につっけんどんに反応してしまったのだった。

子供の退院許可が出た直後、リカルドは一度運搬の旅に出ることになった。しかしまだラ・ドラーダの家に戻るには時期尚早だったし、エレーンと子供がふたりきりになると考えただけでゾッとしたので、リカルドはボゴタの実家に残るようにと提案した。グロリアさんと、暗い色の肌に長い黒髪を三つ編みにし、亡霊のように家をたゆたっては行く先々で掃除したり片づけたりしている女に面倒を見てもらうようにと。「訊かれたら俺は花を運んでるって答えてくれ」とリカルドは言った。「カーネーションでも薔薇でも、蘭でもいいから。そうだな、蘭はいいかもな。蘭が輸出されてることはよく知られてるもんな。グリンゴたちは蘭がたまらなく好きだから」。エレーンは微笑んだ。ふたりははじめて睦《むつ》んだ狭いベッドに横になっていた。十二時を回っていた。一時か二時ごろだった。マヤが腹を空かして泣き、か細い鼻音で叫んだので目が覚めたのだった。こうなるともうその小さな口を母親の突起した乳首の周りに押し当てなければ静まらない。乳をあげると赤ん坊はふたりの間で眠るのだが、そのためには彼らは場所を空け、ベッドの中であぶなっかしくバランスを取りながらまっすぐの姿勢になった。こうして彼らは体を半分ベッドの外に出し、向き合って寝るはめになったのだが、向き合うと言っても暗がりの中でのこと、闇に包まれた相手の顔の輪郭さえわかるかどうか、怪しいものだった。眠気はすっかりどこかへ行っていた。赤ん坊は眠っていた。エレーンには彼女の甘いパウダーの匂いが、石鹸の、新しいおむつの匂いが感じられた。彼女は手をあげると盲人のようにリカルドの顔に触れ、それから囁《ささや》き声で話し始めた。「一緒に行きたい」とエレーンは言ったのだ。

「いつかな」とリカルドは応じた。

「あなたが何をやってるか見たいの。危険でないことを確かめたい。危険な仕事の時には教えてくれる?」

「もちろん」

「ひとつ質問してもいい?」

「質問してみなよ」

「捕まったらどうなるの?」

「捕まりゃしないさ」

「でも万一捕まったら?」

リカルドの声色が変わった。裏返ったような、上ずった調子になった。「何かを欲しがっている連中がいる」と彼は言った。「その何かを栽培する人がいる。マイクがそれを俺に手渡し、俺が飛行機で運ぶ。それを受け取る人がいる。それだけだ。欲しがっているものを欲しがっている連中にあげるんだ」しばらく沈黙があり、それから続けた。「それに、その何かは早晩、合法になる」

「でもあなたの姿を想像できない」とエレーンは言った。「いない時にはあなたのことを考えようとするんだけど、何をやってるのかしら、どこにいるのかしら、なんて思うんだけど、想像できないの。それがとてもいや」

マヤが溜め息をついたが、短く静かなものだったので、どこから来たのか、一瞬、わからなかった。「夢を見てるのよ」とエレーンが言った。リカルドが大きな顔を、がっしりとした顎《あご》と分厚い唇を、赤ん坊の小さな顔に近づけるのが見えた。音を立てずにキスし、それからもう一度キスするのが見えた。「俺の子供」と言っているのが聞こえた。「俺たちの子供」。そしてそれから、何の前置きもせずに話題を変え、運搬の旅についての話を始めるのが見えた。マグダレーナ河まで達する畜産農場で、その家畜の飼育場は中に飛行場も造ろうと思えば造れるほどの大きさだったという。セスナ310スカイナイトを乗り入れられるくらいの飛行場だ。この飛行機が、二、三日前からこの方、リカルドのお気に入りのアシなのだと、彼はそう言ったのだ。「俺のお気に入りのアシだ。もう造られてない型なんだ、エレーナ・フリッツよ。あの子はグズグズしてたら知らないうちに遺物になっちまう」。そしてまた空中を飛んでいる時の孤独の話もした。積荷いっぱいの飛行機と空っぽの飛行機がどれだけ違うかも語った。「空気は寒くなって、音もうるさくなって、ますます孤独に感じるんだ。人がいるときだってそうだ。

そうだとも、人がいても同じなんだよ」。カリブ海の広大さの話もしたし、行き先を見失うのが怖いとも言った。行き先を見失うと考えただけで海の茫漠さと同じくらい無際限の恐怖を感じると。彼は一度も行き先を見失ったことなどないのだが、そんな者でも怖さを感じるのだと。キューバに近づくにつれて迂回しなければならないことも語った。「グリンゴと間違えられて迎撃されるといけないからな」との説明だ。そしてそこから先は何もかもが見知った、奇妙なまでに親しみのある光景に見えるのだとも語った。ナッソーに着陸しようとしているのだけど、そうではなくて、まるで帰宅したみたいに感じられるのだと。「ナッソー?」とエレーンが口を挟んだ。「バハマの?」ああ、とリカルドは言った。ナッソーと言ったらひとつしかないだろう、と。そして話を続けた。ナッソーの空港で、管制官たちのその目の前では、というのも、彼らは見ながらにして見ていない(何千ドルだかの金で視力と記憶力が修正を受けている)からだが、そこではオリーヴグリーンのシヴォレーのピックアップトラックが彼を待ち受けていて、ジョー・フレイジャーそっくりの屈強なグリンゴが、あれこれと詮索されることがないのが唯一の贅沢といった風情のホテルまで、運転して連れて行ってくれるのだった。到着は常に金曜日。そこで二晩過ごすのは疑われないようにとの配慮からだ。リカルドはかくして週末を友人か愛人と過ごすためにやって来た金持ちになりすますのだ。味気ないホテルに二晩閉じこもり、ラムを呑み、魚ライスを食べて過ごしたリカルドは、また空港に行って、また管制官たちの見て見ぬ振りは大したものだと感心しながら、愛人を乗せて帰宅する金持ちを装い、マイアミに向けての離陸許可を得ると、ほどなく空に出るものの、マイアミには向かわずに旋回し、サウスカロライナ州ビューフォートの海岸のあたりから入って、解剖略図の血管のようにあちらこちらに分岐していく川が小さい線のようになっているのを下に見ながら飛んでいく。その後は積荷をドルに換えてまた出発し、南へ向かう。コロンビアのカリブ海沿岸、バランキージャ、マグダレーナ河口地帯ボカス・デ・セニサまで来たら、緑の地面を這う茶色い蛇を伝って内陸の村へ行く。二つの山系に囲まれたその村、広大な峡谷の中で賭けをする人の目の前に転がり出たサイコロのような場所に位置するその村、気候が耐えがたく、人の鼻まで焼いてしまいそうな暑さのその村、虫たちが網戸を噛み切ることのできるその村に、リカルドは喜び勇んで戻ってくる。その村では彼が世界で最も愛するふたりが待っているからだ。

「でもそのふたりは村にはいない」とエレーンが言った。「ここにいるのよ、ボゴタに」

「だが長い間じゃない」

「ふたりははっきり言って寒くて死にそう。自分のものじゃない家にいるのよ」

「だが長い間じゃない」とリカルドは言った。

四日後、彼はふたりを迎えに来た。ニッサンを鉄柵とレンガの塀の前に停め、後続の車に追い立てられているかのように大急ぎでおりると、エレーンにジープのドアを開けてあげた。白いおくるみに包んで風に当たらないようにと顔も覆ったマヤを抱いた彼女は、その前を通り過ぎた。「だめ、前はいや」と言った。「女たちは後ろに乗るね」。そんなわけで、娘を抱いて折りたたみ式の後部シートの片側に座り、足をもう一方の座席に投げ出した姿勢のエレーンは、背後からリカルドを眺めながら（丁寧に刈り揃えた髪のラインの下にあるうなじの産毛は、テーブルの三角形の脚のようだった）ラ・ドラーダまでの道を辿ったのだった。道中一度だけ車を停めたのは自動車道沿いのレストランでのこと。つるつるのセメントのテラスから三脚の空のテーブルが彼らを見つめていたのだ。エレーンがトイレに入ると、地面に楕円形の穴が開き、足の置き場を示す痕が刻まれているだけだった。スカートを両手でたくし上げてまとめ、しゃがんで小便をすると、自分の尿のにおいがした。その時、気づいていささか驚いたのだが、それが出産以来はじめて周りに女がひとりもいなくなった瞬間なのだった。彼女は男たちの世界で独りだった。マヤと彼女はふたりきりなのだった。そのことにそれまで思い至らなかった。コロンビアに来てから二年以上が経つというのに、以前は考えたことがなかったのだった。

マグダレーナ渓谷に下って色彩が爆発すると、リカルドが車の左右の窓を開け放ち、会話が成り立ちづらくなったので、ラ・ドラーダに続く直線は黙って過ごした。両側に平原が姿を現した。寝そべったカバのような巨岩、草を食む牛、空中に輪を描くヒメコンドル、エレーンはこれまで見たこともないものを見、嗅いだこともないにおいを嗅いだ。汗が一滴、また一滴と体側を伝って落ちていき、まだ張りが収まらない腰のあたりでなくなるのがわかった。いつの間にかマヤも汗をかいていたので、おくるみを取り払ってぷよぷよの太腿を、青白い肉が折り重なった場所を指で撫でた。一瞬、見つめたその灰色の目は彼女を見てはいない、というか、気を張りつつもぼんやりと全体を眺めているのだった。再び目を上げると、見知らぬ光景が見えた。知らないうちに村に向かう入り口を通り過ぎたのだろうか？　帰宅する前にリカルドには用事でもあるのだろうか？　後部座席から声をかけた。「ここはどこ？　どうしたの？」しかし彼は答えなかった。音がうるさくて質問が聞こえなかったのかもしれない。自動車道を出て、今では牧草の只中に踏み込んでいた。同じ車が以前に通ってできた轍《わだち》をたどり、光も見えなくなるほどの木々の間に分け入り、柵で囲われた土地の外縁を伝って進んだ。木の杭のいくつかは傾いて地面に倒れそうだった。有刺鉄線の刺の穏やかなところは色鮮やかな鳥の止まり木になっていた。「どこに行くの?」とエレーンは訊ねた。「この子が暑そう。入浴させたいんだけど」。するとニッサンが停まった。風がなくなると、車内は突然、熱帯の打撃に見舞われた。「リカルド?」と彼女が声をかける。彼はそれには取り合わずに下車し、ジープの周りをひとまわりしてドアを開けた。「おりな」と言った。

「何のために？　ここはどこなの、リカルド？　家に戻らなきゃ、喉がカラカラだし、この子だってそう」

「ちょっとおりなって」

「おしっこもしたいし」

「すぐ済むから」と彼は言った。「頼むからおりてくれ」

彼女は従った。リカルドは彼女に手を差し出したが、エレーンの両手がふさがっていることに気づいた。それで手を背中に回し（エレーンには汗でシャツがびっしょりになっていることがはっきりとわかった）、轍の手前まで連れて行った。そこでは囲いが木枠に姿を変えていた。細い木材で作られたその長方形が門の代わりなのだった。リカルドは精一杯の力で門扉を持ち上げ、開けた。「入りな」とエレーンに言った。

「どこへ行くの?」と彼女は訊ねた。「この牧場?」

「牧場じゃあないさ。家だ。俺たちの家だ。まだ建てちゃいないんだがな」

「わからない」

「六ヘクタールあって、河縁まで続いている。半分支払い済みで、残りは六ヶ月後に払う。あんたの考えがまとまったら家を建て始める」

「何の考え？」

「どんな家がいいかってことだ」

エレーンはできるだけ遠くまで視線を投げようとして、視界を遮るのが山々の灰色の陰だけだと気づいた。土地は、彼女の土地は軽い傾斜があった。そして木々の向こう側からは丘のように下り坂になって谷へ、マグダレーナ河の縁へと続いていた。「ありえない」と彼女は言った。額と頬が熱くなっているのがわかった。顔が火照っているのだと気づいた。雲ひとつない空を見上げた。目を閉じて深呼吸をした。顔に風が吹きつけるのが感じられた。あるいは感じたと思った。リカルドに近づき、キスをした。短いキスだった。マヤが泣き出したからだ。


新しい家には昼間の空のように真っ白な壁と、つるつるの床をしたテラスがあった。壁のタイルは明るくきれいで、壁を這い上る蟻の列もはっきりと見えた。予想よりも建設に時間がかかったのは、ひとつにはリカルドが作業に加わりたがったからだし、もうひとつにはその土地にインフラが整備されていなかったからだ。リカルドは右へ左へたっぷりと袖の下を払って回ったのだが、それでも電気と水道が届くのを早めることはできなかった（下水道を通すことはできなかったが、その代わり、河のすぐ近くに肥溜めを設置することは容易にできた）。リカルドは、エレーンがまた馬に乗る気になった時のことを考えて、二頭分の馬小屋を作った。プールをひとつと、マヤのための滑り台もひとつ作った。彼女はまだ歩くこともできていないというのに。そしてまた、影を作ってくれるものがなかったので、キョウチクトウやカポックの木を植えさせた。エレーンの抗議にも耳をかさず、椰子の木々の下部を白く塗る作業をじっと見守った。母屋から十二メートル離れた場所に納屋、というか、彼が納屋と呼ぶものも作った。コンクリートの壁が家そのものに負けず劣らず頑丈な建物で、窓のない牢獄のようなその内部に閂をかけた棚を三つ置いた。ゴムバンドできれいに束ねた五十ドル札や百ドル札をぎっしり詰めた秘密の袋をしまうことになる場所だ。一九七三年、アメリカ麻薬取り締まり局設立の少し前、リカルドは地所の名を彫った看板を作らせた。エレーナ荘という名だ。エレーンがすてきだけどこんな大きな看板を掛ける場所がないと言うと、リカルドはレンガの門構えを作らせた。漆喰《しっくい》と石灰を上塗りした二本の柱に土のタイルを貼った横木を渡し、その横木にまるで難破船から取り出したような二本の鉄の鎖を使って看板を掛けさせた。それから人の体ほどの大きさの、緑に塗った木の扉を心棒にしっかりと油を差した蝶番《ちょうつがい》を使って取りつけさせた。それは無用な気遣いというもので、それというのも、有刺鉄線の隙間から身を滑り込ませれば、容易に敷地内に足を踏み入れることができるからだ。けれども、リカルドにしてみれば、作り物で奇妙ですらある感覚であったとしても、家族が守られているのだという感覚を得ないことには安心して旅に出られないのだった。「守られるって、何から？」とエレーンは訊ねた。「ここで何か大変な目に遭うとでも言うの？　わたしたちは誰からも愛されてるのよ」リカルドは彼女の嫌う家父長的な態度で見つめた。「いつまでもそうだとは限らないさ」。けれども本当は別のことを言おうとしていたのだとエレーンは気づいた。それに別のことを言ってもいるのだと。

ずっと後になって、娘と自分自身に向かって思い出を語りながら、エレーンは、続く三年間、エレーナ荘を建ててからの単調で同じことの繰り返しの三年間が、彼女のコロンビアでの日々で最も幸せだったと認めることになる。リカルドが買った土地を自分のものにし、それがわが家なのだと納得するのは簡単な話ではなかった。エレーンはよく散歩に出て椰子の木々の間を歩き、掘っ立て小屋でひと休みし、冷たいジュースを飲みながら来し方を振り返り、生まれた土地からこの場所までずいぶんと長い距離を歩いてきたものだと思ったものだ。それから、たとえ日中の日照りの中でも気にせずに、また歩き出して河へ向かうのだった。そして遠目に隣の農園を眺め、古いタイヤを切って作ったサンダルを履き、本物の指紋のように紛う方なきその声で叫びながら家畜を追い立てている農民たちの姿を眺めた。今彼女のところで働いている夫婦は、それまで他人の家畜を追い立てて稼ぎを得ていたのだった。今ではプールを掃除し、敷地内をいつもきれいに保ってくれている（ドアの蝶番を修理したり、子供部屋の虫の巣を駆除したりと）。毎週末の魚の煮込みやサンコーチョなどを料理してくれる。牧草地を、蛇を追い立てることができると聞いたので強く踏みしめて歩きながら、エレーンは、思ったほどの時間が割けないまでも、そんな農民たちの暮らしをよくすることに役立ってきたのを嬉しく思った。するとその時、ちょうど影のように、あまりにも低空飛行で飛ぶヒメコンドルの影のように、頭の中に、平和部隊の志願隊員としてへとへとになるまで戦ってきたその当のものとは、自分の今のこの立場なのではないかとの考えがよぎった。

平和部隊だ。エレーンはマヤを人の手に預けてもいい頃合いになると、ボゴタの事務所に再び連絡を取り、仕事を再開した。電話口でバレンスエラ副所長は説明を聞き、新たな家族の誕生にお祝いの言葉を述べ、数日後にまた電話するようにと言った。合衆国に相談しなければならないからだ。決まった手続きを破るわけにはいかないのだ。エレーンが電話をかけ直した時には、バレンスエラの秘書が彼は緊急な出張が入ったので戻ったら電話すると伝えたのだが、何日経っても電話はかかってこなかった。そんなことでひるむエレーンではなかった。ある日、彼女自ら共同体の代表団に会いに行くと、まるでつい昨日も会ったばかりのように出迎えられ、数時間のうちに二つの新しい計画に着手した。漁労協力と便所の設置だ。共同体のリーダーや漁師たちと話す間、あるいはまた、ラ・ドラーダでの交渉の流儀に従ってテラスでビールを飲んでいる間はマヤを料理女の小さな子供に預けたり、仕事場まで連れて行って他の子供たちと遊ばせたりしたのだが、リカルドには告げなかった。さまざまな社会階級の人々が平等に交わることについて、彼は明瞭な意見を持っていたからだ。また英語で話し始めたのは、自分の娘からその言葉を奪いたくなかったからだ。だからマヤは彼女に話しかける時にはいとも自然にスペイン語を捨て、まるでひとつのゲームから次のゲームに移るように二言語間を行き来することとなった。彼女は活発で利発、物怖じしない少女になった。眉は長く細く、ずけずけとものを言うものの、それで誰もが心を開いた。一方で独自の世界を持ち、キョウチクトウの間に消えたかと思うとガラスのコップに蜥蜴《とかげ》を入れて現れたりした。卵を温めるのに役立つかと思って服を脱いで上にかけ、おかげですっかり裸で戻ってきたこともあった。ちょうどその頃、リカルドは、バハマまでの旅からの帰りに、甲羅が三枚のアルマジロを、出したての糞もびっしり詰まった籠に入れてお土産に持ってきた。手に入れた経緯は説明しなかったが、それから何日間かは、どうやら聞きかじりらしい話を何度も何度もマヤに語って聞かせた。アルマジロは自分の爪で開けた穴の中に住むんだぞ。アルマジロは怖いと思ったら丸くなるんだ。アルマジロは五分以上も水の中にいられるんだぞ。マヤは口は半開き、目を皿のようにして熱心に父の話を聞き、同じく一心不乱にその生き物を眺めた。二、三日の間、娘が早起きして生き物に餌を与え、何時間もその前でしゃがんで過ごしては恐る恐るゴツゴツの甲羅に手を載せるのを観察したエレーンは、訊いてみた。「ところで、そのアルマジロの名前は?」

「名前はないの」とマヤは言った。

「ないの? だってマヤのでしょ。名前つけなきゃ」

マヤは顔を上げてエレーンを見、二度まばたきをした。「マイク」とそれから言った。「アルマジロの名前はマイク」

こうしてエレーンは数週間前、彼女が県代表とのらちのあかない計画を画策して忙しく働いている間に、バルビエリが家に来たことを知ったのだった。リカルドはひと言もそんな話はしなかったけれども、どうしてだろう? 機を捉えて訊いてみた。すると彼は、たった五文字で話を終わらせてしまった。「忘れてた」。エレーンはそんなに簡単には終わらせなかった。「何しに来たの?」と訊いたのだ。

「顔見せさね、エレーナ・フリッツ」とはリカルドの答え。「また来るかもしれないし、そんなに驚くことじゃない。知らない仲じゃあるまいし」

「わたしはよく知らないわよ」

「俺は知ってる」とリカルドが言った。「俺の友だちだ」

リカルドが予告したとおり、マイク・バルビエリはまたやって来た。しかし訪ねてきた経緯はいささか歓迎しがたかった。一九七六年の四月、その年の雨季は市民生活をずたずたにした。大都市の多くの地区で浸水、家屋が倒壊、住民が犠牲になった。山間部の自動車道は崩壊して交通が寸断され、村々が孤立した。ある小さな村全体が、貯水施設を持たなかったために、聖書の洪水のような大量の雨が頭上に降り注いでいるのに飲料水がなくなるという残酷なまでに皮肉な事態も生じた。ラ・ミエル川が氾濫したので、エレーンとリカルドは浸水を受けた家々から排水するための溝を掘るのを手伝うことになった。ブラウン管では天気予報の担当者が貿易風の話をしていた。太平洋の海流の乱れの話をしていた。間抜けな名前のハリケーンが早くもカリブ海でできてきたと話していた。こうしたことと今エレーナ荘をも打ちつけ、家と家の中の人々のいつもの生活をすっかり掻き乱している驟雨《しゅうう》との関係を話していた。テレビのこちら側の湿気たるや大変なもので、洗った服はいつまで経っても乾かず、落ち葉や引っかかって死んだ虫に塞がれて下水は詰まり、テラスは三、四度浸水した。おかげでエレーンとリカルドは夜中に起き出し、雑巾と箒《ほうき》の他は何も身につけずに、食堂に侵入してきた水を掻き出すはめになったのだった。月末にリカルドが運搬の仕事に出たので、エレーンはひとりきりで水の脅威と戦うはめになった。水を掻き出した後でベッドに戻り、少しでも眠ろうとするのだが、なかなか寝つけず、結局はテレビをつけ、催眠術にかかったように画面を眺めた。そこには別の雨が降っていた。電子の、白黒の雨だが、そのザーッという音を聞いていると、不思議と落ち着くのだった。

リカルドが帰ることになっていた日、いつまで経ってもリカルドは帰ってこなかった。こうしたことは初めてではなかったので、取り立てて心配することもなかった。二日、場合によっては三日遅れても容認できる範囲だった。リカルドの商売は思いがけない出来事には事欠かないのだ。魚ライスに揚げバナナのスライスを付け合わせた夕食を済ませると、エレーンはマヤを寝かしつけるために『星の王子さま』の一節（羊の絵のくだりだ。マヤは死にそうなほどに笑い転げた）を読んで聞かせた。マヤが寝返りを打って寝ついても、エレーンは惰性から読み続けた。彼女はサン＝テグジュペリのイラストが好きだった。リカルドを思い出さずにはいられないので、星の王子さまがパイロットにその物体は何だと訊ねて、パイロットが答える場面が好きだった。こう答えるのだ。「物体じゃないよ。飛ぶんだよ。飛行機だ。ぼくの飛行機だ」。そこで星の王子さまが驚く箇所、それならば君もまた空から落ちてきたのかとパイロットに訊ねる箇所を読んでいると、エンジンの音と人の声、挨拶し、到着を知らせる声が聞こえた。しかし、出てみるとそこにリカルドはおらず、代わりにマイク・バルビエリがいた。オートバイに乗ってきた彼は頭の天辺から爪先までぐっしょりと濡れ、髪は額に貼りつき、シャツは胸にぴったりとくっつき、脚と背中、前腕の内側では跳ねた泥が湯気を立てていた。

「何時かわかってるの？」とエレーンは言った。

マイク・バルビエリは水を切り、手をすりあわせていた。担いできた緑色の軍隊式背嚢を隣に置いた。床に投げ出され死んだ犬みたいだった。それからマイクは空虚な表情でエレーンを見つめた。まるでこのあたりの農民たちみたいだ、とエレーンは思った。見ずして見つめていると。長い数秒の後に、目が覚め、長旅のおかげで沈み込んでいた夢から抜け出たみたいだった。「メデジンに行っていた」と彼は言った。「こんなひどいスコールに見舞われるなんて考えてもいなかったよ。寒くて手の感覚がなくなっちまった。こんな暑い土地でよくこれだけ寒くなったもんだ。世も末だな」

「メデジン」とエレーンは言ったけれども、質問したのではなかった。「で、リカルドに用があるのね」

マイク・バルビエリは何か言おうとしたけれども（何か言おうとしたことが彼女にもはっきりとわかったけれども）何も言わなかった。彼の視線は彼女に向けられることをやめ、紙飛行機のように通り越して行った。何があったのかとエレーンが振り向くと、マヤがいた。レースのネグリジェを着た小さな幽霊だ。マヤは片手に以前は白かったはずのぬいぐるみを持っていた。とても耳が長く、バレリーナのようなチュチュを着た兎だ。そしてもう一方の手で顔についたマホガニー色の髪を払っていた。

「Hello, beautiful（やあ）」とマイクが声をかけた。やさしい調子にエレーンは驚いた。「Hello, sweetie（おや）」と彼女は言った。「どうしたの、起こしちゃった？ 眠れない？」

「喉が渇いたの」とマヤは言った。「どうしてマイクおじちゃんがいるの？」

「マイクはパパに会いに来たの。さあ部屋に戻って。すぐにお水持っていくから」

「パパは帰ったの？」

「まだよ。でもマイクはみんなのお友だちだからね」

「わたしにも会いに来たの？」

「もちろんそうよ。でももうネンネの時間でしょ。おやすみなさいって。また明日ね」

「おやすみ、マイクおじちゃん」

「おやすみ、可愛い子ちゃん」とマイクが言った。

「ぐっすりおやすみなさい」とエレーンは言った。

「大きくなったね」とマイクは言った。「もういくつになった？」

「五歳。今年五歳になるの」

「すごいな。光陰矢のごとしだな」

紋切り型の文句がエレーンの気に障った。尋常でなく気に障った。ほとんど腹を立てた。侮辱されたような気になった。そしてすぐに気障りは驚きに変わった。反応が大袈裟に過ぎることへの驚き、マイク・バルビエリがその場にいることへの驚き、娘が彼をおじちゃんと呼んだことへの驚きだ。彼女はマイクにそこで待つようにと言った。濡れたまま入ると家の床は滑りやすく、怪我をしてしまうかもしれないからだ。客用浴室からタオルを取ってきて、それから台所に水を一杯取りに行った。マイクおじちゃん、と彼女は頭の中で言った。what's he doing here、そしてスペイン語でも繰り返した。いったい彼はここで何をしているのか。すると突然、またあの歌が思い出された。what's there to live for, who needs the Peace Corps（生きる望みはあるか、平和部隊なんて必要か）。マヤの部屋に入って他のどんな匂いとも違う彼女の匂いを嗅ぐと、なぜだかはわからないけれども、彼女とひと晩いっしょに過ごしたいという気になった。後でマイクが帰ってから、彼女を自分のベッドまで担いでいって、そこで一緒にリカルドの帰りを待つようにしようと考えた。マヤはもう再び寝入っていた。エレーンは枕元にかがみ込み、顔を近づけて彼女を眺め、その吐息を吸い込んだ。「はい、お水」と言った。「ちょっと飲む?」しかしマヤは何も答えなかった。エレーンはコップをナイトテーブルに、頭の壊れた馬がピエロに追いつこうとゆっくりと、しかし疲れ知らずに走り続けるゼンマイ仕掛けのメリーゴーラウンドの玩具の隣に置いた。それから玄関に戻った。

　マイクはタオルをバサバサとはためかせ、くるぶしやふくらはぎを拭いていた。「泥だらけになっちゃった」エレーンが戻ってくるとそう言った。「タオルのことさ」

「そのためにあるんだから」とエレーンは答え、それから、言った。「じゃあリカルドに会いにきたのね」

「ああ」と彼は言った。彼女を見つめたが、相変わらず空虚な表情だった。「そうだ」と繰り返した。また彼女を見つめた。エレーンには彼の首を伝う水滴が、壊れた蛇口のようにポタポタと水を垂らす髭が、泥が目に入った。「リカルドに会いに来た。だがどうやらまだのようだな」

「今日の予定なんだけど。時々こんなことがあるのよね」

「時々遅れるんだな」

「ええ、時々ね。飛行日程が正確に決まっているわけではないから。彼はあなたが来る予定だって知ってるの？」

　マイクは即答しなかった。自分の体に、泥だらけのタオルに気を取られていた。外は夜の闇に包まれ、まるで大岩に目の前を塞がれたようでもあれば、底なしにも見えた、その暗がりの中で、驟雨がまた降り始めていた。「知ってると思うよ」とマイクは言った。「それとも俺の勘違いかな」しかし、話す時彼女の顔を見はしなかった。タオルで体を拭き、心ここにあらずというあの表情を相変わらず見せていた。舌で体を舐める猫だった。そこでエレーンは何もしなければマイクはこのままいつまでも体を拭き続けかねないと思いいたった。それで、「入って、腰かけて何か飲むといいわ」と言った。「ラムでいい？」

「ああ。氷なしで」とマイクが言った。「暖まるといいんだが。この寒さはありえない」

「リカルドのシャツ持ってこようか？」

「悪くないね、エレーナ・フリッツ。やつはそう呼んでるんだろう？　エレーナ・フリッツって。シャツは、そうだな、いい考えだ」

　そんなわけで、自分のものではないシャツ（白地に青いチェック柄の半袖シャツで、胸のポケットのボタンが落ちている）に身を包み、マイク・バルビエリはラムを一杯どころか四杯飲んだ。エレーンはその姿を見つめていた。彼といると心が安らいだ。そう、まさに心の安らぎというやつだ。たぶん、言葉のおかげだろう。慣れ親しんだ言葉に戻ったからだ。あるいはある種の事柄を共有していて、一緒にいる間は、コロンビア人と話していると必要になる説明を、くどくどとする必要がなかったからかもしれない。彼といっしょにいると、ある種家族的な何か、家に帰るといった趣があった。エレーンも酒を飲み、一緒にいてくれる人がいることを実感したし、マイク・バルビエリは娘とも一緒にいてくれるのだと感じた。ふたりは何年か前、まだマヤが存在していなかったころ、エレーナ荘も存在していなかったころと同じように政治について、自分たちの国の政治について話し合った。家族のことや互いの近況も語り合った。そうしていると、冬の夕方、ウールの上衣を着た時のように安心し落ち着くのだった。とはいえ、最近国で発行され始めた二ドル紙幣についてや独立二百年祭について、あるいは大統領を暗殺しようとした間抜けな女サラ・ジェーン・ムーアについて話すことのどこからそれだけの喜びが湧いてくるのかはわからなかった。雨は止んでいて、ハイビスカスの匂いをいっぱいに含んだ夜の冷たいそよ風が入り込んできた。エレーンは身軽になったような気がした。家族に囲まれているような気がした。だからマイク・バルビエリにギターはないかと訊ねられたとき、一瞬の躊躇もみせず、数秒後には調弦を終え、ボブ・ディランやサイモン&ガーファンクルの歌を歌い出した。

午前二時か三時ごろだっただろうか、ある出来事が起きて、本来ならエレーンはだいぶそれにショックを受けてもよかったはずなのだが、そこまでは感じなかったようだ（後で考えよう、ということなのだろう）。マイクが『アメリカ』のカップルがグレイハウンド・バスに乗りこむ箇所を歌っているとき、外で、静かな夜の闇の彼方で音が聞こえ、犬たちが吠えだしたのだ。エレーンは目を開け、マイクはギターを弾くのをやめた。二人とも息をひそめ、沈黙の様子をうかがった。「心配ない。こんなところじゃ何も起こらない」とエレーンは言ったのだが、マイクはもう立ちあがり、持って来た緑色の軍隊式背嚢を引き寄せ、背嚢から大きな銀の——あるいは、エレーンには大きく銀製に見えた——ピストルを取り出し、外に飛び出ると、手を高く掲げ、空に向けて二発、発砲していた。ひとつ、ふたつ、二度爆音が鳴った。エレーンが真っ先に気遣ったのはマヤを起こさないようにしよう、あるいは彼女の不安だか恐怖だかを和らげようということだった。けれども、大股に走って娘の部屋に行ってみると、ぐっすり眠っていた。誰にも邪魔されることのない深い夢の中に沈み込み、物音にも気づかず、こちらの気遣いなどあずかり知らぬようだ。まったく、この子ときたら。しかし、居間に戻ると、場の雰囲気がいささか変わっていた。マイクはしどろもどろに言い訳をした。「以前ならなんでもなかったろうけど、今では少しはな」。しかしエレーンはもうグレイハウンド・バスとニュージャージー自動車道の歌になど興味を失っていた。疲れていた。長い一日だった。お休みを言い、マイクには客間に寝るようにと言った。ベッドは用意されている、明日は一緒に朝食を食べようと。「わからないけど、リカルドも一緒だったらいいね」

「そうだね」とマイク・バルビエリは言った。「運が良ければな」

しかし目を覚ました時には、マイク・バルビエリはもう立ち去っていた。メモがあった。彼が残していったものといえばこのメモ、ナプキンに書かれたこれだけだった。三行三語のメモだった。い、い、い。ありがとう。愛してる。マイク。ずっと後になって、この奇妙でぼんやりとした夜を思い出したエレーンは、二つの感情を覚えることになる。第一にマイク・バルビエリに対する心の底からの憎しみだ。それまで感じたことのない強い憎しみだ。もうひとつは、あの男がよくも夜通し気さくな態度でいられたものだと、意に反して感心する気持だった。あれだけ長い時間、あんなに親密に過ごしながら一瞬たりとも口を滑らせることなく、よくもシラを切り通せたものだ、最後に吐いた科白《せりふ》もいけしゃあしゃあとしたものだった、と思ったのだった。運が良ければな、とエレーンは心の中で繰り返すことになる。というか、言葉が休むことなく彼女の心に浮かんでは消え浮かんでは消えするのだ。運が良ければな、マイク・バルビエリはそう言った時、顔の筋肉ひとつ動かさなかった。ポーカーのプレイヤーかロシアン・ルーレットの愛好家にこそうってつけだ。何しろマイク・バルビエリはその晩リカルドがエレーナ荘には戻らないことをはっきりと知っていたのだから。彼は最初から、エレーン・フリッツの家にオートバイでやって来た時から、そのことを知っていた。実のところ、だからこそ訪ねてきたのだ。エレーンに知らせるために。リカルドは戻って来ないと伝えるために来た。

彼はちゃんと知っていたのだ。

彼はちゃんと知っていた。何日か前にリカルドに会いにきて、損などしようのない新しい商売の話をしたのだから。マリワナの積荷など、これからの稼ぎに比べればポケットマネーみたいなものだと言って説き伏せたのだ。ボリビアやペルーからやって来るコカのペーストがどんなものであるか、それがどうやってある種の魔法の場所で白く輝く粉に変えられるか、そしてそうなるとハリウッド中が、いや、カリフォルニア全体が、いや、ロサンジェルスからニューヨークまで、シカゴからマイアミまで合衆国全土が、言い値でいくらでも払ってくれるだろうと説明したのだ。彼はちゃんと知っていた。その魔法の場所とやらと直接繋がりがあったのだから。そこには直前まで三年間カウカやプトゥマヨで活動していた平和部隊の退役隊員たちがいて、彼らは一夜にしてエーテルやアセトン、塩酸の専門家に早変わり、できた製品をレンガ状にして積みあげていくのだが、これだけあればその燐光で暗い部屋のひとつくらい明るくすることができるだろうというほどの分量に達する。彼はちゃんと知っていた。何しろ彼がリカルドに対して紙に数字を書いてみせたのだから。計算によればセスナ機ならばどれでも客席を取り払うと、レンガのいっぱいに入った袋を十二個は置ける。全部で三百キロほどにもなる。一グラム百ドルとして、一回運搬すれば九千万ドルになるというわけだ。そのうちからパイロットは、何しろ危険を負うのだし、この計画になくてはならない存在だから、二百万を分け前として取っていい。彼はちゃんと知っていた。その耳でリカルドが今回は運搬しようと、ただしこれ一度きりで、その後は足を洗うつもりだと、熱っぽく語るのを聞いたのだから。以後すっかり引退して、運搬のための飛行も、もちろん客を乗せる飛行もしないつもりだった。飛ぶとすれば楽しみのため、家族のためだけで、それ以外は引退だ。三十にならずして大金持ちなのだから。

彼はちゃんと知っていたのだ。

彼はちゃんと知っていた。ニッサンに乗ってリカルドに同行し、メデジンより少し手前のドラダルにある広大な農場まで行ったのだから。そこでこの商売のコロンビア側の人物たちに引き合わせた。髭を生やし、黒髪にはウェーヴのかかった男二人で、語り口柔らかで良心にもとることなどしていないとの印象を与えた。二人はリカルドと挨拶を交わすと、これまで誰もしてくれなかったほどの手厚いもてなしで遇してくれた。彼はちゃんと知っていた。リカルドと一緒に農園の持ち主たちから地所を見せてもらったのだから。優雅な足取りの馬たちに贅沢な馬小屋、闘牛場に飼い葉場、研磨されたエメラルドのようなプール、眺め渡しただけでは境界線の見えない牧場などだ。彼はちゃんと知っていた。何しろ手ずからセスナ310－Rに荷を積む手伝いをしたのだから。その手で黒いランドローバーから袋を取り出し、飛行機に積んだのだから。たまらずリカルドを強く抱きしめたのだから。それは本物の仲間にするような抱擁で、抱きしめた時には彼は、コロンビア人に対してこれだけの愛情を抱いたことはなかったと実感したのだから。彼はちゃんと知っていた。何しろその目でセスナが離陸するのを見たのだから、そしてその白い機体がもう雨の気配を漂わせる灰色の空を背景に飛ぶ姿を目で追い、だんだんと小さくなって行き、遠くの空に消えるまで見守っていたのだから。それから彼はランドローバーに乗りこむと幹線道路まで連れて行ってもらい、最初に来たラ・ドラーダ方面行きのバスに乗りこんだのだった。

彼はちゃんと知っていたのだ。

彼はちゃんと知っていた。エレーナ荘に姿を現す十二時間前に電話を受け、そのことを知らされたのだから。きっぱりとした調子で、後には威嚇するような口調で、説明を求められたのだ。彼はもちろん、説明できなかった。リカルドが着陸したその場で麻薬取り締まり局の捜査官に待ち伏せされていたことなど、誰ひとりとして説明できなかったのだ。二人の仲買人が、それぞれマイアミ・ビーチとマサチューセッツの大学地区から来た仲買人が、リカルドの運んできた荷物を詰めるために荷台を覆ったフォードに乗って待機していたのだが、彼らも当局の存在には気づかなかった。伝えられているところによれば、何かがおかしいと最初に気づいたのはリカルドだった。伝えられているところによれば、彼はコックピットに戻ろうとしたらしい。だがそれも空しい努力だとわかっていたはずだ。セスナを起動して逃げる暇はなかったのだから。そんなわけで、駆けだして滑走路を走り、周囲の森に逃げ込んだ。二人の捜査官と三頭のシェパードに追いかけられ、ついには森を三十メートル入ったところで捕まった。走り出した瞬間には彼はもう負けていたのだ。無駄な抵抗であることは明らかだった。だからこそ、直後に起こったことを誰もうまく説明できないのだ。恐れから来た行動だと考えることはできるかもしれない。差し迫った危機や威嚇する捜査官の叫び声、もしくは彼らの手に握られた武器そのものに対する反応だったのかもしれない。あるいは破れかぶれだったのか、怒り、それとも無力感からだったのか。もちろん、一発放てば少しは事態が好転するかもと考える余裕は、リカルドにはなかったはずだ。だが彼はそうしたのだ。一月から装填して持っていたタウルスの二十二口径を放ったのだ。一発、ただの一発だった。狙いをつけようともせず、誰かを傷つけようという気もないまま、後方に向けて発砲した。運悪く弾は捜査官のひとりの右手を貫通した。そしてギプスをしたその右手こそが、後に、麻薬売買の容疑でかけられた裁判の最中、初犯とはいえ、刑罰を重くするに充分な証拠となるだろう。森に逃げ込んだところでリカルドはタウルスを捨てた。そして叫び声をあげた。叫び声をあげたとのことだが、それを聞いた者たちは彼が何と叫んだか理解はできなかった。犬と、それから少しばかり遅れてやって来たもうひとりの捜査官に取り押さえられた時、リカルドは捻挫して、できたばかりの水たまりに突っ伏していた。手は泥で黒く汚れ、服は松脂で台無し、顔は悲しみに歪んでいたのだった。

Ⅵ

高く、高く、高く

人は大人になると自分をコントロールできるようになったと思うからいけない。大人はたぶんその思い込みに依存している。どういうことかというと、自身の人生を統治下に置いたという幻想を抱いた時に、私たちは自分が大人になったと感じるということだ。大人になったということは自律した、つまり、この先、自分の身に降りかかる出来事を決定する自決権を得たということだと考えるからだ。その幻想が破られる時は早晩、やって来る。いずれにしろ幻滅は常にやって来る。決して約束をすっぽかしたりしない。これまですっぽかしたことは一度もない。幻滅が訪れても私たちはさして驚きもしない。充分に長く生きた者ならば誰しも、それまでの人生が、自身の決定の余地がまったく、あるいはほとんどないまま、無縁な出来事、他者の意志によって邪魔されたことくらいはあるのだから、驚きようもない。最終的に私たちの人生と出会うことになる――そして時には必要な後押しをしてくれたり、時にはすばらしい人生設計をずたずたにしてしまったりするのだ――この長いプロセスは、地下水脈のように、地層の細かいずれのように、普段は隠れているものだが、ついに地震が起きてしまった時には、私たちは自分を慰撫するために口にすることを学んだいくつかの言葉を想起するのだ。事故、偶然、そして時には運命という語だ。今この瞬間にも状況、私が犯した過ち、時宜を得た決断などの連鎖の結果が、私を曲がり角の向こうで待ちかまえている。私はそのことを知っている。あまり嬉しくはないが、そうしたことが起こりつつあり、やがて私にその結果が降りかかってくるだろうと確信してはいる。けれども、私は前もってそのことを確認する手だてを持たない。私にできることといえば、せいぜい結果と直面して戦うことだけだ。損害を繕い、可能な限りの利益を引き出すことだ。そんなことはわかっている。重々承知だ。それでも、誰かにその連鎖を明るみに出されると、そしてそれが私たちの目の前で、これがお前の現実の姿なのだという事実を突きつけてくると、いささか怖いものだ。そしてその現実を突きつける誰かというのが他人の場合には、私たちは自身の経験に対するコントロールなどわずかしか、あるいはまったく持たないのだと思い知らされ、常に不安になるものだ。

かつてはエレーナ荘の名で知られたけれども、その名がある日、そぐわなくなり、早急に換える必要ができた地所、ラス・アカシアスでの二日目の午後、私に起こったことはそれだった。あの土曜の晩、マヤと私が柳行李の中の書類について、手紙の一枚一枚と写真の一葉一葉、電報の一通一通と領収書の一枚一枚について語った時に、私に起こったことはそれだった。会話を重ねて私は、書類に書いていない事柄をすっかり知ることができた。あるいは、会話のおかげで書類の中身の繋がりがついたのだった。会話のおかげでどの書類とどの書類がどう繋がってどんな意味を持つのかがわかり、欠落部分は、すべてではないにしても、マヤが母親と一緒に暮らしていたころに聞かされた話が埋めてくれた。そしてもちろん、その中には母親がでっち上げた話もあった。

「でっち上げた?」と私は言った。

「そりゃあそうでしょう」とマヤが言った。「そもそもお父さんのことにしてからそうです。彼女がすっかりでっち上げたんです。というか、彼は彼女が作り上げたんです。小説です。わかります? 血肉を備えた小説。お母さんの小説。もちろん、わたしのせいです。それともわたしのためにしたのかもしれません」

「つまりあなたは本当のことを知らなかったと?」と私は言った。「エレーナからは何も聞いていないと?」

「その方が良かったんでしょうけど。たぶん彼女が正しかったんですよ、アントニオ。わたしには子供がいないので、子供を持つってことがどういうことなのかわかりません。子供のためを思って何をしでかすかなんてわかりません。想像力が追いつかないんです。アントニオ、あなたお子さんは?」

マヤがそう訊いたのだ。日曜日の午前中だった。キリスト教徒たちがイースターと呼びナザレのイエスの復活を祝う、もしくは記念する日だった。二日前(私がリカルド・ラベルデの娘と最初の会話を交わしたのとだいたい同じ時間)に十字架にかけられたイエスが、これから生ける者たちの前に姿を現すことになる日だ。彼は母親や使徒たち、その功績ゆえに選ばれた何人かの女たちの前に姿を現したのだった。「アントニオ、お子さんは?」私たちは早い朝食を取っていたのだった。たっぷりのコーヒー、たっぷりの絞りたてオレンジ・ジュース、パパイヤとパイナップル、さらにはサポジラのたくさんのスライス、それからアレーパを添えた豆ライスだ。これを大急ぎで口に入れたものだから舌を火傷してしまい、歯に擦れるたびにヒリヒリした。まだ暑くなっていなかったが、湿気はあって色鮮やかな植物の匂いが充満していた。テラスに出したテーブルに腰かけて話す私たちは鉢植えのシダに取り囲まれ、少し先にはブロメリアが根を張る木の幹があり、そんな場所で私は気分も上々だった。この復活の日曜日は私に合っていると思った。「アントニオ、お子さんは?」アウラとレティシアのことを考えた。というよりも、レティシアを連れて近くの教会に行き、キリストの光を意味する大蠟燭を見せているアウラのことを思った。私がいない隙に彼女はそうしているのだろう。私は子供のころには神を信じていたが、その後は、何度か試みてはみたものの、一度も信仰を取り戻すことはできていない。家族の者たちはこの時期に色々な儀式に出かけているが、それに参加するだけの敬虔さもますます持ち合わせていない。四旬節の初日に額に灰を塗ることから始まって、昇天祭の日の儀式まで、参加したことはない(昇天については百科事典のイラストで見て想像していただけで、天使だらけのその絵を、その後一度も見てはいない)。だから娘には私自身が奇妙だと思うこんな伝統行事に包まれて育って欲しいと思ったことは一度としてない。アウラ、君は今どこにいるんだろう? と頭の中で言った。私の家族はどこにいる? 顔を上げると空の明るさに目が眩み、目がチクチクした。マヤが私を見つめ、答えを待っていた。質問を忘れたわけではない。

「いいえ」と言った。「いません。子供の件については、きっと不思議なものなんでしょうね。僕にも想像できません」

なぜそんなことを言ったのか。たぶん、ボゴタで私の帰りを待っている家族について口にするには遅すぎたのだろう。こうしたことは知り合って最初に言うべきことだ。自己紹介し、情報を小出しにしながら打ち解けたように思い込ませる段階での話だ。自己紹介する。この語はそんなことから来ているはずだ。自分の名を名乗り、相手の名を聞き、手を差し出すところから来ているのではない。片方、または両方の頬にキスしたりお辞儀したりするところから来ているのではない。つまらない情報を与え、さして重要ではないことを気前よく教えることによって、相手が自分のことはわかったと、もう見知らぬ他人ではないという気になるその瞬間から来ているのだ。国はどこかと話すこともあろう。職業は何かということもあろう。何をやって金を稼いでいるのかと。金を稼ぐ手段は雄弁で、私たちを定義し、私たちを構築するからだ。そして家族の話をする場合もある。ところが、マヤとの間のそうした瞬間はもう過ぎ去っていた。ラス・アカシアスに来てから二日も経って、今さら妻や娘について話し始めたりしたら、不要な疑いを引き起こしたか、でなければ長々と説明したり、馬鹿げた、あるいは単に奇妙な言い訳をしたりすることになる。そしてそんなことをしてもいい結果は何ひとつもたらさない。マヤはそれまでに感じ始めていた信頼感をなくしてしまうだろう。あるいは私がそれまで得てきた陣地を失うことになる。そして彼女は話すのをやめ、リカルド・ラベルデの過去は再び過ぎ去ったものとなり、他者の記憶の中に身を隠してしまうことになるだろう。そうさせるわけにはいかなかったのだ。

あるいは、別の理由もあった。

アウラとレティシアをラス・アカシアスから引き離し、マヤ・フリッツから、彼女の話すことと彼女が持っている資料から遠く離れた場所に置き、したがってリカルド・ラベルデについての真実から無縁でいさせることは、彼女たちの純粋さを守ることでもあったからだ。あるいは感染を避けると言ってもいい。私は一九九六年のある日の午後、感染してしまったわけで、その原因をやっと今、理解し始めようとしているのだった。疑いようのないその濃密な意味合いが、落下物が空から現れるようにやっと私の目の前に姿を見せ始めているのだった。感染してしまった私の人生は、私だけのものだ。家族はまだ安全な場所にいる。私の国のペスト、国の痛ましい近過去に家族はまだ感染してはいない。私の世代の多くの者（もちろん、他の世代の者たちもそうだが、とりわけ私の世代は問題だ。飛行機、マリワナの袋を大量に積んだ飛行機と同時期に生まれた世代、麻薬戦争と同時期に生まれ、その結果を目の当たりにすることになった世代の者）同様に私にも襲いかかってきたあの問題から安全な場所にいるのだ。マヤ・フリッツの言葉と資料の中で命を吹き返したその世界が、ここにあり続ける分にはかまわない、と私は思った。ラス・アカシアスにある分には、ラ・ドラーダにある分には、マグダレーナ渓谷にある分には、ボゴタから陸路四時間の距離にある分にはかまわない。ここは妻と娘が私を待っているアパートから遠く離れているのだから。彼女たちはおそらく少しばかりやきもきしているだろうし、場合によっては顔に不安の表情を浮かべているかもしれない。けれども無垢なままだ、感染しないでいられる。特殊コロンビア的な歴史からは自由でいられる。そんな歴史を彼女たちの許《もと》に持ち込んだら、あるいはその歴史の中に彼女たちが入っていくことを許したら、どんな仕方であれ、ラス・アカシアスに、マヤ・フリッツの人生の中に入れてしまったら、リカルド・ラベルデと関係を持たせてしまったら、私は父としても夫としても失格だ。アウラは不思議な幸運に恵まれていて、あの困難な時代を経験しないでいられた。サント・ドミンゴやメキシコ、サンティアーゴ・デ・チレで育ってきたのだ。この幸運を守り、彼女の両親の波多き人生のおかげで得られた免罪特権のようなものが何ものにも妨げられないよう見守ることは、私の義務ではないのか？　守ろうじゃないか、と私は考えた。彼女も、娘も。今私は二人を守っているのだ。それが正しい道だ、と私は思った。だから確信に満ちてそうした。ほとんど宗教的とも言っていい気遣いでそうした。

「本当に想像できませんよね?」とマヤは言った。「これぱかりは子供を持ってみないとわからない、皆からそう言われました。つまりそういうことです。問題は彼女がわたしのためを思ってそうしたということです。お父さんをでっち上げ、嘘のお父さん像を作り上げたのです」

「たとえば?」

「そうですね」とマヤは言った。「たとえば死んだということです」

こうして私は、マグダレーナ渓谷の白い光を顔に浴びながら、エレーンもしくはエレーナ・フリッツが娘に父親の身に何が降りかかったかを語った日のことを聞いたのだった。最後の一年、父と娘はよく死について語った。ある日の午後、マヤはホルスタイン牛が生け贄にされるのを目の当たりにした。そこからただちに質問攻めが始まった。リカルドはたった五文字で問題を解いてみせた。「年月の限界」何ごとにも限界がある。彼はそう説明した。動物にも人にも、すべてに限界がある。アルマジロにも? とマヤは訊いた。ああ、とリカルドは答えた。アルマジロにも限界がある。フリオおじいちゃんにも? マヤが訊いた。ああ、フリオおじいちゃんにもだ、とリカルドが答えた。そんなわけで、一九七六年暮れのいつだったか、ある日の午後、父親がなぜいないのかと何度も質問されて耐えがたくなった頃、エレーナ・フリッツはマヤを自分の膝の上に乗せ、言ったのだった。「お父さんにも年月の限界が来たのよ」

「なぜその時を選んでそうしたのかはわかりません。何かを待つのに疲れたのかもしれませんが、ぜんぜんわかりません」とマヤは言った。「ひょっとしたら合衆国から知らせが届いたのかもしれません。弁護士からか、でなければお父さんからか」

「わからないんですね?」

「その時期の手紙はありません。母が全部焼いてしまったんです。これからお話しするのはわたしが想像したことです。彼から知らせが届いたんです。お父さんから。弁護団から。それでその時が人生の変わり目だと決心したんです。お父さんとの生活が終わって違う人生が始まるんだと」

リカルドは空で行方不明になったのだと説明した。パイロットにはたまにそういうことが起こるのよ、と言ったのだ。ごくまれだけれども、起こるの。空はとても大きくて、海もとても大きくて、飛行機はとても小さなものだし、パパが操縦していた飛行機は中でもいちばん小さな機種だからね。この世界にはそんな飛行機がたくさんあって、小さくて白い飛行機がね、それが離陸してしばらく陸地の上を飛んでいたと思ったら、やがて海の上空に出るでしょう。そして遠くまで飛んでいく、ずっとずっと、本当に遠くまで。たったひとりきりでの飛行で、どこを飛べばまた地上に戻ることができるか誰も教えてくれないの。そうなると時々何かが起こるのよね。そして行方不明になる。パイロットがどこへ行けばいいかわからなくなって、迷っちゃうの。どこが前でどこが後ろだったか忘れちゃうのね、間違えちゃうこともあるし、こっちが前だったか、こっちが後ろだったか、どっちが右でどっちが左だったか、なんて考えながらぐるぐる回っているだけのこともある。そんなことしているうちに飛行機のガソリンがなくなって、海に落ちるのね。プールに飛び込む女の子みたいに、空から真っ逆さま。そして海の中に大きな音も小さな音も立てずに沈んでいくの。周りには生き物はいないから、誰にも見られない。そして海の底まで達すると、パイロットたちには年月の限界が来ちゃうってわけ。「どうして泳いで出ないの?」とマヤは言った。するとエレーナ・フリッツは答えた。「海がとっても深いからよ」するとマヤ「でもパパはそこにいるの?」エレーナ・フリッツ「そうよ、そこにパパがいるのよ。海の底にね。飛行機が落ちて、パパは眠りに落ちて、限界が来ちゃったの」

マヤ・フリッツは事実のこの解釈に疑問を唱えなかった。それがエレーナ荘で過ごした最後のクリスマスだった。エレーンが黄色がかった木を切らせて娘が大喜びするような派手な色使いのくす玉やトナカイと橇《そり》、贋《にせ》の砂糖の杖などを枝も折れんばかりにふんだんに飾らせた最後だった。一九七七年の一月には色々なことが起こった。エレーンが祖父母から受け取った手紙によれば、史上初めてマイアミに雪が降った。ジミー・カーター大統領がヴェトナムの逃亡兵たちを許した。そしてマイク・バルビエリ、エレーンがずっとひそかにその逃亡兵のひとりだとみなしていたあの男が、ラ・ミエル川でこめかみを撃ち抜かれた死体で見つかった。川縁に裸でうつぶせに倒れ、長髪が川の流れの中にたゆたい、髭は濡れ、血で赤く染まっていた。死体を発見した農民たちは、当局に連絡するよりも先にエレーンに知らせに来た。彼女は一帯にいるグリンゴ仲間のひとりだからだ。エレーンは最初の現場検証に立ち会うはめになった。地方裁判所に出向き、窓が開き、扇風機が回っているので書類がバラバラになる部屋の中で、彼とは確かに面識があるが殺人犯に心当たりはないと証言することになった。翌日彼女はニッサンに入る限りの荷物、自分の服と子供服、金がいっぱいに入ったスーツケース、それに殺された人物の名のついたアルマジロなどを詰め、ボゴタに発ったのだった。

「十二年ですよ、アントニオ」とマヤ・フリッツは私に語った。「それから十二年、母と暮らしました。

ふたりきりで、ほとんど隠れるようにして。お父さんだけでなく祖父母も奪われたんです。以後、二人に会いに行くことはありませんでした。でもほんの二、三度だけ、向こうから会いに来たことはありましたが、いつも言い合いになりました。わたしにはその理由はわかりませんでした。他にも訪ねてきた人たちはいました。小さなアパートでラ・ペルセベランシアにありました。そこに多くの人が訪ねてきて、家はいつもグリンゴたちでいっぱいでした。平和部隊の人たちや大使館関係者たちでした。お母さんが彼らと麻薬の話、麻薬の事情がどうなってるかという話をしたかどうかですか？　わかりません。それらしいことは聞き取れませんでした。コカインについて話していた可能性は大いにあります。あるいは志願隊員の誰が農民たちにコカインのペーストの加工法やらマリワナの栽培法やらを教えたのかといったことも話していたかもしれませんね。でも当時のこの商売はその後のすごさに比べればまだまだでした。わたしが気づくはずなどないじゃないですか。子供にはその種のことはわからないものです」

「でも誰もリカルドの話はしなかったんですか？　客の誰ひとりとして？」

「誰も話していませんでした。信じられないでしょう？　お母さんはリカルド・ラベルデなど存在しない世界を作りあげたんです。大した才能です。ほんの小さな嘘をつき続けるために、こんな大きな、まるでピラミッドみたいなものをこしらえたんです。想像するに、客たち全員に指示していたのでしょうね。家の中では死んだ人たちの話はやめてねって。死んだ人たちって？　死んだ人たちよ。死んでしまった死人たちよって」

その頃彼女はアルマジロを殺した。父親がいなくなったことでひどく混乱したのかどうか、マヤは憶えていない。悪い感情を抱いた記憶はない。誰かを責めたり、復讐しようと思ったりした記憶はない。

けれども、ある日（八歳かそこらだったと思う）アルマジロをつかんで洗濯物干し場に持っていった。「昔のアパートなんかによくあった場所、わかるでしょう、小さくて感じの悪い中庭。石造りの水桶と洗濯物を干すためのロープ、それに窓のある場所。そんな場所の水桶、覚えてますか？　片側に服をこすり洗いするための台があって、もう片方の側に井戸みたいなのがあります。子供にとっては冷たい水の張ったとても大きな井戸でした。わたしはそこに台所の椅子を持っていって水の中を覗いて、それから両手でマイクをその中に入れました。手は放さないで、動かないように両手で背中を押さえて。アルマジロは水の中で長時間いられるって聞いていました。どれくらいいか見てみたかったんです。アルマジロがもがき始めたけど、わたしはこんな風に、全体重を預けて水桶の底に押しつけていました。アルマジロにだって力はあるけど、それほどでもなくて、わたしもうけっこう大きな子になっていましたから。本当にただ水中でどれだけいられるか見てみたかっただけなんです。自分ではそう思ってました。体がゴツゴツしていたのをよく憶えてます。押さえていると手が痛くなって、それからもずっと痛みが続いて、刺のある木を流れにさらわれないように押さえているような感覚でした。あの子がバタバタともがいていた様子を今でもはっきり憶えてる。でもそのうち動かなくなった。使用人が後になって見つけたんですけど、その時彼女があげた叫び声ときたら。わたしは罰を受けました。お母さんに思い切りビンタされた。指輪で口が切れました。それからなんでって訊かれたから、言いました。水の中でどれだけいられるか見てみたかったの。そしたらお母さんがさらに訊いてきた。じゃあなんで時計で計ってなかったの？　それには答えられなかった。でもその質問はその時限りで終わりにはなりませんでした。ねえアントニオ、時々、決まって最悪の瞬間に繰り返し現れてきたんです。人生がうまくたち行かなくなった時とかに。何度も現れるんだけど、一度も答えることができていません」

少し考え込んでから続けた。「ともかく、ラ・ペルセベランシアのアパートに住むアルマジロがやったことなんて知れています。とても馬鹿げた話で、家中に糞の臭いをまき散らしていたのです」

「一度も疑ったことはないんですか？」と私は質問した。

「何を？」

「リカルドが生きているかもと。刑務所のこととか」

「一度も疑ったことはありません。後から知ったところでは、わたしひとりではありませんでした。わたしだけの特殊な例ではなかったんです。当時、合衆国に行ってそのままそこに居残ることになった人は大勢いました。わかりますかね？　たくさんの人が、お父さんのように荷物を運搬する人もいましたが、それだけではなくて、アビアンカとかアメリカンとかの旅客機で単なる旅行客として入国する人もたくさんいました。そうするとコロンビアで待っている家族は、子供に何とか言わなきゃいけないことになります。わかります？　だから父親が死んだことにするわけです。これ以上のうまい言い訳はない。その男が合衆国で入獄したら、誰かに知られる前にさっさと死んだことにするのです。一番簡単なやり方です。こうすれば手軽に恥をかかずに済む。家族から運び人《ムラ》が出た屈辱をごまかせます。こんな例が何百もあります。嘘の孤児がたくさん出て、わたしはそのひとつの例に過ぎなかったのです。コロンビアだったことの利点のひとつです。こうした運命に耐えるのはひとりではないということが。ああ、暑いですね、信じられないくらい。アントニオ、あなたは寒いところからいらしたから暑いでしょう？」

「ええ、少し。でも我慢はできます」

「ここでは毛穴のひとつひとつが開くように感じるんです。わたしは朝が好きです。朝の早い時間が。でもそこを過ぎると耐えがたくなります。いくら慣れてもそうです」

「あなたはもう慣れているはずですね」

「ええ、そのとおりです。たぶん、ただ文句を言いたいだけなのかもしれません」

「どういう経緯でここに住むことになったのですか？」と私は訊ねた。「つまり、だいぶ経ってからですよね」

「ああ、なるほど」とマヤは言った。「話せば長いことです」

マヤが十一歳になったばかりの頃、クラスメートが初めてナポリ農園の話をしてきた。七千エーカー以上のその領土は、パブロ・エスコバールが七〇年代末に買って、そこに自分だけの楽園を建設しようとしたのだ。楽園であり同時に帝国でもある場所。熱い土地のキサナドゥーだった。そこに彫刻を置くのではなく動物を飼い、No Trespassing（侵入禁止）の看板は掛けずに代わりに用心棒を雇ったのだ。農園は二つの県にまたがっている。中を端から端に川が一本突っ切っている。もちろん、そんなことをクラスメートが教えてくれたわけではない。一九八二年には、パブロ・エスコバールの名はまだ十一歳の子供の口の端にかかるものではなかった。それに十一歳の子供たちはその広大な領土がどんなところなのか知らなかったし、そこの専用ガレージでクラシック・カーのコレクションが次々と増大していくことも知らなかったし、商売に使う滑走路（リカルド・ラベルデが操縦していたのと似た型の飛行機の離着陸に使う）が何本かあることも知らなかった。ましてや彼らは『市民ケーン』を見たことはなかった。十一歳の子供たちはそんなことなど知らなかった。しかし、その代わり、動物園のことは知っていたのだ。動物園は数カ月の間に伝説と化して国中に広がった。その動物園の話を、一九八二年のある日、クラスメートはマヤにしたのだった。キリンのこと、象のこと、犀《さい》のこと、色鮮やかな大きな鳥のことを話したのだ。サッカーボールを蹴るカンガルーのことを話したのだ。マヤはそんな世界をはじめて知ってすっかり魅了され、何が何でも行ってみたいと思うようになり、大人しくクリスマスの時期まで待って、プレゼントにはナポリ農園に連れて行って欲しいとせがんだのだった。母親の答えはきっぱりしていた。

「そんな場所、夢の中でも行ってはいけません」

「でもクラスのみんなが行ったことあるんだよ」とマヤは言った。

「それでもあなたはだめ」とエレーナ・フリッツは言った。「二度とその話をしようなんて思わないで」

「それでわたしはこっそり行くことにしました」とマヤが言った。「しょうがないでしょう？　友だちが誘ってきたので、行くと答えたんです。お母さんはわたしがビジャ・デ・レイバで週末を過ごしに行ったと思い込んでいました」

「あり得ない」と私は言った。「あなたもナポリ農園に親に隠れて行ったんですね。僕たちは色々と同じ経験をしたようだ」

「それじゃあ……」

「ええ、僕も行きました」と言った。「僕も禁じられたので、同じく、嘘をついて、禁じられたものを見に行きました。タブーとされている場所に、ナポリ農園に」

「行ったのはいつですか？」

頭の中で計算し、いくつかの記憶を呼び出し、結論が出た時には喜びに鳥肌が立った。「十二歳でした。僕の方がひとつ上です。マヤ、僕たちは同じ時期に行ってたんですよ」

「十二月ですか？」

「ええ」

「一九八二年の十二月？」

「ええ」

「同じ時期に行ったんですね」彼女は繰り返した。「信じられない。信じられない話じゃありません？」

「ええ、まったく。でも詳しくは……」

「アントニオ、わたしたち同じ日に行ったんですよ」とマヤが言った。「きっとそうです」

「でも同じ日かどうかは」

「くどくど言わないで。クリスマス前だったでしょう？」

「ええ。しかし……」

「もう休みには入っていた、違いますか？」

「ええ、そのとおりです」

「なるほど、だったら週末だったはずです。そうでなければ連れて行ってくれる大人はいなかったはず。世間ではまだ仕事がある時期ですから。クリスマス前に何度週末があります？　まあ三度でしょう。何曜日でしたか？　土曜日、日曜日？　土曜日でしょう。ボゴタの人は土曜日に動物園に行ってましたから。大人たちはそんな大変な思いをして移動して翌日仕事に行くなんて嫌がっていましたから」

「なるほど、それならともかく三日ですね」と私は言った。「三日、可能な土曜日がある。同じ一回を選んだという保証はありませんが」

「同じ日でしたとも」

「どうしてわかるんです？」

「だってそうなんですから。馬鹿なこと言わないでください。まだ続けろと？」とはいえマヤは返事を待たなかった。「いいでしょう」と言った。「ともかく大切なのはわたしが動物園に行ったということです。そして帰宅し、最初にやったことは、母にラ・ドラーダというのは正確にはどこにあるのかと訊ねることでした。きっと道中、何か見覚えがあると思ったのでしょう。見覚えのある光景があったのです。山か自動車道のカーヴ、自動車道からエレーナ荘に向かう道などに気づいたのです。ナポリ農園に行くにはその道の前を通らなければいけないので。きっと何かに見覚えがあることに気づいたに違いありません。母の顔を見ると真っ先に訊かずにはいられなかったのです。そこを出てからその話をするのは初めてでした。お母さんはずいぶんびっくりしました。その後何年もわたしは質問を続けました。戻りたいと、いつ戻るのだとせがみ続けました。ラ・ドラーダの家はわたしには一種の約束された土地のようになりました。わかりますか？　そして少しずつ戻るのに必要な準備を始めました。それもこれもナポリ農園の動物園に行った日から始まったのです。そんな日にあなたの話ではわたしたち二人はそこで、動物園で会ったというわけです。まだお互いのことを知らなかったし、やがてこうして会うことになるとは知らなかったわけですけれども」

その瞬間、彼女の眼差しに何かが起こった。緑の目が軽く開き、細い眉はまた描き直したみたいに弓なりになった。さらに口には、赤い唇をしたその口には、新たな仕草が生まれた。私はそれが何なのか確認したくてもできないだろう。そのことを口にしたら失礼か、間抜けだと思われそうだ。けれどもこう考えたのだ。女の子らしい仕草だ。君は子供の頃、こんなだったのだね。と、そこへ彼女の声が聞こえた。

「それ以後、また行きましたか？　というのは、わたしはその後は一度も行っていないからです。あの場所はずたずたになったんですよね、そう聞いています。でもともかく、行ってみるのもいいかもしれませんね。何があるか、何を思い出すか、確かめるのです。どう思います？」

あっという間に私たちは、メデジン方面に向かって走っていた。一番暑い時間帯に、二十九年前のリカルド・ラベルデとエレーナ・フリッツ同様、アスファルトのベルトを移動していた。しかも、彼らがそうした時とまったく同じアイヴォリーのニッサンで。通りに六〇年代の型式の車——ルノー4《カトル》やフィアットがあちこちにいて、それよりも十五年古いシヴォレーのトラックすらいる——が走っているのが普通に見られる国では、この四輪駆動車がいまだに生きていることは奇跡でもまれに見ることでもない。通りには同じ型は何百台と走っているのだった。でもそれはそんじょそこらのニッサン四輪駆動とは違うものだということは、誰の目にも明らかだった。リカルド・ラベルデが荷物運搬の仕事で、つまりマリワナのお金で妻に贈った最初の大きなプレゼントだったのだ。二十九年前二人は、今の私たちと同様、これでマグダレーナ渓谷を走り回り、この席でキスをし、この車内で子供を作る話をしたのだ。

そして今、二人の娘と私が同じ場所に座り、おそらく同じむっとする暑さを感じ、加速して車内に風を送り込むと同じように少しほっとし、話が聞こえるようにと声を荒げている。大声を張り上げるか、でなければ窓を閉め切り、暑さで死ぬ思いをするかで、私たちは前者を選んだという次第だ。「まだこのジープが存在してるんですね」と私は声を限りに叫んだ。大きすぎる劇場で演技する俳優みたいだった。

「どう思います」とマヤが言った。それから手をあげ、空を指差した。「ほら、軍の飛行機」

頭上を通過する飛行機の音は聞こえたが、見てみようと窓から覗くと、ただヒメコンドルの群れが空で円を描いているだけだった。「あれが見えるとお父さんのことを考えないようにと思うんです」とマヤは言った。「でもできません」もうひと編隊が飛んできて、今度こそ私にも見えた。灰色の陰が空を突っ切り、エンジンの衝撃波に見舞われた。「彼はあの跡取りになりたかったんです」とマヤは言った。「英雄の孫に」道には突然、制服を着てライフルを眠っている動物のように胸に抱えた少年たちが溢れた。マグダレーナ河にかかる橋に入る前に速度をだいぶ緩め、軍人たちの脇をすり抜けた。ジープのサイドミラーがライフルの銃身に触れそうなほどだった。驚いて振り向く彼らは汗をびっしょりと掻いている。彼らの任務は、軍事基地を守るというその任務は、明らかに彼らには荷が重すぎた。ヘルメットや制服、この残酷な熱帯の気候にはあまりにもぴったりとした固い革の軍靴も、まだ見るからにだぶだぶの子供たちだ。基地を取り囲む柵、緑の布で覆われ、そこに有刺鉄線をぐちゃぐちゃに巻きつけたその構築物の傍を通る時、緑地に白い文字の看板が見えた。写真撮影禁止。もう一枚、白地に黒い文字の看板もあった。人権、それが私たち全員の責任。柵の向こうには舗装された自動車道がかろうじて見え、輸送トラックが走っていた。さらに先では、カナディア社のセイバー機が台のようなものの上でバランスを取っていた。私の記憶の中ではリカルドがあんなに好きだったこの型の飛行機はマヤの次の質問と結びついている。「ラーラ＝ボニージャが殺された時はどこにいましたか？」

私の世代の者たちはこの種のことをやる。これこれの出来事が起こった時にどんな人生を送っていたかと訊ね合うのだ。そうした出来事は、たいていが八〇年代に起こったもので、当時はいったい何が起こっているのか気づきもしなかった私たちの人生を、決定したり踏み外させたりしたものであるのだ。私は常々、私たちがこうしたことをするのも、自分が孤独ではないことを確認し、八〇年代に育ったことのもたらした結果を中和するためだと思ってきた。あるいは常に我々にまとわりついてきた、自分たちは外部からの傷を負いやすいという思いをなだめているのだろう。そしてこうした会話は多くの場合、法務大臣ラーラ＝ボニージャから始まるのだった。最初に麻薬王に公に宣戦布告をした、司直の最高権力者だ。オートバイに乗った幼い殺し屋が犠牲者の乗る車に近づき、速度を落としもせずにミニUZI短銃を空になるまで放つという仕方が、この時の暗殺から始まったのだった。「自分の部屋で化学の宿題をやってました」と私は答えた。「あなたは？」

「病気してました」とマヤは言った。「虫垂炎です、おかしいですね。手術で取ったばかりでした」

「子供なのに？」

「残酷です、でもそうだったんです。病院は大騒ぎだったことを憶えています。看護婦たちが出たり入ったりして。戦争映画に出ているみたいでした。だってラーラ＝ボニージャが殺され、誰もが犯人を知ってるのに、まさかこんなことが起こるなんて誰も知らなかった」

「思いもよらないことでした」と私は言った。「食堂にいたおやじの姿を憶えてます。手で頭を抱えて、テーブルに肘をついていました。何も食べていませんでした。何も言いませんでした。まったく思いもよらないことでした」

「ええ。あの日はわたしたちは寝る時には別人に変わっていました」とマヤが言った。「違う国になったのです。違いますか？　少なくともわたしの記憶ではそうです。お母さんは怖がっていました。彼女を見ると、恐れがにじみ出ていました。もちろん、彼女はわたしの知らなかったことをたくさん知っていました」マヤは一瞬、黙り込んだ。「ガランの時はどうでした？」

「夜でしたね。年の半ばの金曜日。僕は……まあいいや、僕は女友だちと一緒にいました」

「あら、すてき」マヤは意地悪そうににこりと笑った。「国がボロボロになっている時にすてきな夜を過ごしたんですね。ボゴタでですか？」

「ええ」

「相手は恋人？」

「いいえ。まあ、そうなるはずでした。あるいは僕がそう思っていた」

「おや、破れた恋ですね」マヤは笑った。

「少なくともその夜は一緒に過ごしました。ただし、義務からですが」

「『夜間外出禁止令の恋人たち』」とマヤは言った。「すてきなタイトルだと思いませんか？」

彼女の突然陽気になった様子を見るのは好きだった。ほとんど気づかないけれども、微笑んだ時に彼女の目にできる線が気に入った。私たちの目の前には牛乳のタンクを積んだトラックがいた。爆破前の爆弾のような円錐状のメタルのタンクの上には、上半身裸の若者たちが三人、馬乗りになっていた。彼らは私たちを見るとなぜだか笑い出したくなったようだ。マヤに手を振り、投げキスをしたので、彼女はギアを二速に入れ、車線を変更して彼らを追い越した。そうしながら彼らに投げキスを返した。おふざけのからかうような仕草だったけれども、芝居がかった仕方で閉じた口（と映画スターのような表情全体）が思いがけず官能的な雰囲気を醸し出した。少なくとも私にはそう思われた。道路の私の側では、雑木林の中に沼のようなものが開けていて、そこで水牛が水浴びをしていた。濡れた肌が陽に照らされてキラキラしていた。たてがみは顔にこびりついていた。「アビアンカの飛行機の日はどうでした？」そこで私は言った。

「ああ、例の飛行機ですね」とマヤは言った。「そう、あの時こそが何もかも決定的に駄目になった日でした」

ガランの死後、彼の衣鉢と、とりわけその麻薬王に対する戦闘姿勢は非常に若い地方政治家に受け継がれた。セサル・ガビリアだ。ガビリアをリングから引きずり下ろそうとして、パブロ・エスコバールはボゴター―カリ間の、その間を飛ぶはずだった民間の飛行機に爆弾をしかけた。案に相違してガビリアは飛行機に乗りさえしなかった。爆弾は離陸直後に爆発、バラバラになった飛行機の残骸とどうやら爆破が原因では死なかった――落下の衝撃で死んだ――三人の乗客はソアチャに、つまり大統領候補ガランが木製の演台の上で銃弾に倒れたのと同じその場所に落ちた。だが、この偶然には何の意味もないと私は思う。

「そこで明らかになったことは」とマヤが続けた。「戦争はわたしたちにも向けられているということでした。少なくともそれが確認されました。寸分の疑いの余地もありませんでした。もちろん他にも公共の場での爆破はありましたが、それは事故だと思っていたのです。あなたも同じかどうかわかりませんが。まあ、それにわたしには事故という言葉も正しいのかどうかわかりませんが。運の悪い人の身に降りかかることです。でもあの飛行機の一件はまったくそんなではありませんでした。ゲームのルールが変わってしまったという印象です。その年、わたしは大学に入りました。農学部です。農学を学ぶつもりでした。おそらくラ・ドラーダの家を復活させようという思いをもう持っていたのでしょう。ともかく、大学生活が始まりました。一年まるまるかけてやっと気づきました」

「何に?」

「恐怖です。というか、胃に違和感があったんです。時々、気分が悪くなって、イライラして、典型的な五月病なんかとは違う症状です。それが純然たる恐怖だったんです。もちろん、お母さんも恐怖を感じていました。わたしよりずっと怖がっていたかもしれません。その後いろいろと続きました。襲撃や爆破が相次ぎました。百人の死者が出た安全保障局の爆破とか、十五人死んだXショッピングモールの爆破とか、Zモールは何人だったでしょうか、その爆破とか。特殊な時期でした。そう思いませんか?いつ自分の身にふりかかるかわかったものではない。待ち合わせに相手が来ないかもしれないと心配しなければならない。いざとなったら無事だと知らせるために公衆電話の場所を確かめなきゃいけない。公衆電話がなければ、家々の門を叩けば、どこの家だって電話を貸してくれることを確認しなきゃいけない。こんな風に、誰かが死んだかもしれないという思いに左右されて、自分は死んでいないということを伝えて誰かを安心させることばかり考えて生きていかなきゃいけませんでした。個人の家に生活の範囲を限っていました。憶えてますか？　公共の場を避けなきゃいけなかったんです。友だちの家でも、友だちの友だちの家でも、遠い知り合いの家でも、どこでもいいけれども、個人の家の方が公共の場よりは好ましいと思われました。まあ、わかっていただけるかどうかわかりませんが。家の中でとは言っても、わたしたちの暮らし方は全然違っていました。女二人ですから、しょうがありません。あなたは違う暮らし向きだったんでしょうけど」

「まったく同じでしたよ」と私は言った。

彼女は振り向いて私を見つめた。「本当に？」

「本当に」

「それならわかってくれますね」とマヤは言った。

二、三語発して答えたが、それがどこまでを意味するのかは自分でも決められなかった。「よくわかりますよ」

周囲では繰り返し同じ景色が現れた。緑のサバンナの奥にある山はアリサ[*1]の絵のように灰色だった。私の腕は座席の背に伸びていた。この型の車では背もたれは分厚く、切れ目がない。だからまるで恋人の家でくつろいでいるみたいだ。風向きが変わり、ニッサンが揺れると、マヤの髪が時折私の手に触れ、皮膚を撫でた。感触がとても心地よかったので、次を待った。屋根付き水飲み場を備えた、アカ

＊1　ゴンサロ・アリサ、一九一二－九五、コロンビアの画家。

シアの木の幹に身を預けて休む一団の牛たちのいる畜産農場の直線道を下り、ネグリート川沿いに進んだ。暗い水の流れるその汚い川縁できらめいている泡の雲は、洗濯をするその同じ水に廃棄物を捨てて村から村へと積み重ねてきた汚穢《おわい》の残滓だ。料金所でニッサンを停めると、入ってくる風がなくなったので車内の温度が上がり、腋の下と、それから鼻と目の下に汗を掻くのがわかった。再び発車してマグダレーナ河にかかるもうひとつの橋に近づいた時、マヤが母親の話を始めた。一九八九年に母親に何が起こったかという話だ。私は黄色い欄干の向こうの河を見つめていた。やがて雨季がやってくれば茶色い水に隠れてしまいそうな小さな川中島を見つめていた。その間マヤが話したのだ。ある日の午後、大学から戻ってみるとエレーナ・フリッツが浴室にいた。酔っ払って半分寝ていて、便器の蓋を、まるで蓋がどこかに行ってしまうのを留めるかのように握りしめていた。「ああ、あなた」とマヤを見ると言った。「わたしの娘が帰ってきた。わたしの娘はもう大きい。わたしの娘は大きな子」。マヤはどうにか彼女を立たせ、ベッドまで連れて行き、その場に留まって、時々、額に触れながら彼女が眠りこむのを見守った。午前二時にはハーブティーを作ってあげた。ナイトテーブルに水の入った壜《びん》を置き、頭痛が治るようにと鎮痛剤を二錠持って来た。夜も終わる頃には、彼女がもうこれ以上は無理だと、がんばったけれどもできないと言うのを聞いた。マヤはもう大人の女で、自分のことは自分で決められるのだから、わたしだって自分のことを決めたのだ、と言ったのだ。そして六日後には彼女は飛行機に乗り込み、アメリカ合衆国フロリダ州ジャクソンヴィルの家に戻った。二十年前、コロンビアで平和部隊隊員として活動するのだという固い意志を胸に出たその家に。人生を豊かにするような経験を積み、自分の足跡を残し、希望の種をまくのだと考えて出たその家に。

「彼女にとってこの国はすっかり変わってしまったんです」とマヤは言った。「最初に来た場所が二十年後にはもう同じものだとは思えなくなった。いつ読んでもワクワクする手紙があります。六九年の終わり、ごく最初の頃の手紙です。母はボゴタが退屈な街だと書いています。こんな何も起こらない場所で長く住めるかどうかわからないと書いています」

「何も起こらない場所」

「ええ」とマヤは言った。「何も起こらない場所」

「ジャクソンヴィル」と私は言った。「それはどこにあるんですか?」

「マイアミの上です。かなり上。行ったわけでなく、地図で見て知ってるだけですけど。合衆国にすら足を踏み入れたことがないんです」

「彼女と一緒に行こうと思わなかったのはどうしてですか?」

「さあ。わたしは十八歳でした」とマヤが答えた。「その年代には人生が楽しいものです。人生を発見して間もない頃です。友人たちと離れたくなかった。それにデートの相手だってできはじめた頃……不思議なもので、お母さんがいなくなって、その時はじめて、ボゴタが自分の居場所ではないと気づいたんです。後は芋づる式、って映画のセリフがありますが、こうして、ここにいるわけです、アントニオ。今ここにいるわけです。二十八歳、独身、準備万端、体も隅々までまだまだ丈夫、そのくせ独り淋しく蜂たちと暮らしている。そんな現状です。暑さで死にそうになりながら、見知らぬ人を死んだマフィアの動物園に案内している」

「見知らぬ人」と私は鸚鵡《おうむ》返しに言った。

マヤは肩をすくめとりたてて意味のないことを言った。

「まあ、知らないわけではないですけど、ともかく」

ナポリ農園に着く頃には空は曇り始めていて、空気はむっとする不快なものになっていた。今にも雨が降りそうだった。トレーラーも通りそうな不要なまでに大きい門に、農園の名が、ペンキの剝がれた文字で記してあった。横木には、微妙なバランスを保ちながら、門と同じく白と青に塗られた小型飛行機が乗っていた。初期のエスコバールが使っていたパイパー機だった。彼はよく、これのおかげで自分は金持ちになったのだと言っていた。小型飛行機の下を通り、翼の裏に書かれた登録番号を読むと、時間に置き去りにされた世界に入るようだった。それでも、時間はそこにあった。もっと正確に言うと、そこでずたずたになっていた。一九九三年、エスコバールがメデジンの家の屋根で銃弾に倒れると、地所は目まぐるしい速さで没落した。とりわけそのさまを、マヤと私は、レモンの木の植わった原っぱを縫う舗装道をニッサンで通りながら眺めたというわけだ。その牧草地には草を食む家畜は見当たらず、ということはとりもなおさず、草が伸び放題になっていた。雑草が木の杭を飲み込んでしまっていた。そこに、つまり木の杭を眺めていると、恐竜たちの姿が目に入ってきた。

最初にここに来たあの遠い日、私が一番気に入ったのがそれだった。エスコバールは子供たちのためにそれらを作らせた。等身大のティラノサウルスにブロントサウルス、見た目のお茶目なマンモス（灰色に髭を生やした姿は疲れた老人のようだ）、それに時代の合わない蛇を爪の間に挟み、池の水の上に浮かぶ翼竜までいた。今では体がバラバラに崩れ落ち、セメントと鉄の骨格が剝き出しになっているのが物悲しく、いささか淫らですらあった。池自体が生気のない水たまりに姿を変えている。少なくとも道路からはそう見える。かつては電流が通っていた有刺鉄線の柵の前の荒れた空き地にニッサンを停めると、マヤと私はもう何年も前に、まだ子供というか思春期の入り口にあり、これだけの土地の所有者が何の仕事をしているのかも、こんなに汚れのない娯楽を親たちがなぜ禁じるのかもよくわからないまま、車で流したのと同じ場所を歩いた。「当時は歩くことはできませんでした。憶えてますか？　車から下りることはなかった」

「禁じられていたんです」と私は言った。

「そうですね。でもびっくりです」

「何が？」

「何もかもが小さくなったみたい」

彼女の言うとおりだった。軍の兵士に動物が見たいのだがどこにいるのだろうかと訊ね、マヤは衆人環視の中、良くしてもらおうと一万ペソ紙幣を渡した。おかげで私たちは、迷彩服と帽子のまだ髭も生えそろっていない若僧に、左手で銃を担いで不承不承ではあったが、案内だか同伴だかエスコートだかされて、動物たちが寝ている檻《おり》に行った。湿った空気に、糞の臭いと残飯の臭いの混じった汚い臭いが充満した。檻の奥ではチーターが寝そべっていた。チンパンジーが一頭、頭を掻いていて、もう一頭が何を追いかけるわけでなく、ぐるぐると円を描いて走り回っていた。空《から》の檻もあった。扉は開いていて、アルミニウムのたらいが柵に立てかけられていた。

けれどもサッカーボールを蹴るカンガルーはいなかった。コロンビア代表チームのラインアップを諳《そら》んじることのできる有名な鸚鵡も、エミュも、エスコバールが旅回りのサーカス団から買ったライオンと象も、ミュゼットホースも犀も、はじめて訪れてから一週間続けてマヤの夢に現れたあの信じられないピンクのイルカもいなかった。子供の頃見たあの動物たちはどこへ行ったのだろう？　失望していることに私たち自身が驚くいわれがどこにあるのかはわからない。ナポリ農園の凋落は周知のことだったし、エスコバールが死んでからというもの、コロンビアのメディアにはマフィアの帝国の浮沈についての様々な証言が、スローモーション映像のように現れてきたのだから。しかしひょっとしたら私たちは失望したことに驚いたのではなかったのかもしれない。そうではなくて、二人が一緒に失望していたことに驚いたのかもしれない。同じように失望するなどとは思いもよらなかったし、何より、なぜそうなのか説明もできないのだが、私たち二人はこうして、ある種の連帯感に結ばれたのだった。二人は同じ時期にこの場所に来たことがあった。この場所は二人にとっては同じ物事の象徴なのだった。おそらくそうだからこそ、その後マヤがエスコバールの住居まで行けるだろうかと訊ねた時に、今自分も同じことを訊こうと思ったのに、と感じたのだろう。そして今度こそは私がしわくちゃになった汚い紙幣を取り出し、兵士の袖の下に入れたのだった。

「ああ、だめです。入れません」と彼は言った。

「なぜだめなの？」とマヤが訊ねた。

「だめですから」と答えた。「でも周囲をひとまわりすることはできます。その間に窓から中を覗くことも可能でしょう」

私たちは言われたとおりにした。建物の周囲を巡り、二人で崩れかけた壁や汚れたり割れたりしている窓ガラス、梁《はり》や柱から剝がれかけた材木、欠けたり縁が壊れたりした外の浴室のタイルなどを眺めた。六年も経つのになぜだかわからないのだが、誰も持ち去らなかったビリヤード台を見た。時間が経って黒ずみ、汚れたサロンに置かれた台のキラキラした緑色は、宝石のように輝いていた。水がない代わりに風に運ばれてやって来た落ち葉と樹皮と枝の断片でいっぱいのプールを見た。クラシック・カーのコレクションが腐食しはじめていたガレージを見た。ペンキはボロボロ、ライトも壊れ、車体は沈み、クッションがどこかへ行ったものだからスプリングがむき出しになっている座席を見、伝説によればこの中の一台、ポンティアックはかつてはアル・カポネの愛車だったとか、他の一台は、やはりあくまでも伝説によるのだが、ボニーとクライドの乗った車だったということを思い出した。それから贅沢でも何でもなく、安くシンプルだけれども、その価値は疑う余地のない一台の車も見た。有名なルノー4《カトル》だ。若きパブロ・エスコバールは、コカインが後々もたらすような富をまだ生み出さないでいる頃、これを駆って新米レーサーとして地元のレースに出たのだった。ルノー4カップというのが愛好家たちによるレースのトロフィーの名だった。エスコバールの名がコロンビアの新聞に出た最初の何回かは、後々の飛行機と爆弾、囚人の引き渡しについての議論などよりもずっと前のことで、このカップを戦うレーサーとしてだった。世界の片隅の小さな一地方に過ぎなかった国の、そのまた一地方の若者として、始まったばかりの運搬の仕事とは異なる活動によってニュースになった、自分自身を運搬して走る若者としてだった。その車がそこにあったのだ。休眠している車。誰も手入れせず、時間も経っているのでボロボロの車。ペンキは剝げ、車体にはひびが入った車。皮膚にウジ虫のたかった死んだ動物。

けれども、その日の午後、何よりも奇妙だったことは、私たちがこうしたもの何もかもを押し黙って見ていたということだろう。しょっちゅう目が合ったけれども、間投詞や合いの手以上の言葉は発さなかった。それというのもおそらくは、何を見ても各自がそれぞれ異なった恐れを思い出していたはずだから、相手の過去にズカズカと立ち入るのは失礼だし、場合によっては軽率ですらあると思ったからだろう。というのも、そこにあらずしてあったものはまさに私たちの共通の過去だったからだ。目には見えないけれども、私たちの目の前で車のドアや車輪のリム、泥よけ、計器板とハンドルを蝕んでいた酸素のように、私たちの過去があったのだ。この地所の過去にそれほどの興味はなかった。そこで起こった出来事と交わされた取り引き、消されてしまった命、そこで開かれたパーティとそこで計画された暴力、そうしたものは背景に、装飾に過ぎなかった。何も言葉は交わさなかったけれども、私たちはもう充分満足するまで見たと合意し、ニッサンに向けて歩き出した。その時、はっきりと憶えているのだが、マヤが私の腕を取った。あるいはかつて女たちがよくそうしていたように、私の腕に自分の腕を差し入れた。昔を思わせるそうした仕草には、それまで私には予見できなかったある種の親しみがあった。打ち解けた感じを匂わせるものはそれまで何ひとつなかったのに。

その時、雨が降り出した。

最初は、大粒ではあるけれども、小雨だった。しかし数秒のうちに空がロバの腹のように真っ黒になり、驟雨《しゅうう》が襲ってきて、どこにも雨宿りできそうな場所を見出せないまま、シャツも濡れた。「クソ、散歩どころじゃないわ」とマヤが言った。ニッサンにたどり着く頃にはずぶ濡れだった。走ったので(肩をすくめ、腕で目にひさしを作る姿勢で)ズボンの前半分が濡れ、ほとんど濡れていない後ろ半分とはまったく違う生地でできているかのようになっていた。ジープのガラスは私たちの吐息の熱でたちどころに曇り、マヤはグローヴボックスからティッシュペーパーの箱を取り出し、フロントグラスを拭かなければ、発車してもそこらの電柱にぶつかってしまいそうだった。計器板の間にグリルがあって、それが換気扇になっている。彼女はそれを開けると、ゆっくりと入念に車を出した。しかし、百メートルも行かないうちに、マヤは急ブレーキを踏み、クランクの許す限りの速さで窓を開けた。すると助手席にいた私にも、彼女が見ていたものが見えた。私たちから三十歩ほどのところ、ニッサンと池のちょうど中間あたりにカバが一頭いて、重々しい調子でこちらの様子を窺っていたのだ。

「かわいい」とマヤが言った。

「かわいいですって」と私は言った。「一番醜い動物ですよ」

しかしマヤは私には取り合わなかった。「大人ではないでしょう」と言葉を続けた。「とても小さい。まだ子供です。彼女、迷子になったのかな？」

「どうしてメスだとわかるんですか？」

驟雨がまだ降っていたけれどもものともせず、マヤは車を下りた。カバは木の囲いで仕切られた場所にいた。肌は暗い灰色で、玉虫色がかっていた。少なくとも午後の遮られた光の下ではそう見えた。雨の滴が打ちつけ、跳ね返るさまはガラスに対するようだった。カバはオスなのかメスなのか、大人なのか子供なのかはわからないが、まんじりともしなかった。私たちを見つめていた。あるいは、木の囲いにもたれてカバを見つめるマヤを見つめていた。どれくらいの時間が過ぎただろうか。一分、あるいは二分かもしれないが、こうした状況下では長い時間だった。雨水がマヤの髪を伝ってポタポタと落ち、今では服全体が違う色になっていた。するとカバが重々しく動き出した。海で向きを変えようとする船だった。横顔が見え、カバがこんなに体長の長い動物だったかと驚いた。そしてすぐに見えなくなった。というか、力強い尻だけが見えた。雨水がそのすべすべとしてキラキラとした肌を伝って流れ落ちるのが見えたように思った。伸びた牧草の間を向こうへ歩いて行った。雑草深く脚が隠れていたので、本当には動いておらず、ただ少しずつ小さくなっていくように見えた。池に達して水の中に入っていったのを見て、マヤがジープに戻ってきた。

「あの子たちはどれくらい生き延びられるでしょう、いつも考えてしまいます」と彼女は言った。「餌をやったり面倒を見たりする人がいないのですから。きっと高くつくでしょうね」

私に語りかけているのでないことは明らかだった。声に出して考え事をしていたのだ。しかして私は、その精神と、そしてその形式においてもまったく同じもうひとつのコメントを思い出さないではいられなかった。わたしはそれをずっと昔、まだ世界が、少なくとも私にとっては、今とはまったく異なるものだった時代、まだ私が自分の人生を自らの統治下に置いていると思っていた頃に聞いたのだった。

「同じことをリカルドが言っていました」とそれをマヤに伝えた。「知り合った時のことです。動物園のカバたちについて悲しみいっぱいにそんなことを言っていたんです」

「想像できます」とマヤは言った。「動物好きでしたから」

「動物には何の罪もないと言ってました」

「本当のことですしね」とマヤは言った。「それが数少ない、本当に数少ない思い出のひとつです。馬を世話しているお父さんです。お母さんの犬を撫でるお父さん。アルマジロに餌をあげなかったといってわたしを叱るお父さん。本当に数少ない思い出です。アントニオ、それ以外はでっち上げられたものです。嘘の思い出なんです。こんな悲しいことってありません。嘘の思い出を持つなんて」

鼻声だったが、それは気温の変化のせいかもしれなかった。目には涙がたまっていたが、あるいはそれは頬にかかり、口の周りを縁取る雨水かもしれなかった。「マヤ」そこで私は訊ねた。「どうして彼は殺されたんでしょう？ パズルのそのピースが欠けているようです。どう思いますか？」ニッサンはスタートして、入り口の門までの道を走行していたのだった。マヤの手はシフトレバーの黒いヘッドをぎゅっと握りしめていた。顔と首から水が滴っていた。私はもう一度訊いた。「なぜでしょう、マヤ？」私の方は見ず、曇ったフロントグラスから目を離さず、マヤは私がかつて他の人々の口から何度も聞いたあの六拍の文章を口にした。「何かはやったんでしょう」しかし、この時は、色々と知っているマヤにはふさわしくない発話だと私は思った。「ええ」と私は言った。「でも何を？ ひょっとして知りたくないのでは？」マヤは私を憐れみの目で見た。私は何かつけ加えようとしたが、彼女が押し止めた。「いいですか、この件については話したくないんです」黒いワイパーがガラスを撫で、雨と貼りついた落ち葉とを掃いていった。「しばらく黙っていたいんです。話すのに疲れました。よろしいですか、アントニオ？ わたしたちは話しすぎました。もうたくさんです。しばらく黙っていたいんです」

そんなわけで私たちは沈黙に包まれて門に到達して、白みがかった青色のパイパー機の下をくぐり、沈黙に包まれて左に曲がってラ・ドラーダに向かった。沈黙に包まれて両側の木々が車道にまでかかり、光の侵入を防いでいるし、雨の日にはドライバーの困難を和らげてくれている道路を走った。沈黙に包まれて再び雨に晒《さら》され、沈黙に包まれてマグダレーナ河にかかる橋の黄色い欄干を見、沈黙に包まれて河を渡った。川面は驟雨に打たれて毛羽立ち、カバの皮膚のなめらかさというよりは眠れる巨大トカゲのゴツゴツとした様相を呈していた。川中島のひとつではランチが一艘、スクリューも剝き出しになって濡れていた。マヤは悲しげだった。彼女の悲しみは私たちの濡れた服のにおいと同じようにニッサンの車内に充満していた。私が何か言葉をかけることができればよかったのだが、そうはしなかった。私は沈黙を守った。彼女が黙っていたがったのだ。だからこうして、控えめな沈黙に包まれ、ただジープの金属の屋根を打つ激しい雨の音のみの同伴を得て料金所を通過し、畜産農場の合間を縫って南に向かった。たっぷり二時間かけて走るうちに空は暗くなっていった。厚い雨雲によってではなく、道中、夜が私たちに追いついたからだ。ニッサンが家の白い佇《たたず》まいを照らし出す頃には、夜のとばりは下りきっていた。最後に見えたのはライトを受けて光るシェパードの目だった。

「誰もいない」と私は言った。

「もちろんいません」とマヤが言った。「日曜日ですから」

「いいドライブでした」

しかしマヤは何も言わなかった。歩いて中に入ると、電気も点《つ》けず、わざと暗くしたままで家具をよけながら服を脱いでいった。私は彼女の後についていった。というよりも彼女の影についていった。すると彼女がついてきて欲しがっていることに気づいた。一面、黒と青だった。見えるものといえば形ではなく輪郭だけだ。そのひとつがマヤのシルエットだった。記憶の中では彼女の手が私の手に触れてきた。逆ではない。そしてマヤがこう言った。独りで眠ることに疲れているの。それから単純だけれどもよくわかる言葉も。今夜はこんなに淋しい気持でいたくない。マヤの部屋のベッドまで歩いて行った記憶はないが、そこに腰かけたことははっきりと憶えている。引き出しの三つあるナイトテーブルが隣にあった。マヤがベッドを回り込んで向こう側に行くと、幽霊のようなそのシルエットが壁を背景にくっきりと浮き上がって見えた。そして箪笥《たんす》の鏡の前に立ったが、どうやら鏡を覗き込んでいるようで、そうすると、覗き込んだ彼女の反射は私を見ているようだった。私の存在にかまわずに繰り広げられるこのぼんやりとした光景、この可能世界のような出来事を眺めながら、私はベッドに潜り込んだ。マヤが私の隣に来て服のボタンを外しにかかっても拒まなかった。彼女の日焼け染みのある手はまるで私自身の手のように自然に、器用に振る舞った。彼女が私にキスをすると熱いと同時に疲れたような吐息が感じられた。一日の終わりの吐息だった。その時私は（奇妙だし証明もできないのだが）この女はもう長いこと誰にもキスしていなかったのだろうと考えた。それからキスをやめた。マヤは無駄に私の体に触れ、無駄に私の性器を口に含んだ、音を立てずに無駄に舌を這わせたが、やがて彼女の口は諦めて私の口に戻ってきた。その時になってやっと私は彼女が裸だと気づいた。暗闇の中では彼女の閉じた乳首は紫がかって見えた。ダイバーが海の底で赤を見た時に見えるような暗い紫色だ。マヤ、海に潜ったことは？　と私は訊ねた。訊ねたと思う。とても深く、色が違って見えるほど深くまで潜ったことは？　彼女は私の隣に仰向けに寝転んだ。その時、馬鹿げたことだが、彼女が寒いのではないかという考えにとらわれた。寒いですか？　と訊いたが、彼女は何も答えなかった。出ていきましょうか？　この質問にも答えなかったが、これは無駄な質問だった。というのもマヤは独りでいたくないと既に私に伝えていたのだから。私もその時は独りになりたくなかった。マヤが一緒にいてくれないと困ったし、何よりも彼女の悲しみが消えないことには立ち去ることなどできないのだった。私たち二人はこの部屋の中で、この家の中で孤独だと考えた。けれども私たちは孤独を共有しているのだと。ひとりひとりが肉体の奥底に自分だけの痛みを抱えているけれども、同時にそれを裸であることの得も言われぬ妙技で軽減しているのだ。その時マヤがこれまで世界でひとりしかしたことのない動作をした。手を私の腹に置き、傷跡に触れ、指で絵を描くかのように、テンペラ絵の具を塗った指で私の肌の上に奇妙で対称をなす絵を描くかのように愛撫したのだ。私は彼女に口づけした。キスをするためというよりは目を閉じるためにそうしたのだ。それから私の手が彼女の胸に這っていく。マヤはそれを自分の手で包んだ。私の手を彼女の手に包み、それを脚の間に持っていった。彼女の手に包まれた私の手が彼女のまっすぐで手入れのされた陰毛に触れた。そして柔らかい股間に、そして性器に。彼女の指の絡まった私の指が彼女の中に入ると、彼女の体が硬くなり、脚が翼のように開いた。独りで眠ることに疲れているの、そう言った女が今、部屋の暗がりに包まれて目を見開き、私を見ていた。眉根に皺《しわ》を寄せた表情は何かを理解した者のようだった。

マヤ・フリッツはその晩、独りでは眠らなかった。そうすると言われても私が許さなかっただろう。いったいいつから彼女に安心してもらいたいとこれだけ思うようになったのだろう。いったいいつから二人で生活することができない、二人が同じ過去を生きたからといって未来も同じ経験をするとは限らないということをこれだけ残念に思うようになったのだろう。二人は同じ過去を生きてきた。それでも異なる人生を歩んでいる。少なくとも私はそうだ。山脈の向こう側で、ラス・アカシアスから四時間のところ、海抜二千六百メートルの地……で私を待っている人たちのいる人生だ。私は部屋の暗がりの中でそんなことを考えた。ただし、闇に包まれて考え事をするのはよくない。暗いと事態がより大きく、あるいはより深刻に思える。病気はより破壊的に感じられるし、すぐにも悪いことが起こるのではないかと思える。失恋はより痛々しく、孤独はより深く感じられる。だからこそ眠る時に隣に誰かいて欲しいのだ。そして、だからこそその晩、何があっても、たとえ頼まれても彼女を独りにはすまいと思ったのだ。服を着て、靴も履かず、泥棒みたいにドアもしっかりと閉めずに、そっと出ていこうと思えばできただろう。しかしそうはしなかった。きっと車に揺られ、感情を揺さぶられて両方で疲れたのだろう、彼女が深い眠りに落ちるのをこの目で確かめた。思い出すと疲れる。そんなことを教わったことはないのだが、回想するという行為は人を消耗させる。エネルギーを吐き出させ、筋肉を浪費させる。そんなわけで、私はマヤが顔を私に向けて眠りに落ちるのを見守った。そしてまた眠りに落ちた後で、片手を枕の下に入れ、それを抱くかそれにしがみつくかのような格好になるのを見た。そして再び以前と同じことが起こった。彼女が少女に戻る瞬間を見たのだ。彼女のその表情には子供時代の面影があったことには疑いの余地がなかった。なんとなくだし、馬鹿らしいとは思うけれども、私は彼女を愛した。それから私も寝入った。

目が覚めた時にはまだ暗かった。どれくらいの時間が過ぎたのかわからなかった。目が覚めたのは光が射したからでもないし、熱帯の夜明け特有の音がしたからでもない。そうではなくて遠くで人の囁《ささや》くような声が聞こえたからだ。音を追っていくとリヴィングに出たが、そのことに驚きはしなかったけれども、そこに彼女がいて、ソファに腰かけ両手で頭を抱えていた。音声再生装置から録音された声が流れていた。二、三秒から先を聞く必要はなかった。見知らぬ男たちが英語で話しているやりとりの二言目から先が私の耳に届く必要もなかった。そこまで行かずとも私は、その録音が何なのかわかった。というのも私は心の底では、その会話を聞くのをやめたことはなかったからだ。天候の話から始まり、仕事の話、そして義務とされている休憩時間まで何時間操縦していいかの話になるその会話を、心の底では私はまるで昨日聞いたばかりのように憶えているからだ。「だったら、何が書いてあるか見てみな」と機長が以前コンスの家で聞いた時と同様に言った。「VORまでの残りの距離は百三十六マイル、三万二千フィート下降しなければならない。それに加えて、速度を落としていかなければならない。そんなわけで、さて、そろそろ仕事に着手しよう」そして副操縦士が言う。「ボゴタですか、アメリカン九六五便です。下降の許可を願います」それにボゴタが答える。「続けて、アメリカン九六五、こちらカリ」さらに副操縦士が言う。「聞こえてます、カリ。二十五分ほどでそちらに到着します」そこで私は以前と同様、考えた。いいいいいいや、そうではない。二十五分後にそこには着かない。いいいいいいいいい、いいいいいいいいい、ことが僕の人生を変える。

私が傍に行ったのに気づいてもマヤはこちらを見なかったが、まるで私を待っていたかのように顔をあげた。すると彼女の頰には涙の痕が見えたものだから、馬鹿げたことだが私はこのテープの最後に起こる出来事から彼女を守ってあげたいと思った。到着経路は二番、指定された滑走路は〇一番。一帯は交通量が多くライトが目に入るので、飛行機もライトを点け、私はソファのマヤの隣に腰かけ、肩に手を回し、こちらへ抱き寄せた。そして二人とも自分の重みでソファに沈み込む。まるで眠れないでいる古くからのカップルのように。実際私たちはそれだった。眠気を感じない長いこと連れ添った夫婦だ。朝まだき、幽霊のように佇み不眠を分け合っているのだ。「機内放送をしよう」と声が言った。そしてすぐさま続ける。「ご搭乗の皆さま、機長です。当機は下降を始めました」するとその時、すすり泣きが聞こえた。「そこにお母さんがいるのよ」と言った。そこから先は何も言わないだろうと思った。「死んじゃうの」とそれから言った。「わたしを独り残していくの。アントニオ、それなのにわたしは何もできない。なんでこの飛行機に乗らなきゃならなかったの？　なぜ直行便じゃいけなかったの？　なんでこんなに不運ばかりなの？」私は彼女を抱きしめた。抱きしめる以外に何ができただろう。起こってしまったことを変えることはできないし、テープの時間の流れも止めることはできない。もう既に終わってしまったことに向かって、決定的なことに向かって進む時間なのだ。「皆さまが楽しい休暇を過ごされますことを、そしてすこやかですばらしい一九九六年を迎えられることをお祈りします」テープの中から機長が言葉をかけてきた。「本日は私どもアメリカン航空をご利用いただき、ありがとうございます」

この偽りの言葉――一九九六年はエレーン・フリッツには存在しないだろう――を聞いて、マヤはまた思い出した。回想という消耗的な勤行に再び心を砕いた。あれは僕のためを思ってのことだったのかい、マヤ・フリッツ？　それともひょっとして僕を利用すればいいと気づいたのか？　君に過去に帰ることを許すのは僕をおいて他にいないと、その思い出を歓迎するのは僕以外にはいないと、大人しく熱心にその思い出話に耳を傾けるのは僕だけだと？　こうして彼女は私に十二月のあの日の午後のことを語ってくれた。その日は養蜂場で長時間、根を詰めて働いたので、彼女は家に着くなりシャワーを浴びようとしていた。蜂の巣にダニがわき始め、一週間どうにか被害を抑えようとアネモネとフキタンポポの煎じ薬を作るのに精を出していた。手にはまだふたつの混合物の強いにおいが残っており、大急ぎで手を洗いたかった。「その時、電話が鳴りました」と彼女は言った。「普段はほとんど電話には出ないのですが、その時は思ったんです。重要な用件だったら？ と。お母さんの声が聞こえたので、ああ、少なくともそこまでではない、と独り言をいいました。全然重要な案件なんかじゃない、と。お母さんは毎年クリスマスには電話をかけてきました。どれだけ年が経っても欠かしたことはありませんでした。わたしたちは年に五回話す機会を持っていました。彼女の誕生日とわたしの誕生日、クリスマス、新年、それにお父さんの誕生日です。わかって下さるでしょうけれども、死者の誕生日を生きている者たちが祝うのです。死者はいないので祝うことができませんから。その時はけっこう長い間話しました。四方山話ですけれども、そのうち母が黙り込んでしまいました。その後言ったんです、ねえ、話があるの、と」そんな風にして、長距離電話の最中、フロリダ州ジャクソンヴィルからの電話の音波を通じて、マヤは父親についての本当のことを知ったのだった。「わたしが五歳の時に死んだわけではありませんでした。生きていたんです。捕まって、そして出獄もしていました。生きていたんですよ、アントニオ。しかもボゴタにいたんです。その上、どうしたことか、お母さんの居場所を突き止めてもいた。そしてまた家族全員で会いたがってるというんです」「すてきな夜じゃないか、なあ？」ブラックボックスの録音テープで機長が言った。そして副操縦士が答えた。「ああ。このあたりはとても気持がいい」「家族でまた会いたいですってよ、アントニオ、お願いよ」マヤが言った。「まるで二、三時間買い物に行ってただけって感じ」そして機長が言った。「フェリス・ナビダー、セニョリータ」。

この種の打ち明け話に対して人がどのような反応を見せるのか、こんなにも唐突な状況の変化を前にしてどのように振る舞うのか、自身の知る世界が消えてしまった時にどうするのか、そうしたことが研究されているのかどうか、私は知らない。多くの場合、徐々に帳尻を合わせていくのではないかと考えることはできそうだ。我々の人生に関して作り上げてきた体系内に、新しい場所を見出すべく努力する。我々の関係性と、我々が過去と呼んでいるものに対する再評価を行うのだ。たぶん、それが一番難しく、受け入れるのに苦労を要することだ。つまりこれまで厳として動かないと思われた過去が変わってしまうということが。マヤ・フリッツの場合、最初に抱いたのは不信感だったが、それは長くは続かなかった。数秒もしないうちに、明白な証拠を突きつけられて折れた。次に抱いたのは、一種の抑制のきいた怒りだった。一部にはたった一本の電話でのわずか数分の会話でだめになってしまうような人生の傷つきやすさが原因だ。受話器を取ったら、もうそれだけで家の中に自分が頼んだわけでも求めたわけでもない事実が入ってきて、雪崩のように私たちを押し出していくのだから。そして抑制のきいた怒りの後には大っぴらな怒りがやって来た。電話口で怒鳴り、罵倒したのだ。さらに大っぴらな怒りの後には憎しみが続いた。そして憎しみの言葉が出てきた。「誰にも会いたくない」とマヤは母親に言ったのだ。「あの人が信じるか信じないかは勝手よ、でもね、言っておく。ここに来たら銃弾をお見舞いしてやる」マヤは悲しみにひき裂かれた声でしゃべった。きっとその時は、今、私の目の前、ソファに腰かけた様子とはずいぶん違ったのだろう。今は静かで落ち着いてすらいるような泣き声だ。「ここはどこだ?」ブラックボックスでは副操縦士が訊ねていた。その声には警戒する様子が窺われる。これから起きることを予感している。「ここから始まります」とマヤが言った。そしてそのとおりだった。そこから始まったのだ。「どの方角?」と副操縦士が言い、「さあ」と機長が言う。「なんだこれは?　何がどうしたんだ?」こうしてボーイング757の横揺れが始まり、アンデス地方の夜の闇一万三千フィートの高さで迷子の鳥のように彷徨《さまよ》い、エレーナ・フリッツの死が始まったのだ。何かに気づいたあの声がまたそこにあった。声は平静を装い統制を保っているふりをしているのだけれども、統制などもうとっくに失っていたし、平静など、とんでもない誤魔化しだったのだ。「じゃあ左に旋回するか？　左旋回だな？」「いや……それはやめておこう。まっすぐ……」「まっすぐどこ方面？」「トゥルワー方面だ」「なら右だ」「どこに行く？　右に旋回しろ。カリに行くぞ。失敗したな、違うか？」「ああ」「どうすりゃこんなことになるんだ。今すぐ右だ。今すぐ右」

「ここで失敗したんです」とマヤが言った、というより、囁いた。「そこにお母さんがいたんです」

「けれども彼女は何が起こっているのか知らなかった」と私は言った。「パイロットたちが行き先を見失ったことは知らなかった。少なくとも恐れは抱いていなかった」

マヤはしばらくそのことについて考えた。「確かに」と言った。「少なくとも恐れは抱いていなかった」

「何を考えていたんでしょう？」と私は言った。「そう思ったことありますか、マヤ？　エレーンはその瞬間何を考えていたのだろう、と？」

テープの録音は苦悶の音を発した。電子音がパイロットたちに向けて絶望の警告を発していた。「地面です。墜落します」「何千回となく自問しました」とマヤが言った。「わたしが彼女にはっきり主張したのは、彼には会いたくないということでした。お父さんは五歳の時に死んだんだから、それだけなんだって。そのことで何も変わったことはないのだからって。わたしの人生ではそういうことになっている。今ごろになって二人してそれを変えようとしないでって。でもその後何日もの間ずたずたになりました。病気になりました。熱が、高熱が出て、熱があるのに養蜂の仕事は続けたのは、在宅中にお父さんがやって来てはと恐れたからでした。そうなったら何をどう考えればいいのか？　たぶん、ちゃんと相手してあげなきゃって考えたんでしょうね。お父さんはわたしのことをとても愛していた、わたしたちのことを愛していた、だから相手にしなきゃって。それからまた電話がかかってきました。お父さんのやったことを正当化してきました。当時は事情が違ったのだと、つまり麻薬密輸の世界とか、そんなことです。誰もがちょっとした罪人だったんだと、そう言ったんです。罪人だった、ではなくて、ちょっとした罪人だった、です。それとこれとでは大違いだってわかりますかね。でもまあ、大した差はありません。まるでこのわたしたちの国に罪がないなんてことが存在するとでも言いたげなんですから……結局、その時お母さんは飛行機に乗ることを決めたんです。そして自らどうにかしようと思ったわけです。チケットが手配でき次第搭乗すると言ってきました。自分の娘に射殺されるならそれも良かろう。そう言ったんです、自分の娘って。それも良かろうって。でも決着のつかないうちはいやだって、もしあそこであしていたら、なんて後で悩むのはいやだって。ああ、もうここまで来てるんですね。辛いです、信じられない。これだけ時間が経っても」「くそ」とテープでパイロットが言っていた。「ああ、辛い」とマヤが言っていた。「上だ」とパイロットが言っていた。「もっと上だよ」

「飛行機が墜落しています」とマヤが言った。

「上昇だ」ブラックボックスの機長が言った。

「うまくいってる」と副操縦士が言った。

「死ぬんです」とマヤが言った。「もう打つ手はありません」

「上昇だ」と機長が言った。「ゆっくり、そっとだ」

「さよならも言えなかった」とマヤは言った。

「もっと上だ。もっと高く」と機長が言った。

「OK」と副操縦士が言った。

「知りようがないじゃないですか」とマヤが言った。「どうすればわかったって言うんですか、アントニオ?」

そして機長。「高く、高く、高く」

ひんやりとした未明の空気にマヤの泣き声が満ちた。柔らかくて繊細な泣き声だ。そしてそこに最初の鳥たちの歌が加わる。さらにはすべての音の母である音が混じる。虚空へと消える生命の音だ。九六五便のいろいろなものがアンデスに落ちる音だ。不条理な話だが、ラベルデの生命の音でもある音だ。それはまたいかんともしがたくエレーナ・フリッツの生命にもつながっている。そして私の生命にもなのか? 私自身の生命もその瞬間、地上に向けて飛び降り始めたのではないのか? その音は私自身の落ちる音ではないのか? 自分でも知らない間に、その時、落下が始まったのではないのか?「何だって、じゃあ君も空から来たんだね?」星の王子さまが語り手のパイロットに訊ねている。そうだよ、と私は心の中で答えた。僕も空から落ちて来たんだよ。しかし私の落下については誰も証言してくれそうにない。後になって誰かが確かめることのできるブラックボックスはない。リカルド・ラベルデの落下を証言してくれたようなブラックボックスすらない。人体はこの贅沢なテクノロジーを身につけて生きることができないのだ。「マヤ、いったいどうしたわけでこれを聞いてるんですか?」と私は言った。彼女は黙って私を見つめた（目が赤く、水浸しになっている。唇は悲嘆に歪んでいる）。言っている意味がわからなかったのだろうと思った。「そうではなくて……つまり、どうやってテープを手に入れたかと……」マヤは深呼吸した。「お父さんは昔から地図が好きでした」と言った。

「何ですか？」

「地図です」とマヤは言った。「昔から好きだったんです」

リカルド・ラベルデは昔から地図が好きだった。学校での成績は良かった（生涯を通じてクラスの上位三名に入っていた）が、何よりも地図が得意だった。生徒たちがトレーシングペーパーか時にはクッキングシートに芯の柔らかい鉛筆またはペンや製図用ペンでコロンビアの地理をなぞっていく作業だ。アマゾンの台形地帯で国境線が突然まっすぐになるのが好きだった。矢のかかっていない弓のように緩やかな曲線を描く太平洋岸が好きだった。ラ・グワヒーラ半島は下に地図を敷かなくとも描くことができた。突然目隠しをされても、まるで他の生徒がロバに尻尾を描くくらい簡単に、ためらいも見せず、地図上のアルマゲール源流地帯を画鋲で刺すことができた。リカルドが学校に通っている間に何度か生活指導を受けたことがあるが、それらはいずれも地図製作の時間の話だった。というのもリカルドは与えられた時間の半分ほどで自分の作業を終え、残りの時間は金をもらってクラスメートの地図を作って過ごしたからだ。コロンビアの行政区分入りの地図ならば五十センターボ、水系や等温線つきの地図ならば一ペソという具合に。

「どうしてその話を？」と私は言った。「何の関係があるんでしょう？」

十九年の刑務所暮らしの末にコロンビアに戻った彼は仕事を見つけねばならず、当然のことながら飛行機関係を探した。いくつかの小さな門を叩いたが、どれも閉まっていた。航空クラブとか飛行学校などだ。その時、ふと思い立ってアグスティン・コダッツィ地理院に行ってみた。いくつか簡単な試験があり、二週間後にはそこの双発機コマンダー690Aを操縦する身となった。乗組員は機長と副操縦士、地理学者二人に専門職員二人、立派な航空写真機一式だった。人生の最後の数カ月、彼はその仕事をしていたのだ。朝早くエル・ドラード空港を離陸し、コロンビア上空を経巡《へめぐ》る間に搭載したカメラが二十三×二十三ミリのネガ映像を撮影する。それがラボでの長い過程と分類の作業を経て、やがて地図になる。子供たちがどれがカウカ河の支流で、西山脈はどこから始まるかといったことを学ぶための地図だ。「わたしたちの子供みたいな子供たちが学ぶんです」とマヤが言った。「わたしたちにいつか子供ができればの話ですが」

「その子たちがリカルドの写真で学ぶ」

「そう考えるとすてきでしょ」とマヤが言った。それから、「父はカメラマンととても仲良くなりました」

イラゴーリという名だった。フランシスコ・イラゴーリだが、皆からはパチョと呼ばれていた。「やせっぽちで、だいたいわたしたちと同い年くらい、幼子イエスのような顔つきの人です。頬は赤くて、鼻は尖って、顔には髭ひとつ生えていません」マヤは彼を探し、見つけ出し、電話をかけ、ラス・アカシアスに来るようにと誘った。一九九八年初頭のことだった。そしてその彼からリカルド・ラベルデの最後の夜の様子を聞いたのだった。「二人はいつも同じ飛行機に乗ったそうです。仕事を終えるとビールを飲み、それからそれぞれの家に帰っていました。そして二週間後には二人は地理院に、地理院内のラボにこもって写真を仕上げます。というよりもイラゴーリが写真を現像し、父に見せ、教えたのです。光制御の仕方、一枚の写真の三次元分析の仕方。立体鏡の使い方とか。父は子供のように楽しそうにしていたと、イラゴーリは言っていました」殺される前日、リカルド・ラベルデはラボにイラゴーリを訪ねてきた。遅い時間だった。イラゴーリは仕事とは関係なく訪ねてきたんだなと独り言を言った。ひと言二言話を聞いただけで、パイロットが借金に来たのだと理解した。金の無心を前もってわかるなど、これほど簡単なことはない。だが千年経っても理由は想像できなかっただろう。ラベルデはある録音テープを買いたいのだという。ブラックボックスの録音だ。彼はイラゴーリに便名も伝えた。その便で死んだ人物の名も伝えた。

「金はカセットを工面してくれる役人に渡すものでした」とマヤは言った。「どうやらコネがあったらそんなに難しいことでもないようです」

問題は借金の額だ。ラベルデはかなりの額を必要としていた。手持ちでは間に合わなかったのは言うまでもないが、ATMで引き落とせるよりも多額だった。そんなわけで友人二人、つまりパイロットと写真家はある決意をした。そこにじっと留まり、つまりアグスティン・コダッツィ地理院の建物内で時間を潰し、暗室や修復部事務所やらに紛れ込み、古い印画のコピーを弄《もてあそ》んだり遅れている仕事の地形図を描いたり、あるいはまた間違った座標を訂正したりして過ごし、夜の十一時半くらいになったら一番近くのATMまで出向き、一日に下ろすことのできる限度額を下ろし、それをもう一度やる、つまり、日付が変わる直前と十二時を回った直後にやる、ということをしたのだった。つまりコンピュータ、数字しか理解できないこの哀れな機械の裏を掻いたわけだ。こうしてリカルド・ラベルデは必要としていた額の金を手に入れた。「イラゴーリがそう教えてくれました。わたしが手に入れた最後の情報のピースでした」とマヤは言った。「さらに後から父が撃たれた時独りではなかったことを知りました」

「私の存在を知ったのですね」

「そうです。その後です」

「リカルドは僕にはその仕事のことは教えてくれませんでした」と私は言った。「地図のことも航空写真のことも、双発機コマンダーのことも」

「ひと言もですか?」

「ひと言も。訊ねなかったわけではないんですよ」

「わかります」とマヤは言った。

しかし明らかに彼女は私にはわからない何かをわかっていた。リヴィングの窓の向こうには木々が見え始めていた。木の枝のシルエットがこの長い夜の深い闇の背景から剝がれ始めていた。家の中でも、私たちの周囲でも、ものごとは昼の間の生命を取り戻し始めていた。「何がわかるのでしょう?」私はマヤに訊いた。彼女は疲れているようだった。二人とも疲れているのだと思った。私の目の下にも彼女の目の下にかかっているのと同じような隈がかかっているのだろうと思った。「イラゴーリはその日、そこに座りました」と彼女は言った。指差したのは誰も座っていない椅子、今ではもう音も出ていない再生機に一番近い椅子だった。「昼食を食べただけでした。代わりにわたしから話を聞こうとはしませんでした。家族についての書類を見せてくれとも言いませんでした。わたしと寝ることもありませんでした。そんなこと、とんでもないことです」私は視線を下げた。彼女もそうしたと直観した。それからマヤがつけ加えた。「本当のことを言うと、あなたはひどい人です。本当にかわいい人」

「失礼？」私は聞き返した。

「よくぞ恥ずかしさで死ななかったものです」マヤはにっこり笑った。朝の光に笑顔が包まれた。「つまりはっきりと憶えているんです。彼はそこに座って、ちょうどルーロ[＊1]のジュースが運ばれてきたところで、というのもイラゴーリは酒が飲めないからなんですが、そこに砂糖を小さじ一杯入れて、こんな風にゆっくりとかき混ぜていました。そうしながらATMの話をしたんです。それから言いました。ああ、もちろん、彼はお父さんに金を貸したけれども、だからって彼だって有り余るほど持っているわけじゃない、と。だから言ったそうです、なあ、リカルド、気にしないでもらいたいんだが、どうやって返すつもりなのかは訊いときたいんだ。いつ、どうやって払ってくれるのかってね。そこでお父さんが、あくまでもイラゴーリによればですけど、言ったそうです。ああ、そのことなら心配するな。最近ある仕事をした。だからけっこうな額の金が入ってくることになっている。耳を揃えて、利子までつけて返すとも」

　マヤは立ちあがって二、三歩歩き、簡易テーブルの上の再生機のテープを巻き戻した。水の流れのような単調なその金属のさざめきが沈黙を満たした。「その言葉はポッカリと空いた空洞みたいなものです。そこから何もかもが出て行っちゃう」とマヤが言った。「最近ある仕事をしたとお父さんがイラ

＊1　柑橘系の果物。

ゴーリにそう言ったんです。だからけっこうな額の金が入ってくることになっている。言葉少なではありますが、ひどい話なのはわかります」

「でも僕たちは知らない」

「そのとおり」とマヤは言った。「わたしたちは知りません。イラゴーリは最初、その質問はしませんでした。繊細というか内気というか、黙っていました。でも最後には我慢がならなくなったようです。フリッツさん、何の仕事なんでしょうね？　と。まだそこにいるようです。向こうを見ている彼の姿が見えるようです。その棚がわかりますか、アントニオ？」マヤは四段の籐の飾り棚を指差した。「上の段の先住民が見えますか？」脚を組んで座る男の人形と巨大な男根だった。隣には頭のついた容器が二つに、突き出たお腹がひとつ。「イラゴーリはそこに目を釘づけにしていました。わたしからは目をそらして、わたしの目も見ずに言ったんです。怖かったんですね。何を言ったかというと、つまりあなたのお父さんは妙なことに首を突っこんではいなかっただろうか？　と。妙なことというのは、例えば？　とわたしは訊ねました。でも彼はずっとあっちを見たまま、先住民の人形を見つめたままで、子供みたいに顔を真っ赤にして、言うんです。いや、わかりません、どうでもいいや、今となっては大した問題ではありませんって。いいですか、アントニオ、わたしもまったく同じことを考えていたんです。今となっては大した問題ではないって」再生機の囁きがそこで止まった。「もう一度聞き返しますか？」とマヤが言った。指でボタンを押した。死んだ二人のパイロットがまた遠い夜の、夜の空の只中での、高度三万フィートでの会話を始めた。するとマヤ・フリッツは私の隣に戻って、私の脚に手を置き、頭を私の肩にもたせかけた。するとまだ前日の雨が感じられる髪のにおいが届いた。きれいなにおいとは言えなかった。むしろ汗と眠気の染みたものだった。けれども、私はそれが気に入った。それに包まれて心が和んだ。「帰らなきゃ」と私はその時、言った。

「本当に?」

「本当に」

立ちあがって大窓の外を見た。外では巨岩の向こうから太陽の白い染みが顔を覗かせていた。


ラ・ドラーダとボゴタの間の直通のルートはひとつしかない。それが回り道せず不要に時間もかけずに移動する唯一の方法だ。勢い、すべての輸送機関が通る道だ。旅客も荷物もだ。運送会社にとってはできるだけ短時間で走行するのが死活問題だからだ。だからこそ、そんな唯一のルートで不意の事故でもあれば、損害も大きなものになりがちだ。河に沿って進む直線道を南へ行くとオンダに出る。アンデスを超える飛行機便のなかった頃、旅人たちがやってきた港町だ。ロンドンから、ニューヨークから、ハバナから、コロンやバランキージャから、海を渡ってマグダレーナ河口まで着くと、そこで船を乗り換え、そして時にはその船のままで旅を続ける。河を遡る長い船旅はくたびれた蒸気船が務めるが、旱《かん》魃《ばつ》の時期、水位が下がるあまり川床がブイのようにせり上がってくる時期には、ワニや漁師のランチに混じって川岸で足止めを喰らうのだった。オンダから先は旅人は銘々のやり方でボゴタを目指す。ロバの背に乗り、鉄道で、個人の車で、と時代により手段は様々だし、かかる時間もそれぞれで、数時間のこともあれば数日のこともある。何しろ、百キロちょっとの道のりとはいえ、海抜○メートルから灰色の空をした首都の街が鎮座する二千六百メートルまで上るのは並大抵のことではないからだ。これまで生きてきて誰からも説得力のある説明を受けたことがなく、ただ退屈な歴史的経緯が並べ立てられるだけだったのだが、いったいなぜひとつの国がこれだけ隔絶した、隠れた都市を首都に選んだのか不思議でならないのだ。ボゴタ人たちが閉ざされ、冷たく、人と距離を置きがちなのは彼らのせいではない。街がそんな性格だからだ。余所者に対して不信感を抱きがちなのも、しかたがない。慣れていないのだから。私はもちろん、マヤ・フリッツが機を見てボゴタを出ていったことを難じることはできない。自分と同世代の者がどれだけ同じことをしたかと、幾度となく自問したものだ。多くの者が逃げたのだ。マヤのように暑い地方の田舎町ばかりでなく、時にはリマかブエノスアイレスに、ニューヨークかメキシコに、マイアミかマドリードに移住した。コロンビアは逃げ行く者を産み出すことは間違いない。そのうちどれだけが私やマヤのように七〇年代初頭に生まれたのか、いつの日か調べてみたいものだ。どれだけがマヤのように、あるいは私のように、平和な、もしくは庇護された、少なくとも掻き乱されることのない子供時代を過ごしたのか。どれだけの者が思春期を通過し、恐る恐る大人になる頃に周囲の街が恐怖に沈み、戦争を、少なくとも因習的な戦争——というものがあればの話だが——を布告したわけでもないのに、銃声と爆破音に包まれることになったのか。そうしたことを知りたいと思う。街を出ることでいくらか救われた気になった者がどれだけいるのか、救われたと思うと同時に何かを裏切ったような気になった者が、燃え盛る街を見捨てた格言のネズミになったと感じた者がどれだけいるのか。語ってみせよう、ある日、夜のしじまに／尊大にして人多き狂った街が燃えるのを見た、とアウレリオ・アルトゥーロの詩が謳《うた》ったのだった。私はまばたきひとつせず倒壊する街を眺めた／薔薇の花びらがひづめの下に落ちるように落ちる街。アルトゥーロがこれを公刊したのは一九二九年だった。彼の夢に現れた都市がその後どうなったか、彼には知るすべもなかった。ボゴタは彼の詩文に合わせ、詩の中に入り込んで隙間を埋めたのだった。鉄が型に合わせるように、そう、まさに溶けた鉄が入れられることになった容器の型に合わせた形になるように。

燃え盛る密林の中のもも肉のように燃えていた
そして丸屋根が落ち、壁が倒壊し
哀切の声に降りかかるさまは広大な
鏡の上に落ちるよう……きらきら輝く万の叫び声！

哀切の声。その奇妙な月曜日、マヤ・フリッツの家で過ごした週末を終え、市西部から、エル・ドラード空港を離陸した飛行機の下をかいくぐり、川を渡り、それから二十六番通りをのぼってボゴタに帰り着いた頃、私はそのことを考えていたのだった。午前十時を少し回ったところで、道中、不意の出来事もなく、倒壊も渋滞も事故もなく、所々、通るのに通過待ちをしなければならないほど狭くなる自動車道で、何ものにも阻まれることはなかった。道々、週末に聞いたことを思い起こし、それを語ってくれた女性を思い出していた。そしてまたナポリ農園で見たことも想起した。そこでも丸屋根と壁が倒壊していたのだった。そしてもちろん、アルトゥーロの詩のことと家族のことも考えていた。家族とアルトゥーロの詩のこと、私の街と詩と家族のこと、詩の中の哀切の声、アウラの声とレティシアの声、近年、私の心を満たしてくれていた声、一度ならず私を救ってくれた声。

炎は私の頭髪にも似て
若き街に放たれた赤い豹、
私の夢の城壁は燃えさかり、崩れ落ちていった。
街全体も叫びを上げ、崩れていった！

アパートの駐車場に入った時には、ずいぶんと長い間留守にしていたような気になった。窓越しに挨拶する門番には見覚えがなかったし、いつもより多く切り返してやっと自分の駐車スペースに車を入れた。車を下りると寒かった。車内はマグダレーナ渓谷の熱い空気を保っていたのだろうと思った。温度差が激しかったのでできっと毛穴が急激に閉じたのだ。セメントのにおいがしたし（セメントは寒いにおいがする）塗り立てのペンキのにおいもした。何かの作業が進行中だったのだが、それが何の作業なのか憶えていない。週末に始まったのだろう。しかし作業員はいなかった。代わりにそこには、建物の駐車場内の出ていった車の駐車スペースに真ん中から切断されたガソリンのタンクが置いてあり、そこに余った作りたてのセメントが入っていた。子供の頃私は作りたてのセメントの手触りが好きだった。そんなわけで周囲を見渡し、誰にも見られていない、気が触れたと思われずにすむことを確認すると、タンクまで歩いて行き、ほとんど固まりかけていた練りセメントに指を二本、注意深く入れてみた。こうして汚れた指を見つめ、においを嗅ぎ、においを堪能しながらエレベーターに乗った。そのまま自分の部屋のある十階まで上がったので、あやうく汚れた指で呼び鈴を押すところだった。そうしなかったのは呼び鈴か壁を汚すのがいやだったからだけではない。そうではなくて、ふと（高層階でのこの静けさの質、ドアの磨りガラスの向こうの暗さなどから）家の中には誰もいないからドアを開けてくれないのではないかと勘づいたからだ。

続いて、これまでの人生で海抜〇メートル地帯からボゴタの高みへ戻った時に常に起こっていたことが起こった。もちろんそれは私だけが感じることではなく、多くの人に、場合によっては大半の人に起こることだ。けれども、小さな時から私は、自分の症候は他人のものより強烈なものだと感じていた。戻ってきて最初の二日間は感じる呼吸困難のことだ。階段を上るとかスーツケースを下ろすといった、ちょっとした力を要する行動に伴って心拍数が上がるのだ。こんな状態が、肺がふたたび薄い空気に慣れるまでしばらくの間、続く。それが自分の鍵を取り出して部屋のドアを開けた時に起こったのだ。目は機械的に食堂のきれいなテーブルを確認した（未開封の封筒も手紙も請求書もなかった）。電話台を確認すると留守電の赤いランプが点滅し、ディジタル表示板にメッセージが四つ入っていることが記されていた。台所のはね扉も確認した（半開きの位置で止まっていたので、蝶番《ちょうつがい》に油をささなければならないのだろう）。空気が足りないと、心臓が空気をくれと言っていると感じながら、これらを目で確認した。一方、目で確認できなかったものもあった。玩具が一切ないのだ。カーペットの隅にもない。椅子の上に打ち捨てられてもいない。廊下で迷子になってもいない。何もないのだった。プラスティックの果物もそれが入っている籠も、縁の欠けたティーカップも、黒板のチョークも色紙も。何もかもきれいに片付いていた。それを見て電話機の前に行ってメッセージを再生した。最初のは大学の学部長室からのもので、なぜ朝七時の授業をしなかったのか、できるだけすみやかに報告書を出すようにと言ってきた。二つ目がアウラからのものだった。

「心配させないようにと思って」とその声が言った。哀切の声だ。「アントニオ、わたしたちは無事だから。レティシアとわたしは無事だから。今、日曜日の夜八時だけど、あなたは戻って来なかった。わたしたちがどこに行こうとしているのか、わたしには見えない。あなたとわたしのことよ。あなたとわたしがこの先どこに行きそうなのか、わたしには見えないの。このところの出来事の後に、今度は何が起こるのか見えない。わたしは努力した。とても努力したのよ。知ってるよね。でももう努力するのに疲れた。わたし自身もくたくた。もう無理。ごめんね、アントニオ。でももう無理なの。子供に対しても不当よ」彼女はそう言ったのだった。子供に対しても不当と。それからまだ何か言ったのだが、留守電の録音時間が終わってしまい、メッセージは途中で途切れた。次のメッセージも彼女からのものだった。「切れちゃった」という声はガラガラで、まるで二つの録音の間に泣いたみたいだった。「そうはいっても、これ以上言うこともないんだけど。あなたも無事なことを祈ります。無事帰り着いて、それからわたしを許してくれますように。だってもう本当に無理なの。許してね」最後のメッセージはまた大学からだった。ただし、今度は学部長室からではなく、事務からだった。ある卒業論文の指導をするようにとのことだ。『イーリアース』における法の原型としての復讐についての馬鹿げた論文計画だった。

　メッセージは立って聞いた。目は開いていたが、何も見ていなかった。もう一度再生してアウラの哀切の声をアパート全体に響かせ、聞きながらひとまわりした。ゆっくり歩いたのは息切れするからだ。どんなに深く息を吸い込んでも快適な呼吸をしているという感覚は得られなかった。肺が閉じている様子が容易に想像できた。言うことを聞かない気管支が、仕事をしない肺胞が、空気を受け取ることを拒否していた。台所には汚れた皿一枚としてなかった。タンブラーもどれもきれいで、ナイフやフォーク類もしかるべき場所にあった。アウラの声がもう疲れたと言っていた。私は廊下をレティシアの部屋へ向かっていた。アウラの声が子供に対しても不当だと言う頃、私はレティシアのベッドに腰かけ、正当なことはレティシアが自分と一緒にいてくれることだと思った。それまでのように彼女を見守るのが正当なのだと。

　君を見守ってあげたい、と思った。二人を見守っていたいんだ。一緒なら安全だ。一緒なら何も起きやしない。

　クローゼットを開けた。アウラは子供の服を全部持っていったようだ。レティシアくらいの年頃の子供は一日に何着も服を汚す。始終洗濯しなければならなくなる。突然、頭が痛くなった。酸欠なのだと考えた。少し横になってから薬を飲もうと思った。というのも何かあったらすぐに薬を飲もうとするこの傾向をアウラにいつもとがめられていたからだ。まずは体の自然治癒力にまかせることをしないのだ。「許してね」とリヴィングで、壁の向こう側でアウラの声が言っていた。アウラがリヴィングにいるわけではもちろんない。彼女がどこにいるかなど知る由もない。けれども無事ではある。それにレティシアも無事だ。それが重要なことだった。たぶん、ちょっと運が良ければ、また電話してくるだろう。私には小さすぎるベッドに横になった。大人の私の長い体はそのベッドには入りきれなかった。天井からぶら下がっているモビールに目がとまった。レティシアが毎朝起きた時に最初に目にする映像で、たぶん、寝る時に最後に見る映像でもある。天井からアクアマリンの卵がぶら下がり、卵から四つの十字が出ている。それぞれの十字にそれぞれひとつの人形がぶら下がっている。大きな渦巻きの目をしたフクロウ、テントウムシ、モスリンの羽のトンボ、長い触覚の微笑む蜜蜂だ。その場でわかりづらい動きを見せている形と色を集中して眺めながら、アウラがまた電話してきたら何と言おうかと考えた。どこにいるのか、迎えに行ってもいいか、それとも待っていていいのだろうかと訊ねようか？　私たちの生活を打ち捨てたのは間違いだったと気づかせるために黙っていようか？　それとも彼女を説き伏せ、一緒に世界の悪から身を護ろうではないかと主張しようか？　世界はひとりきりで歩き回るにはあまりにも危険な場所だと、だから誰かが家で待っていてくれないと、そして帰りが遅くなったら心配して、探しに出てくれる、そんな人がいないとやっていけないのだと言い張ってみようか？

著者覚え書き

『物が落ちる音』を書き始めたのは二〇〇八年六月、サンタ・マッダレーナ基金（イタリア、ドンニーニ）で六週間過ごしている最中のことだった。ベアトリーチェ・モンティ・デッラ・コルテの歓待に感謝する。小説を書き終えたのは二〇一〇年十二月、シュザンヌ・ローランティの家（ベルギー、ホリス）でのことだった。彼女にもまた感謝の意を捧げる。二つの日付の間にこの小説を豊かにし、良くしてくれた人々はたくさんいる。それが誰のことかは本人たちが自覚されているはずだ。

訳者あとがき

友人の極めて私的なエピソードから語ることを許していただきたい。

メキシコの日系企業に勤める彼は、数年前、コロンビアの首都ボゴタの支社に転勤を命じられた。ボゴタで支給されたのは防弾ガラスで重装備された車で、彼は毎日それで出社した。とある国際機関に勤務する妻も、願いが聞き入れられてボゴタ勤務になったので、例の車で二人仲良く通勤した。妻の仕事場は彼の会社のすぐ目の前にあった。ところが妻はいささか恥ずかしい思いをすることになった。同僚たちにその話をしたら、大笑されたのだ。何をそんな大袈裟な！　防弾ガラスが必要なのは君がついこの間までいた都市の方じゃないのか？　ここはもうそんな危険地帯ではないぜ、というわけだ。

ボゴタは今では危険な都市ではない。むしろ危険なのはメキシコ市だ。友人の妻の同僚たちの笑いは、この極めてシンプルな命題を突きつけ、私たちの思い込みを溶解してくれる。コロンビアはもはや危険な国ではない。安全な国とまでは言うまいが（テロリズムの時代たる現在、安全な国などというのが存在するのか?)、少なくとも世界で一、二位を争う最危険国ではない。小さな危険ならばあるという程度の普通の国だ。

コロンビアがひどく危険な国だとの印象を抱くのは、八〇年代の麻薬カルテル間およびそれらと政府との抗争のニュースが私たちにも届いていたからだろう。本書中でも言及される大統領候補ルイス・カルロス・ガランの暗殺(一九八九年、選挙運動中に演台の上で射殺された)の映像は日本のテレビでも流れたと記憶する。この暗殺を指示した麻薬王パブロ・エスコバール(一時期国会議員になった彼をガランが追放した)に由来するもののみならず、他の麻薬カルテルや反政府組織コロンビア革命軍FARCに関係する暴力が頻繁に伝えられた。そんなわけで、コロンビアはすっかり暴力が日常化した国であり、その首都ボゴタは危険であるとの印象を世界に与えることになったのだ。

FARCまで考慮に入れると話が複雑になるので、本書を理解するために最低限必要な前提として、パブロ・エスコバール(一九四九-九三)のことを確認しておこう。麻薬王エスコバールはいわゆるメデジン・カルテルの頭目として知られ、恐れられた人物だ。五千人もの殺し屋を雇っていたとされ、本文にあるように、邪魔になる政治家や敵対する勢力(カリ・カルテル)の者たちを次々に暗殺し、一方で貧困層への援助を惜しみなく続け、ナポリ農園の動物園を一般に開放したり(ローリング・ストーンズのメンバーさえもここを訪れたという神話がある)、サッカー・チームのオーナーになったりして、愛される側面も有していた。メデジンには彼の名を冠した地区も存在し、そこの住民たちは彼に恩義を感じているという。そんなエスコバールが一旦逮捕され投獄された後に脱獄したのが一九九二年で、以後の抗争はとりわけ凄まじくなり、カリ・カルテルともコロンビア政府ともアメリカ合衆国軍とも噂される刺客に狙われ、多くの者が巻き添えを食って犠牲になったが、ついに九三年、エスコバールその人もコロンビア治安部隊に射殺された。そのちょっと前に軍によって占拠されたナポリ農園は、その後打ち捨てられて廃墟になり、そこの動物園から逃げ出したカバが野生化して増殖、高速道をのし歩くなどして社会問題化した。

エスコバールの生涯や彼とコロンビア政府との闘いについてはオリヴァー・ストーン監督による映画化の話もあったが、結局は作られていないようだ。代わりに、というわけではないが、ごく最近、映像配信サイト、ネットフリックスがオリジナル・ドラマ『ナルコス』を製作した。アメリカ合衆国のドラマだが、日本でも配信され、好評のようだ。エスコバールの息子が父の暴力の犠牲となった人物の子供たちに謝罪する過程を描いたドキュメンタリー映画『わが父の大罪』（ニコラス・エンテル監督、コロンビア、アルゼンチン）というのもあり、これは二〇一〇年東京でフェスティヴァル上映された。弟ロベルトによる『わが兄パブロ』という書物は未訳だが、エスコバール由来の誘拐事件を扱ったガブリエル・ガルシア＝マルケスの『誘拐の知らせ』には邦訳がある（旦敬介訳、ちくま文庫）。

こうしたエスコバールによってもたらされた暴力時代の記憶とともに育った青年を主人公兼語り手とする本書『物が落ちる音』*El ruido de las cosas al caer*（二〇一一年）は、しかし、語りの起点としてエスコバール亡き後のカバたちの話題に触れながらも、彼が調査し再構築することとなった歴史は、エスコバールの全盛期の少し前、この空前の麻薬王とは別の麻薬密売ルートを巡る物語だった。

『物が落ちる音』の作者フアン・ガブリエル・バスケスは一九七三年ボゴタの出身。小説内のアントニオ・ヤンマラよりも三歳年下ということになる。大学では法学を学ぶ（卒業論文のタイトルは本書のある箇所に使われている。ただし、アントニオのそれではない）が、その後、パリ大学ソルボンヌでラテンアメリカ文学の分野で博士号を取得している。二〇一二年まではスペインのバルセローナに在住していたが、今ではボゴタに戻っている。

九〇年代に若書きの小説二篇があるが、作者自身は今ではそれらを否定していて、公式の小説作品は二〇〇〇年代になってからのものばかりのようだ。『密告者』*Los informantes*（二〇〇四年）と『コスタグアナ秘史』*Historia secreta de Costaguana*（二〇〇七年）はいずれも邦訳が準備中だ。三作目にして出版社による懸賞形式の文学賞アルファグアラ賞を受賞したのが本書『物が落ちる音』である。前の二作も優れた作品だし評判も高いが、本作はとりわけ好評で、イタリアやアイルランドでもその翻訳作品が賞をとっている。さらには、二〇一三年の『評判』*Las reputaciones* も負けず劣らずの好評で、翌年のスペイン王立アカデミー賞をはじめいくつかの賞をとっている。短編集『全聖人を愛する者たち』*Los amantes de todos los santos*（二〇〇八年）やエッセイ集『捻挫の仕方』*El arte de distorsión*（二〇〇九年）、『ジョゼフ・コンラッド——ひとりぼっちのあいつ』*Joseph Conrad: El hombre de ninguna parte*（二〇〇四年）という評伝も発表している。ジョン・ドス・パソスやE・M・フォースター、ヴィクトル・ユゴーらの翻訳も手がけている。コンスタントで生産的な作家生活であることがわかるだろう。最新作は小説『遺跡の形』*La forma de las ruinas*（二〇一五年）だ。

これまで、短編「野次馬」が文芸誌『すばる』二〇一四年四月号に掲載された（久野量一訳）だけで、おそらく本書が最初の本格的な紹介となる作家バスケスの特質を、他作品にも一瞥を投げかけながら見ていこう。

『密告者』は、ヨーロッパでの第二次世界大戦とコロンビア社会との関係を扱った小説だ。主人公兼語り手のガブリエル・サントーロが、ドイツ系ユダヤ人女性に取材して書いた本を父親に厳しく批判され、その理由を探るべく調査し、大戦前後、ヨーロッパからコロンビアへと亡命あるいは移住してきた人々の歴史を再構築していく。これは一、二年前から翻訳の予告が打たれている作品だ。おそらくは近々、日本語で読める日が来るのだろう。楽しみに待ちたいところだ。

『コスタグアナ秘史』がコンラッドの『ノストローモ』と深い関係を取り結ぶことは、そのタイトルから明らかだろう。コスタグアナとは、『ノストローモ』の舞台となる架空の共和国の名だからだ。千日戦争という内戦を経た後の一九〇三年、アメリカ合衆国の後ろ盾を得て分離・独立する以前はコロンビアの一部だったパナマでは、フランス資本による最初の運河建設の試みが進行中だった。その時代を背景に、主人公兼語り手のホセ・アルタミラーノが、運河建設に携わっていた技師の未亡人と関係を持ち、千日戦争に巻き込まれ、イギリスに逃げてコンラッドと知り合い、彼の小説に「命を奪われ」る顛末を語ったものだ。先に挙げた自身によるコンラッドの評伝などとの繋がりも深いに違いないこの作品もまた、邦訳が進行中で、近々、日本語で読める日が来る。

『評判』については本書の版元・松籟社のサイト内に安藤哲行さんが展開中のコラム「現代ラテンアメリカ文学併走」ウェブ版で詳しく紹介されているので、参照されたい（http://shoraisha.com/□□in/ando/20151115.html）。

このように概観して本書と読み比べてみれば、これまでのところのバスケスの作風というか方向性が、ぼんやりとながら見えてくる。一人称単数の語りとテーマとしてのコロンビアの扱い方だ。『評判』についてインタヴューを受けながら、「コロンビアは私のオブセッションだ」と言ったバスケスであるが、彼のコロンビアの扱い方には特徴がある。それぞれの小説内でコロンビアの歴史上重要な時代を扱いながらも、それがヨーロッパやアメリカ合衆国、その他の外国との密接な関係において捉えられていることだ。語りの重点は時代に独特のしかたでかかわり、そうした複数の社会を移動する個人に置かれているので、複数社会の関係が必ずしも支配―被支配、宗主国―植民地といった一元的な論点で捉えられているわけではないということだ。おかげで、周知の事件や時代が、私たちが知っていると思い込んでいるものとは異なる相貌を露呈することになる。

こうした題材の扱い方はまた、バスケスが優れて現代的な文学の潮流に乗っている作家であることをも示している。

『密告者』はヨーロッパの大戦とコロンビアの関係を扱っていた。二十世紀半ば、ヨーロッパの戦争を逃れてアメリカ（南北アメリカ、カリブ海世界）に渡った人は多い。スペイン語圏ならばスペイン内戦を逃れて、同じ言語圏の国々に一時的に滞在したり、そのまま定着したりした人がいる。第二次世界大戦では、戦間期にヨーロッパにいたアメリカ大陸諸国の者たちが帰国し、同じ船でヨーロッパの人々が平安を求めてアメリカにやって来た。ナチスの迫害を逃れたユダヤ人もいれば、戦後には追求を逃れた当のナチス関係者たちすらもがいた。アイヒマン裁判で有名なアドルフ・アイヒマンがアルゼンチンのブエノスアイレスで身柄を拘束されたのはよく知られた事実だ。

最近、二〇一五年に翻訳刊行されたメキシコの作家ホルヘ・ボルピの代表作『クリングゾールをさがして』（安藤哲行訳、河出書房新社）は、まさにナチス・ドイツを扱った作品だ。そこには作家の属する国メキシコの介入する余地はない。隣国アメリカ合衆国の科学者崩れの捜査官は中心的な役割を果たすけれども。ボルピ（一九六八－）は同世代の友人たちとともに「クラック宣言」という新しい小説のマニフェストを掲げた作家だ。この宣言の後に満を持して発表したのが『クリングゾールをさがして』（原書は一九九九年刊）だ。これはつまり、ラテンアメリカの現実を時に幻想的な意匠に包んで提示してインパクトを与えた先行するラテンアメリカ文学の担い手たちに対する、極めて明確なアンチテーゼだ。ガルシア＝マルケス的「マジック・リアリズム」からの脱却宣言だ。ボルピと共に「クラック」の一員であるイグナシオ・パディージャは、『アンフィトリオン』（二〇〇〇年）でやはりナチス・ドイツを扱った。具体的に言うと、ナチスの替え玉作戦を巡る小説だ。その作戦の名が、小説のタイトルになっている。

つまり第二次世界大戦やナチスは、近年の文学においては一種流行のテーマなのだ。そうまとめることもできるだろう。だが、パディージャの『アンフィトリオン』は、アルゼンチンで拘束されたアイヒマンすら、実は替え玉作戦アンフィトリオンによってすり替えられたのではないかとの疑念を突きつけるものだということを付言しておこう。ロベルト・ボラーニョ『アメリカ大陸のナチ文学』（一九九六年／邦訳は二〇一五年、野谷文昭訳、白水社）には、元ナチスの将校で戦後は亡命してチリの軍にも隠然たる影響を与えたのではないかと噂される人物への言及があった。ナチスがたとえ「流行のテーマ」であったとしても、それは決して一過性の文学的流行などではなく、ラテンアメリカの現在にも明らかに繋がりのある問題なのだということが、これらの例からはうかがい知れる。そしてそのことを確信させるもうひとつの小説的達成が、『密告者』にほかならない。（ちなみに、ボルピの『クリングゾールをさがして』は作家が「二十世紀三部作」と呼ぶ連作の第一部を構成しているのであり、第二部『狂気の終焉』〔二〇〇三年〕では一九六八年のパリ五月革命とメキシコとの関係を扱っている。）

本書『物が落ちる音』がコロンビアの麻薬戦争の始まりとアメリカ合衆国との密接な繋がりを示していることは、既に一読された読者には言うまでもあるまい。そこで展開されるのは麻薬を作り、売るコロンビア人がいて、買うアメリカ人（本書ではアメリカ合衆国人には一貫して蔑称たるグリンゴ／グリンガの語が採用されている）がいる、そして密売人の中から麻薬王が生まれる、という単純な構図には収まらないその始まりが明らかになることも、蛇足だ。しかし、その始まりにアメリカ合衆国が組織して送り込んだ平和部隊の隊員たちが関与していたという指摘に対する驚きは、強調してし過ぎることはない。

リチャード・ニクソンが麻薬戦争を宣言してメキシコからの密売ルートを徹底して潰したと思ったら、合衆国の売人たちは新たな供給源を求めてコロンビアを開拓、その仲介役としてメキシコ滞在経験を持つ平和部隊隊員が暗躍し、地元の農民たちに大麻の栽培の仕方、コカインの作り方などを指導、新たなルートを打ち立てるという展開が、同じく平和部隊隊員であり、彼らの近くにいながら、それには手を染めなかった人物の死後の足跡を辿る過程で、間接的に明らかになっていく様は、衝撃的であると同時にサスペンスフルでもある。

善意のヴォランティアの鑑である（はずだ）と見なされた平和部隊（日本の海外青年協力隊設立の際にも大いに手本とされた）隊員が、国家の意図を裏切り、その敵となっていくという事実は、いかにも皮肉である。しかしリアリティがある。と同時に、個人と国家の関係や合衆国―ラテンアメリカ諸国関係、ラテンアメリカやその他の途上国を目指すグリンゴ／グリンガの志向性といった問題についても考えさせられる。エレーン・フリッツが最初にホームステイした家を出てラベルデ家に引っ越すことになったのは、そこに下宿していた平和部隊隊員が地下に潜る……というか山に籠もり、ゲリラ活動で革命を起こすことに専念すべく家を出たからなのだった。時代は一九六九年。コロンビアとはアンデス山脈でひと続きにつながるボリビアで、ゲリラ戦による革命のシンボルたるエルネスト・〝チェ〟・ゲバラが政府軍に虐殺された（六七年）記憶もまだ鮮明な時代だ。革命への憧れと現実の革命後の社会（ソ連や中国、キューバ）への幻滅が頂点で拮抗していた時代だ。ラテンアメリカは合衆国の若者にとっては、手を差し伸べて経済発展に協力する対象であると同時に革命の聖地であり、そこから合衆国にしっぺ返しをくらわせる対抗運動の拠点であった。ラテンアメリカから見た合衆国は、バラや蘭を輸出してわずかばかりの賃金を得るための商売相手あるいは搾取主であると同時に、ケシや麻、コカの葉（というよりはその加工物）を売って大金をしぼり取る対象でもあった。麻薬を売り麻薬戦争で疲弊するコロンビアだけが悪辣で悲惨なのではない。その陰に常に存在するカウンターパートもまた悪辣で悲惨であり問題含みなのだ。農業の発展とその援助という希望とその裏面としての麻薬取引の悲惨を体現しているのが野心と善意に溢れた平和部隊隊員の若者たちであり、希望と悲惨を実現しているのが平和部隊という国家事業であり経済協力という国家間関係だ。

　こうしたことの実例が、コロンビアの七〇年代初頭に即して描かれるのがバスケスの小説の面白さだ。しかし同時に、内容の興味深さもさることながら、それが一人称の語りで展開されているという形式的側面もまた、大きな特徴のひとつだ。しかもその語り手はその時代を実地に生きて経験したのではなく、既に亡き者となった関係者の人生を再構築し辿り直している。この体裁も読者を引きつける要素となっている。生き残った者の目から見れば、死んでしまった者のとりわけ若き日の想い出は美しく見える。情緒が過去にいっそうの輝きを与えるからだ。

しかし、ところで、一人称の語り手が関係者の過去をたどるというこの形式は、ある種のオートフィクションにも似ている。オートフィクションは作家と同定される一人称の語り手によるフィクションのことで、つまり私小説なのだが、近年のヨーロッパでは、このオートフィクションの形式による疑似ドキュメンタリーとでも言うべき手法に注目すべき作品が散見される。バスク語作家キルメン・ウリベの二作品『ビルバオ―ニューヨーク―ビルバオ』（二〇〇八年）および『ムシェ　小さな英雄の物語』（二〇一二年）（邦訳はそれぞれ二〇一二年、二〇一五年、いずれも金子奈美訳、白水社）ではウリベその人が家族の記憶やスペイン内戦時代のあるバスク疎開少女を受け入れた人物の人生をたどり直して優れた小説に仕上げている。後者のあとがきで金子奈美が紹介しているハビエル・セルカス『サラミスの兵士たち』（二〇〇一年／邦訳は二〇〇八年、宇野和美訳、河出書房新社）も、セルカスその人がロベルト・ボラーニョに励まされながら、実在の作家の内戦時の足跡を辿っていて忘れ難い。邦訳は存在しないが、スペイン語圏での達成を言うなら、チリの作家アルベルト・フゲーがカリフォルニアに消えたヒッピーの叔父を探す『ミッシング（ある調査）』（二〇一一年）、メキシコのジョルディ・ソレールがスペイン内戦を逃れてメキシコに来た祖父のフランコ暗殺計画を辿り直した『海の向こうのアカたち』（二〇〇四年）、その続編で死んだと思っていた大伯父のその後の生を再構築する『熊の祭』（二〇〇九年）など、管見の限りでも興味深いものが多い。バスケスの『物が落ちる音』は、語り手は作者よりも年長の、名前も違う人物ではあるけれども、作者と同定されないというその一点を除けば、ここに上げた作品群と同様の枠組みを持っており、同時代の作品としてこれらと共鳴するものと言えるだろう。それがオートフィクションであるかないかの違いは、このジャンルを考える上での重要な契機になりそうだ。

一人称の語りによる疑似ドキュメンタリーという形式が、今はもう死んでしまった者たちの過去を語るのに情緒的な効果を上げているのだとすれば、語りそのもの、文章のリズムや語の選択などもまた効果的で、かつ紛う方なきバスケスの文体と呼べるものを構成している。『物が落ちる音』の「落ちる」caer とは、同時に「倒れる」の意でもあるのだが、一・五トンものカバが銃弾に倒れる冒頭から始まって、飛行機の墜落、銃弾に倒れる二人、ブラックボックス内の墜落音、戦闘機の墜落……と、実に様々な物が／物体が／人が／動物が落ちて／倒れていく。その大音響が作品の通奏低音をなしている。この通奏低音に乗せて、ある語句（記憶にはない／……は憶えている／わかっていることは……等々）をリズミカルに繰り返して読者を惹きつける文章を、私がうまく訳しえたかどうかは、はなはだ心許ないが、それでもこれがある種、詩的な効果を上げていることは伝わったのではないかと思う。この詩的な文章によって読者はますます作品世界に引き込まれていく。

本書は Juan Gabriel Vásquez, *El ruido de las cosas al caer* (Madrid: Santillana, 2011) の全訳である。基本的にはこのマドリードの版を使用したけれども、これを基にしたポケット版（メキシコの Santillana 社版、punto de lectura シリーズ）にはわずかな異同があったので、少なくとも一箇所、それを基に修正した。編集を担当された松籟社の木村浩之さんは、英訳を参照して細かく訳文をチェックしてくださった。人は他者の助けを得て生きていられるのだと痛感すること多々であった。

先に挙げた二冊、本書に先行する二作品の翻訳を私自身も心待ちにしている。翻訳作業に勝る精読はないので、その成果である翻訳作品が私のここでの簡単な紹介をはるかに凌ぐ面白さであることは間違いがなかろう。読者として、すっかりバスケスのファンになった一読者として期待したい。

柳原孝敦

二〇一五年十一月

［訳者］

柳原　孝敦　（やなぎはら・たかあつ）

1963年生まれ。東京外国語大学大学院地域文化研究科博士後期課程単位取得退学。

現在、東京大学大学院人文社会系研究科准教授。

専攻はスペイン語文学・文化論。

著書に『劇場を世界に――外国語劇の歴史と挑戦』（共編著、エディマン／新宿書房、2008年）、『ラテンアメリカ主義のレトリック』（エディマン／新宿書房、2007年）、『映画に学ぶスペイン語』（東洋書房、2010年）がある。

訳書にアレホ・カルペンティエール『春の祭典』（国書刊行会、2001年）、ロベルト・ボラーニョ『野生の探偵たち』（共訳、白水社、2010年）、カルロス・バルマセーダ『ブエノスアイレス食堂』（白水社、2011年）、セサル・アイラ『わたしの物語』（松籟社、2012年）、同『文学会議』（新潮社、2015年）などがある。

〈創造するラテンアメリカ〉4

物が落ちる音

2016年1月20日　初版発行　　　定価はカバーに表示しています

著　者　　フアン・ガブリエル・バスケス
訳　者　　柳原　孝敦
発行者　　相坂　一

発行所　　松籟社（しょうらいしゃ）
〒612-0801　京都市伏見区深草正覚町1-34
電話　075-531-2878　　振替　01040-3-13030
url　http://shoraisha.com/

印刷・製本　　モリモト印刷株式会社
装丁　　安藤　紫野

Printed in Japan

 ISBN978-4-87984-344-9 C0397

東欧の想像力 8

サムコ・ターレ『墓地の書』（木村英明 訳）

いかがわしい占い師に「おまえは『墓地の書』を書き上げる」と告げられ、「雨がふったから作家になった」という語り手が、社会主義体制解体前後のスロヴァキア社会とそこに暮らす人々の姿を『墓地の書』という小説に描く。

[46判・ハードカバー・224頁・1700円＋税]

東欧の想像力 9

ラジスラフ・フクス『火葬人』（阿部賢一 訳）

ナチスドイツの影が迫る1930年代末のプラハ。葬儀場に勤める火葬人コップフルキングルは、妻と娘、息子にかこまれ、平穏な生活を送っているが……

[46判・ハードカバー・224頁・1700円＋税]

東欧の想像力 10

メシャ・セリモヴィッチ『修道師と死』（三谷惠子 訳）

信仰の道を静かに歩む修道師のもとに届けられた、ある不可解な事件の報。それを契機に彼の世界は次第に、しかし決定的な変容を遂げる……

[46判・ハードカバー・458頁・2800円＋税]

東欧の想像力 5

イスマイル・カダレ『死者の軍隊の将軍』（井浦伊知郎 訳）

某国の将軍が、第二次大戦中にアルバニアで戦死した自国軍兵士の遺骨を回収するために、現地に派遣される。そこで彼を待ち受けていたものとは……

[46 判・ハードカバー・304 頁・2000 円＋税]

東欧の想像力 6

ヨゼフ・シュクヴォレツキー『二つの伝説』
（石川達夫、平野清美 訳）

ヒトラーにもスターリンにも憎まれ、迫害された音楽・ジャズ。全体主義による圧政下のチェコを舞台に、ジャズとともに一瞬の生のきらめきを見せ、はかなく消えていった人々の姿を描く、シュクヴォレツキーの代表的中編 2 編。

[46 判・ハードカバー・224 頁・1700 円＋税]

東欧の想像力 7

イェジー・コシンスキ『ペインティッド・バード』（西成彦 訳）

第二次大戦下、親元から疎開させられた 6 歳の男の子が、東欧の僻地をさまよう。ユダヤ人あるいはジプシーと見なされた少年に、強烈な迫害、暴力が次々に襲いかかる。戦争下のグロテスクな現実を子どもの視点から描き出す問題作。

[46 判・ハードカバー・312 頁・1900 円＋税]

安藤哲行
『現代ラテンアメリカ文学併走——ブームからポスト・ボラーニョまで』

世界を瞠目させた〈ブーム〉の作家の力作から、新世代の作家たちによる話題作・問題作に至るまで、膨大な数の小説を紹介。1990年代から2000年代にかけてのラテンアメリカ小説を知る絶好のブックガイド。

[46判・ソフトカバー・416頁・2000円＋税]

東欧の想像力 1
ダニロ・キシュ『砂時計』（奥彩子 訳）

1942年4月、あるユダヤ人の男が、親族にあてて手紙を書いた。男はのちにアウシュヴィッツに送られ、命を落とす——男の息子、作家ダニロ・キシュの強靭な想像力が、残された父親の手紙をもとに、複雑な虚構の迷宮を築きあげる——

[46判・ハードカバー・312頁・2000円＋税]

東欧の想像力 2
ボフミル・フラバル『あまりにも騒がしい孤独』（石川達夫 訳）

故紙処理係ハニチャは、故紙の中から時折見つかる美しい本を救い出し、そこに書かれた美しい文章を読むことを生きがいとしていたが……閉塞感に満ちた生活の中に一瞬の奇跡を見出そうとする主人公の姿を、メランコリックに、かつ滑稽に描き出す。

[46判・ハードカバー・160頁・1600円＋税]